난부 하루마사

오노데라 데루미치

무쓰

데와
무토 요시우지

가사이 하루노부

오사키 요시나오

혼마 야스타카

사도

다테 하루무네

아사쿠라 요시카게

노토

우에스기 겐신

하타케야마 요시쿠니

가가

전보 나가모토

에치고

이와키 시게타카

도가시 야스토시

엣추

히다

시나노

고즈케
나가오 노리카게

시모쓰케
사노 마사쓰나

에치젠

오가사와라 나가토키

사타케 요시아키

히타치

다케다 신겐

나리타 나가야스

아사이 나가마사

사이토 도산

미노

가이

오다 노부나가

오와리

기소 요시마사

다케다 노부토라

오다 우지하루

아니카가 요시우지

마쓰다이라 모토야스
(도쿠가와 이에야스)

미카와

스루가

무사시

시모우사

이마가와 요시모토

호조 우지야스

사가미

가즈사

오미

이가

도토미

사토미 요시히로

이세

이즈

아와

시마

마쓰다이라 히로타다

기라 요시아스

롯카쿠 사다요리

롯카쿠 요시카타

기타바타케 도모노리

● 에이로쿠 永祿 3년경 센고쿠 다이묘의 판도

우에스기		오다	
호조		조소카베	
다케다		모리	
이마가와		오토모	

인명 에이로쿠 3년(1560)경의 주요 센고쿠 다이묘

센고쿠戰國 시대의 군웅할거도

에이로쿠永祿 3년 (1560)경

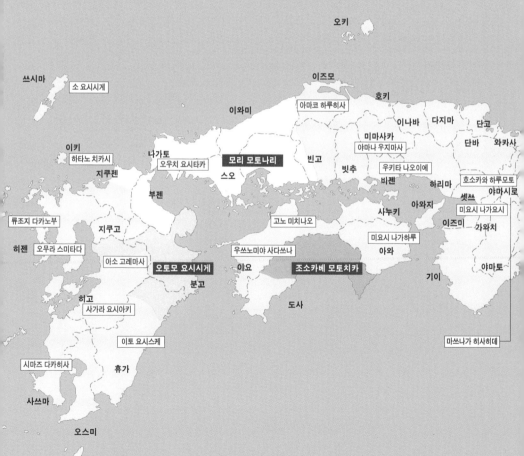

오키

쓰시마

소 요시시게

이즈모

호키

이와미

아마코 하루히사

이나바

다지마

단고

단바

와카사

이키

하타노 치카시

나가토

미마사카

야마나 우지마사

지쿠젠

오우치 요시타카

모리 모토나리

우키타 나오이에

호소카와 하루모토

스오

빈고

빗추

비젠

하리마

셋쓰

야마시로

부젠

미요시 나가요시

류조지 다카노부

지쿠고

고노 미치나오

사누키

아와지

이즈미

가와치

히젠

오무라 스미타다

미요시 나가하루

아와

기이

야마토

이소 고레마사

오토모 요시시게

우쓰노미야 사다쓰나

이요

조소카베 모토치카

분고

히고

사가라 요시아키

도사

마쓰나가 히사히데

이토 요시스케

시마즈 다카히사

휴가

사쓰마

오스미

織田信長

나가시노 전투

6

오다 노부나가

야마오카 소하치 장편소설

이길진 옮김

織田信長 나가시노 전투

6

오다 노부나가

솔

『오다 노부나가』를 바로 읽기 위해

1. 본문 중 ○ 표시를 한 용어는 책 뒤에 풀이를 실었다.
2. 인명과 지명은 외래어 표기법에 따랐고, 장음은 생략하였다. 난, 깃쓰시(오나 노부나가)는
   원음에 가깝게 표기하였다. 인·지명 및 고유명사는 처음 나올 때 원어 병기를 원칙으로
   하였고 강과 산, 고개, 골짜기 등과 같은 지명 역시 현지 음대로 카와(가와), 야마(잔, 산),
   사카(자카), 타니(다니) 등으로 표기하였다.
3. 성과 이름 중간에 나오는 것은 대부분 그 관직명을 나타내는 것인데, 그 당시의 관습에
   따라 이름 대신 쓰이는 경우도 있다.
   보기) 히라테 나카쓰카사노타유 마사히데 → 원 이름: 히라테 마사히데 + 나카쓰카사노타유(나
        카쓰카사의 장관)
4. 시간과 도량형은 센고쿠 시대에 쓰던 것을 그대로 따랐으며, 역시 부록에서 설명하였다.

천하포무 天下布武

오다 노부나가가 사용한 도장

차례

덴쇼天正 원년

신년행사를 생략한 기후 성에는 수많은 사람들이 드나들고 있었다. 작년 말 미카타가하라 전투에서는 오다·도쿠가와 연합군이 대패했고, 노부나가가 겨우 마련하여 보낸 제2의 원군인 하야시 미치카쓰와 미즈노 노부모토는 도중에 군사를 거두어 되돌아오고 말았다.

물론 이것은 노부나가의 명령이었다. 지금의 노부나가로서는 패색이 짙은 싸움터에는 한 사람의 군사도 보낼 수 없다. 인정, 몰인정이 문제가 아니라 셋쓰에도 북부 오미에도, 북부 이세에도 동시에 적을 가지고 있기 때문이다.

다행히 이에야스가 겨우 하마마쓰 성을 지켜 적을 물리쳤다고 한다.

이에 노부나가는 이에야스에게 뒷일을 부탁한다고 말하고 자기 일에 몰두할 수밖에 없었던 것이다.

그런데 오카자키 성으로 출가한 도쿠히메德姫가 신년을 축하하기 위해 파견한 사자의 보고를 들었을 때는, 노부나가보다도 노히메가 더 초조했다.

보고에 따르면 드디어 도쿠히메가 첫 아이를 임신했다는 것이다.

노부나가나 이에야스에게도 첫 손자였다.

이에야스가 열여덟 살에 낳은 아들 노부야스信康는 금년에 겨우 열세 살, 도쿠히메도 동갑으로 열세 살이므로 이에야스는 서른둘의 나이에 할아버지가 되는 셈이다.

더구나 이 어린 부부는 아기를 갖게 되었다는 꿈에 부풀어 그 아버지들이 처한 지옥의 밑바닥을 보는 듯한 절박한 상황에 대해서는 아무런 불안도 느끼지 못하고 있었다.

"저어, 오카자키에 원군을 좀더 보낼 수 없을까요?"

참다못해 노히메가 노부나가에게 말한 것은 정월 2일, 도쿠히메가 보냈던 사자를 미카와로 돌려보낸 뒤였다.

형식뿐인 떡국을 먹고 얼른 밖으로 나가려던 노부나가는 씁쓸한 표정으로 혀를 찼다.

"무슨 일이 있었나? 무리한 말을 하면 안 돼."

"무리인 줄은 잘 알지만, 오카자키의 딸이 아기를 가졌다고 하기에 부탁드리는 겁니다."

"뭐, 도쿠히메가 임신을 했어?"

"예. 주군에게도 손자가 생기게 됐어요."

"흥, 그래서 오카자키에게 원군을 보내라고 사위가 청해왔나?"

"주군!"

"표정이 왜 그 모양이야, 정초부터 내게 잔소리를 할 생각인가?"

"만일 사위가 그런 부탁을 해왔다면 제가 왜 이런 말을 주군에게 하겠어요? 그렇다면 제가 사위를 꾸짖었을 거예요."

"허어, 그럼 무슨 말을 전해왔어?"

"열다섯이 되었을 뿐인 사위인데도, 비록 아버지는 미카타가하라에서 패했으나 그 후의 일은 안심해도 된다는 씩씩한 서신을……"

"뭣이, 이에야스는 패했으나 안심하라고?"

"예. 현재 아버지는 일단 포위했던 적을 노다 성 부근까지 추격하여 싸우고 있다. 만약 노다 성이 함락되어 적이 오카자키로 몰려온다 해도 여기에는 사부로 노부야스가 지키고 있으므로 절대로 걱정하지 마시고 교토 지방의 일에만 전념하시라고."

"허어, 오카자키의 어린 녀석이 그런 말을."

"예. 저는 그 말을 듣고 울었어요."

"그 다음에는 뭐라고 씌어 있던가?"

"도쿠히메가 임신했다, 이 사부로 노부야스에게도 자식이 생겼다, 그러므로 언제 진두에 서서 싸우다 죽어도 전혀 여한이 없다고."

"으음."

"이것이 소꿉놀이나 할 나이인 두 사람의 결심…… 주군! 얼마나 장한 일입니까."

이 말을 듣자 노부나가도 그만 눈물을 글썽거리며 천장을 잔뜩 노려보았다.

원병을 보내라고 했다면 이처럼 괴롭지는 않았을 것이다. 그러나 어린 두 사람이 신겐의 무서움도 모르고 첫 임신을 알려온 천진난만한 서신은 한없이 애처롭다.

"으음, 자식이 생겼으니 기꺼이 죽을 수 있다고 했다는 말이군."

"예. 그리고 주군은 염려하지 마시고 교토의 일에."

"오노!"

"예…… 예."

"나 역시 아이는 귀여워!"

"그러므로 어떻게 해서라도……"

"첫 손자가 생긴다는 말에 가슴이 설레는 것은 사실이야. 그러나 지금은 그러고 있을 때가 아니야."

"원군을 보내기가 어렵습니까?"

"어려운 정도가 아니지. 신겐이 뒤에서 계속 에치젠의 아사쿠라를 질타하고 있기 때문에, 겨울이기는 해도 아사쿠라 군은 북부 오미에서 결전을 벌이려고 공격할 기세야."

"어머!"

"서신을 보내도록 해. 노부나가의 사위이기 때문에 단단히 부탁한다고. 기회가 닿는 대로 이 노부나가가 직접 대군을 이끌고 손자를 보러 가겠다고. 물론 거짓말이지만 마음의 지주는 될 수 있겠지."

이렇게 말하고 입을 다물었을 때 모리 나가요시가 부리나케 달려왔다.

"기다리시던 다케다의 사자 오야마다 사나이小山田左內가 도착했습니다."

"그래, 알겠다. 즉시 만날 테니 큰 방으로 안내하라."

엄한 목소리로 말하고 노히메를 돌아보며 싱긋 웃었다.

"알겠나, 오노. 신겐의 사자가 왔어."

"다케다 가문에서…… 그것은 또 어째서?"

노히메는 눈이 휘둥그레지며 고개를 갸웃거렸다.

"여우와 너구리가 겨루는 거야. 어느 쪽이 홀리는 재주가 더 뛰어난지 잘 보고 있어, 오노."

이렇게 내뱉고서 노부나가는 고쇼小姓에게 칼을 들게 하고는 모리 나가요시의 뒤를 따라 바람처럼 거실에서 나갔다.

'이제 와서 다케다 가문의 사자와 새삼스럽게?'

14

노히메도 그만 여기에 대해서만은 판단이 서지 않았다.

미카타가하라에는 오다 쪽에서도 장수 히라테, 다키가와, 사쿠마가 나갔다가 패했다. 이에야스는 겨우 전세를 가다듬고 싸우고 있다는데 어째서 노부나가가 다케다의 사자 따위를?

생각하면 할수록 의혹이 깊어질 뿐이었다.

'혹시 이에야스 부자를 제외하고 신겐과 화의를 맺으려는 것?'

여기까지 생각하다가 노히메는 세게 머리를 흔들었다.

"노부히데가 있는 한 안심하시기를."

이렇게 말하는 귀여운 사위를 노부나가가 결코 배신할 리 없다.

'그렇지 않다! 절대로 그럴 리가……'

노히메는 얼른 손뼉을 쳐서 시녀에게 가모 쓰루치요를 불러오라고 했다.

"너도 사자와의 대면에 같이 참석할 테지. 다케다 쪽과의 대면 내용을 은밀히 내게 있는 그대로 알려주기 바라겠어. 각오를 하기 위해서야, 나 자신이 각오하기 위해서. 확실하게 그 내용을 알고 싶어."

그렇게 말하는 목소리는 이상하게도 떨리고 있었다.

절교 문답

넓은 방에는 다케다 가문의 사자인 오야마다 사나이 하루시게晴茂가 부하 두 사람과 함께 잔뜩 가슴을 펴고 근엄한 표정으로 앉아 있었다.

노부나가는 성큼성큼 그 곁으로 다가갔다.

"사자, 수고가 많소."

이렇게 말하고 그 자리에 있는 장수들에게 천장이 쩌렁쩌렁 울리는 목소리로 명했다.

"모두 물러가 있게. 나는 사자와 은밀히 나눌 말이 있네."

그러고 나서 옆에 있는 가모 쓰루치요를 돌아보았다.

"너는 그대로 있어도 좋아. 무언가 시킬 일이 있을지도 모르니까."

다케다의 사자는 그 말에 안도하는 것 같았다.

양쪽이 교전하는 도중에 온 사자인 만큼 좌우에 떡 버티고 늘어앉은 오다의 가신이 큰 위압감을 주었을 것이다.

노부나가는 일동이 나가자 목소리를 낮추었다.

"내가 작년 말에 보낸 사자의 답례로 온 줄로 아오. 신겐 님의 대답을 듣고 싶소."

사자는 잔뜩 굳어진 표정으로 두 부하를 돌아보며 말했다.

"가져온 것을 이리 내놓거라!"

자줏빛 보자기에 싼 네모진 상자, 그것을 풀자 하얀 나무상자가 나왔다.

"주군으로부터 별다른 말씀은 없었습니다. 어서 이것을 열어보십시오."

"그 안에는?"

노부나가가 조용히 물었다.

"죽은 사람의 목이 들어 있소?"

"예, 그렇습니다."

"어디 봅시다. 쓰루치요, 이리 가져오너라."

쓰루치요가 상자를 노부나가 앞에 놓자 그는 아무렇지도 않은 듯 상자 안에서 목이 들어 있는 통을 꺼내 열었다.

순간 주위에는 살기가 감돌고 싸늘한 한기 속에 시체 썩는 냄새가 풍겨나왔다.

말할 나위도 없이 오다 가문의 긍지를 지키기 위해 미카타가하라에서 시체로 변한 히라테 히로히데의 목이었다. 머리는 깨끗이 씻겨 있고 머리카락도 잘 빗겨져 있었다. 그러나 한일자로 입을 꼭 다문 채 썩어가고 있는 히로히데의 목은 센고쿠戰國가 무참하다는 것을 그대로 보여주고 있었다.

노부나가는 그것을 똑바로 바라보며 말했다.

"신겐 님의 호의를 고맙게 생각하오. 돌아가거든 노부나가가 깊이 감사하더라고 전하시오."

"그게 아닙니다."

사자는 어이가 없다는 듯 무릎을 움켜쥐었다.

"이것은 호의의 선물이 아닙니다. 할 말은 아무것도 없으므로 이 목을 반환한 뒤 절교를 통보하고 오라는 분부였습니다."

노부나가는 호호호 웃었다.

"걱정할 것 없소. 이것만으로도 충분히 우리에게는 의미가 통하는 회답이오. 쓰루치요, 이 목을 치우거라. 나중에 후히 장사지내기로 하겠다."

"잠깐!"

상대는 얼른 한 걸음 다가앉아 분명하게 말했다.

"오해 없으시기를 바랍니다! 다케다 가문에 대해 두 마음이 없다는 밀사를 보내고도 어째서 이에야스에게 원군을 보냈는가, 이처럼 표리가 있는 분과는 친교를 맺을 수 없다, 이 목을 똑똑히 보고도 두 마음이 없다고 할 수 있겠는가, 라고 강하게 힐책하는 무언의 거절입니다. 이 점을 오해하지 마시기 바랍니다."

노부나가는 한번 싱긋 웃고 고개를 끄덕였다.

"그것으로 좋소. 이 노부나가는 마음으로부터 감사하고 있소. 쓰루치요, 사자에게 주효를 대접하라."

"아닙니다, 잠깐! 절교를 통보하러 온 사자에게 잔을 내리다니 당치도 않은 일입니다."

"오야마다라고 하셨던가요?"

"그렇습니다."

"과연 당신은 훌륭한 사자요. 그런데 잔을 사양하겠다는 말이오?"

"아…… 아…… 아니, 무어라 하셨습니까?"

"훌륭하게 사자의 소임을 완수한다고 했소. 그 뜻을 나중에 신겐 님에게 전하리다."

"무슨 말씀인지요, 우리는 절교를."

"그 점은 알았다고 하지 않았소! 호호호, 당신은 신겐 님에게 아무 런 질문도 하지 않고 왔나보군요."

"목숨을 건 절교의 사자, 그 이상 무엇을 더 알 필요가 있겠습니까. 오해하지 마시기 바랍니다."

"사자 양반."

"왜 그러십니까?"

"나 역시 도쿠가와 가문과는 친척이오. 앞서 아네가와 싸움 때는 이에야스 자신이 군사를 거느리고 와서 나를 도와주었소. 그러므로 형식적으로나마 의리는 지켜야 할 것 아니오?"

"그, 그건 또 무슨……"

"자, 내 말을 들어보시오. 그래서 모두에게 내 의중을 말해주었으 나 히로히데만은 도주하는 바람에 이렇게 된 것이오. 신겐 님도 이 점은 잘 아시고 계실 터, 우리는 이에야스가 간청하는 바람에 제2진 을 보내기는 했으나 그들이 도중에 돌아왔던 것이오. 이렇게나마 하 지 않으면 이에야스가 납득할 리가 없지 않겠소. 그러나 이에야스도 미카타가하라에서 크게 타격을 받았으므로 더 이상 그런 무리한 행 동은 하지 않을 것이오. 신겐 님에게 부디 군사를 아끼시고 유유히 상경하시라고 전해주시오. 이렇게 말씀드리면 신겐 님은 충분히 이 해하실 것이오."

노부나가의 말을 듣고 드디어 사자는 고개를 갸웃거렸다.

"그러면, 오다 님은 아직도 다케다 가문에 두 마음을 품지 않으셨 다는?"

"핫핫하, 그런 말씀까지는 드리지 마시오. 당신은 모를지 모르나 신겐 님은 아실 테니까."

"그러나 제가 보기에는……"

"물론 다를 것이외다. 그러기에 이 노부나가도 심복인 가신들까지 내보내고 말하는 것이 아니겠소. 만약에 이것이 이에야스에게 알려지면 재미가 없으니까."

"으음."

"어떻소, 납득이 됩니까?"

"그러나……"

"납득할 수 없다면 어쩔 수 없는 일이오. 가련한 난폭자인 히라테의 목을 일부러 여기까지 와서 돌려주었다, 그것만으로 호의는 충분하오. 이처럼 나는 감사하고 있소. 이것만 전해주시오."

그러면서 노부나가는 한층 더 목소리를 낮추었다.

"이에야스의 저항도 길어야 이삼 개월이면 끝날 것이오. 이것은 그가 내게 보낸 서신을 보면 알 수 있소. 신겐 님도 겨울의 출진은 몸에 해로운 것이니 부디 무리하시지 말도록, 이 말은 굳이 전할 필요가 없겠지요. 가신들이 충분히 배려하고 있을 테니까."

사자는 완전히 어리둥절했다.

'도대체 노부나가는 적인가 우리 편인가?'

인산이란 똑같은 말을 되풀이해서 들으면 저도 모르게 착각하게 되는 약점을 가지고 있다.

"어떻소, 정월이므로 술잔만이라도 받지 않겠소?"

"아니, 그것은 아직……"

"으음, 그것이 좋을지도 모르겠군. 그럼, 나도 권하지 않겠소. 표면적으로는 어디까지나 강경하게 나가리다."

"그, 그런데."

"좋아, 쓰루치요, 주효는 준비할 필요 없다. 그리고 이 일에 대해서는 엄히 비밀을 지켜야 한다. 너 말고는 이 자리에 동석한 사람이 없어. 노부나가는 단호하게 절교를 당했다고 알고 있거라. 누설되면 네 책임인 줄 알아라."

"예."

쓰루치요는 굳은 표정으로 대답하고 다시 사자가 돌아간다고 큰 소리로 외쳤다.

히라테의 명복

"주군."

"시끄럽군. 잠자코 술이나 따르도록 해."

"안주를 드리고 싶은데요."

"뭐, 그대가 안주를? 내 흉내를 내어 인생 오십 년이라도 부르겠다 는 말인가?"

"아니, 여우와 너구리가 겨루는 이야기를 하려고 해요."

"흥, 올해는 살무사가 여우로 변하는 해인 모양이군."

"주군도 자못 궁지에 몰렸던 모양이군요."

"별소리를 다 하는군. 오늘 아침에는 오카자키에 원군을 보내라고 했으면서."

"그렇지만 실제로는 원군을 보낸 것이나 다름없지 않나요?"

"아, 그것은 말이지."

"그런데 다케다의 사자를 교묘하게 속이셨다면서요?"

"그대가 쓰루치요의 입을 열게 했군."

"저는 여간 기쁘지 않아요. 주군이 역시 배 안에 있는 손자에게 선물을 주셨구나 하고 생각하니."

"그것이 선물이라고 생각하나?"

"늙은 여우이므로 약간은 주군의 마음도……"

노부나가는 '흥' 하고 코웃음을 치고 나서 별안간 눈을 부릅떴다.

"오노!"

"왜 그러세요?"

"오카자키에 쓸데없는 서신을 보내면 안 돼."

"호호호호."

노히메는 명랑하게 웃고 술병을 내려놓았다.

"이제야 주위가 좀 밝아졌군요."

노히메는 즐거운 듯 미소를 지었다.

"신겐이 가장 두려워하는 것은 주군이 보내는 원군이에요. 이에야스 님 하나만 상대하는 데도 어려움을 겪고 있으니까요."

"나는 그런 것은 몰라."

"이럴 때 그 사자가 돌아가면 아주 묘한 기분이 들어 망설이게 될 거예요."

"모른다고 한 말을 듣지 못했나?"

"호호호호. 모르시면 가르쳐드리겠어요. 과연 노부나가 님은 원군을 보낼 것인가 아닌가, 원군이 오지 않는다면 굳이 서둘러 이에야스를 궁지에 몰아넣을 필요는 없다, 교토까지는 아직 멀다, 조급히 굴다가 병사를 다치게 하면 안 된다, 이런 생각을 하게 되면 신겐의 공격이 느슨해질 거예요."

"흥, 여전히 말이 많군."

"그러면 그동안에 이에야스 님은 점점 미카타가하라의 상처를 치유하고 재기한다."

"……"

"신겐과 이에야스의 결전을 눈이 녹고 벚꽃이 필 때까지 미루게 하는 것이 지금의 주군으로서는 최선책이에요. 그사이에 오카자키의 딸은 순산하게 될 것이고 교토의 사정도 크게 변할 것이고."

"오노!"

"왜 그러세요, 그렇게 무서운 얼굴로?"

"그대는 교토의 사정을 누구에게 들었어?"

노히메는 웃으면서 고개를 가로젓고 술병을 들었다.

"그런 일은 누구에게 듣지 않아도 알 수 있어요. 세상 돌아가는 것을 보면 말입니다. 이미 쇼군 요시아키는 교토에 있을 필요가 없는 분, 그러므로 몰아내도 좋을 시기가 아니겠어요?"

"으음."

"그러다보면 초여름이 됩니다. 우에스기 님이 움직이기 시작할 뿐만 아니라 신겐은 쇼군의 요구에 따라 상경한다는 구실을 잃고 더욱 서두르게 되거나 아니면 할 수 없이 군사를 돌이키거나…… 그때가 아사이, 아사쿠라를 공격할 절호의 기회라고 생각하면 올해는 주군이 제 곁에 계실 수 없는 입장입니다. 그러니 오늘 밤에는 한잔 드시고 북이라도 치십시오. 경사스러운 정월이니까요."

이렇게 말하고 노히메는 벌떡 일어나 노부나가가 손수 가져온 히라테 히로히데의 목이 든 상자를 선반에서 내려놓았다.

"히라테 님, 주군과 잔을 나누도록 하세요. 수고가 많았습니다. 수고가……"

상자 앞에 잔을 놓고 노히메는 가만히 눈물을 훔쳤다.

우물을 말리는 신겐

다케다 신겐은 오늘도 도메키轟目木의 본진에서 말을 달려 아군의 진지를 둘러보고 돌아왔다.

다케다 군은 삿사료세佐佐良瀬, 구로사카黑坂, 스기야마하라杉山原 등에 분산하여 진을 쳤는데, 그 세 곳 어디에서도 포위하고 있는 노다 성을 한눈에 바라볼 수 있었다.

세상 사람들은 신겐이 미카타가하라의 패세를 만회한 이에야스의 작전에 못 박혀, 아직도 작은 성에 불과한 노다 성 하나도 함락시키지 못하고 있다고 말했다.

그러나 이런 소문 따위는 전혀 개의치 않는 신겐이었다. 물론 노다 성은 보잘것없는 작은 성처럼 보인다. 혼구잔本宮山을 배경으로 대나무 숲으로 둘러싸인 이 성은 나가시노 성이나 야마가 산보의 산채와 같은 견고한 성에 비하면 평범하기 짝이 없는 시골의 초라한 성처럼 보인다.

그러나 이 성은 사십 일간이나 공격을 당하는 동안 봄기운이 완연해졌는데도 아직 함락되지 않고 있다.

성을 지키는 장수는 스가누마 이즈昔沼伊豆의 일족인 스가누마 신파치로 마사사다新八郎正定(사다미쓰定쬬라고도 함)이며, 병력은 겨우 구백 남짓이었다.

여기에 이에야스는 일족인 마쓰다이라 요이치로 다다마사松平與一郎忠正를 군감軍監으로 들여보내 그 특유의 고집을 발휘하여 완강히 저항하고 있다.

싸움이 처음 시작된 것은 정월 11일로 지금은 벌써 2월 말이기 때문에 신겐이 고전한다는 소문이 난 것도 무리가 아니었다.

현재는 이에야스도 여기에 나와 있다. 이에야스는 본진을 가사오키 산笠置山에 두고 외부에서 계속 다케다 군을 견제하면서 성안의 농성군에게 성원을 보내고 있다.

신겐은 일단 아군의 진지를 돌아보고 나서 본진의 임시 막사로 돌아와 의사기 건네는 탕약을 마셨다.

"겐안玄庵, 내가 없는 사이에 가쓰요리가 오지 않았었나?"

"예. 아직 오시지 않았습니다."

"알겠네. 그런데 이 약은 여전히 쓰군."

"그러나 가슴의 질환에는 충분한 보양이 필요합니다. 그리고 되도록 말을 타고 순시하는 일은 삼가시기를 부탁드립니다."

"하하하, 그렇다고 내가 가마를 타고 나가면 당장 병을 앓는다는 소문이 나서 적을 기쁘게 할 것 아닌가."

"그러므로 영양 섭취가 중요합니다. 좀더 어조류魚鳥類를 많이 드시도록 하심이."

"알겠네. 불문에 들어온 이후 어조류는 삼갔으나 드디어 진군하게 되었으니 닭고기를 먹겠어. 마을 사람들에게 가져오라고 하게."

"알겠습니다. 곧 지시하겠습니다."

의사가 물러가자 신겐은 폐를 앓는 사람 같지 않게 살찐 몸을 흔들면서 허허허, 하고 웃었다.

그는 결코 노다의 작은 성 하나를 공격하는 데 사십여 일을 무의미하게 낭비한 것이 아니다. 그는 노부나가에게 히라테 히로히데의 목을 보내 위협한 뒤부터 노부나가의 태도가 달라진 듯한 느낌을 받았다. 사자가 돌아와 노부나가는 두 마음을 가진 것 같다고 보고했으나 그것을 믿을 만큼 순진한 신겐이 아니었다.

"또다시 그 늙은 여우 녀석이."

이번에 움직이기 시작하면 뼈도 추리지 못하게 해야지, 그런 생각을 하고 있을 때 노부나가가 뻔뻔스럽게도 사자를 보내왔다. 사자는 오다의 일족인 오다 가몬掃部이었다. 그는 도메키의 본진으로 찾아와, 노부나가는 절대로 다케다 가문을 적으로 돌릴 뜻이 없다고 누누이 설명했다.

이때도 신겐은 전혀 믿지 않았다.

"돌아가거든 다시는 속지 않는다고 전하라. 그것뿐이다."

입으로는 이렇게 말하면서도 마음속으로는,

'혹시 노부나가가 녀석이 자기가 불리하다는 것을 깨닫고······'

이런 생각이 들기도 했다.

아니, 이런 생각이 들었기 때문에 여기에서 잠시 병을 치료하면서 앞날에 대비하여 만전을 기하려 했던 것이다.

눈이 녹아도 우에스기 겐신이 당장에는 신겐의 배후를 위협할 수 없도록 잇코 종 신도가 엣추에서 반란을 일으키게 하고, 아사쿠라 군은 눈이 녹는 것과 동시에 행동을 일으켜 북부 오미의 아사이 가문과 합류하도록 한다.

혼간 사는 오사카에서, 쇼군은 교토에서, 마쓰나가 히사히데는 야마토大和에서 각각 일을 도모하게 하면서 사십여 일을 소비하여 세상의 소문 따위는 상관하지 않고 뜻대로 작전을 펴고 있는 실정이었다. 그리고 드디어 봄이 왔고 때는 무르익었다.

그리하여 계속 이에야스와 소규모의 싸움을 되풀이하면서 고슈로부터 광산의 수많은 인부를 데려가다 노다 성의 성벽 밑에 큰 구멍을 파서 성안의 생명과도 같은 우물을 말리기 시작했다.

성안에서는 아직 이것을 깨닫지 못한 가운데 지하수의 웅덩이가 점점 더 커져갔다.

'아마 이런 작전이 있으리라고는 꿈에도 생각지 못할 것이다.'

이런 생각을 하자, 점점 우물의 바닥이 말라가고 있는 것을 깨닫고 당황할 스가누마 신파치로와 마쓰다이라 요이치로의 얼굴이 보이는 것 같아 저도 모르게 웃음을 터뜨렸다.

낙성落城의 피리

"말씀드립니다. 시로 가쓰요리 님이 야마가타 마사카게 님과 같이 오셔서 뵙기를 청하고 있습니다."

"뭣이, 가쓰요리와 사부로베에가 왔다는 말이지. 기다리고 있었다. 이리 들라고 해라."

"알겠습니다."

근시가 나가자 신겐은 다시 한 번 웃고 위엄을 갖추어 의자에 앉았다. 이때 고쇼小姓의 안내를 받으면서 가쓰요리와 마사카게가 들어왔다.

"아버님, 양쪽 모두 대성공입니다."

가쓰요리가 들뜬 목소리로 말했다.

"흥분하지 마라!"

신겐은 엄하게 꾸짖고 나서 턱으로 지시했다.

"우선 마사카게부터 말하라."

"예. 예정대로 우물이 바싹 말랐다고 판단되어 나가시노의 스가누마 이즈와 쓰쿠데作手의 오쿠다이라 미치아키奧平道文를 사자로 성안에 파견했더니 드디어 성을 열고 항복할 것을 승낙했습니다."

"신파치로도 요이치로도 말이냐?"

"예. 군감인 요이치로는 아주 완강했습니다마는 물이 없으면 살수가 없기 때문에."

"그래, 그들은 아직도 노부나가의 원군이 올 줄로 믿고 있던 모양이더냐?"

"예. 노부나가의 원군만 오면 가사오키 산에 있는 이에야스와 힘을 합쳐 다케다 군쯤은 쉽게 물리칠 수 있다고."

"으음, 아직도 기다리고 있다는 말이지."

신겐은 빈정대는 듯한 미소를 띠며 가쓰요리에게 말했다.

"너에게 묻겠다. 오카자키는 어떻게 되었느냐?"

"역시 뜻대로 되었습니다. 우리가 움직이기 시작하자 오카자키의 중신인 오가 요시로大賀與四郎란 자가 아군과 짜고 성문을 열어 우리를 받아들이기로 했습니다."

"뭣이, 아군과 짜고 성문을 연다, 그것은 좀 생각해볼 문제인 것 같다, 가쓰요리."

"그런데……"

가쓰요리는 공교로운 일이라는 듯이 싱긋 웃으며 말했다.

"이에야스의 정실인 쓰키야마築山는 아주 질투가 심하여 이에야스를 원망하며 미워하고 있습니다."

"허어, 부부 사이가 나쁘다는 말이구나."

"예. 이마가와 요시모토 공의 조카인 자기를 조금도 돌보지 않고 천한 여자들만을 총애한다, 따라서 복수를 하지 않을 수 없다면서 오가 요시로와 모의하여 내통하고 있다는 것입니다. 이것은 우리가 성에 첩자로 들여보낸 중국인 의사 겐케이減敬의 정확한 보고입니다. 그리고 이 보고는 쓰키야마 부인과 오가 요시로의 밀서 내용과 같습니다."

"그래, 오카자키에는 겐케이가 들어가 있었어. 좋아, 그렇다면 만사가 순조롭게 되어가는군."

"예, 그렇습니다."

"으음, 그러나저러나 이에야스는 불쌍한 녀석이야."

"어째서입니까?"

"노부나가에게 배신당하고 정실한테까지 버림을 받았으니까."

"앞을 내다보지 못하는 자의 말로입니다. 노부나가에게 신의가 있어 원군을 보낼 줄 알았던 것이 처음부터 잘못이었지요. 자업자득이라 할 수 있습니다."

"가쓰요리!"

"예."

"총대장은 그런 말을 해서는 안 돼."

"예."

"무장은 언제나 자비를 베풀 줄 알아야 한다. 그러므로 노다 성을 손에 넣은 이상 장렬하게 싸워 이에야스가 명예롭게 죽도록 해주어야 한다."

신겐은 유유히 서기를 돌아보며 말했다.

"서신을 보내겠다. 준비하라."

"예."

"혼간 사 고사, 아사쿠라 요시카게, 아사이 나가마사 그리고 쇼군과 미요시, 마쓰나가, 모리에게도 보내야겠어. 이삼 일 안으로 이 신겐이 이곳에서 출발할 것이니 그렇게 알고 만반의 준비를 갖추도록. 친서로 보내는 것이 좋겠다. 먹을 것을 충분히 준비하라."

"알겠습니다."

"사부로베에."

"예."

"세상이란 참으로 묘한 거야."

"그렇습니다."

"여기서 지내는 사십여 일 동안 신겐은 이에야스 하나도 요리하지 못한다는 소문이 났다면서?"

"드디어 출발하시게 되면 세상 사람들도 주군이 무엇을 생각하고 계셨는지 깨닫게 될 것입니다."

"허허허허, 덕분에 건강이 좋아져 이처럼 살이 쪘어. 스스로도 몸이 너무 무겁다는 생각이 드네."

"역시 어조류는 몸에 좋은 것 같습니다."

"그런 모양이야. 오늘 저녁에도 또 계율을 깨뜨리고 닭고기를 먹어야겠어."

"계율을 깨뜨린다는 말씀은 하지 마십시오. 진중陣中의 약식입니다."

"그렇구나. 좋아, 그만 물러가서 쉬거라. 그러나 성에 들어갈 때까지는 절대 방심하면 안 된다. 이에야스는 무슨 짓을 할지 모르는 젊은이니까."

신겐은 의젓하게 말하고 눈을 가늘게 뜬 채 서기에게로 향했다.

저격

이미 성을 빼앗은 것이나 다름없으니 여기서는 더 할 일이 없다. 쓰쿠데의 오쿠다이라나 아니면 스가누마의 일족인 자에게 수비를 맡기고 떠날 것이다.

'이 진지도 오늘 밤이 마지막이로구나.'

신겐은 고쇼이 가져온 저녁을 먹고 요로이히타타레鎧直垂°를 입은 채 훌쩍 임시 막사에서 나왔다. 달이 떠서 주위가 물속처럼 푸르게 변하고 거뭇거뭇하게 하늘로 솟은 숲 너머로 보이는 노다 성의 지붕이 희미하게 빛났다.

물론 창에서는 불빛 하나 흘러나오지 않아 낙성 전야의 외로운 그림자는 승리자의 가슴에도 무척이나 애달픈 감개를 떠올리게 한다. 신겐은 칼을 들고 따라오는 고쇼를 돌아보며 물었다.

"오늘 밤에도 그 피리 소리가 들릴까?"

그러고는 가만히 귀를 기울였다.

"어떠냐, 저 달과 별을 쳐다보면 성안에 있는 자도 참을 수 없는 감개에 젖을 거야."

"예. 오늘 밤엔 설마 피리까지는."

말하다 말고 고쇼도 귀를 기울였다.

"아, 역시 들려옵니다!"

"으음, 과연 들리는구나."

"예. 분명히 평소의 그 피리 소리입니다. 같은 사람이 부는 것 같습니다."

"그 자가 누구인지 조사했겠지? 그는 세상에서 보기 드문 피리의 명인이야."

"예. 이세의 야마다山田 신사에서 신관神官으로 있던 무라마쓰村松, 무라마쓰 보큐芳休라는 명인이라고 합니다."

"으음, 그렇다면 신들에게 바치기 위해 피리를 불고 있는지도 모르겠구나."

"역시 오늘 밤에는 낙성의 슬픔을 달래기 위해 부는 것이 아닌가 생각합니다."

"그 말을 듣고 보니 여느 때보다 훨씬 더 애절하구나."

"예, 그런 것 같습니다."

"좋아, 오늘 밤에도 들어보기로 하자. 이긴 자가 지는 싸움에 가담했던 자의 슬픈 곡조를 듣는 것은 싸움터이기에 가능한 일이야. 평소의 그 자리에 의자를 갖다 놓아라."

"예."

고쇼는 얼른 뒤따라오는 근시를 돌아보고 전했다.

"주군에게 의자를."

신겐의 임시 막사 뒤에는 꽤 넓은 언덕이 있고 군데군데 서 있는 나무가 땅에 검은 그림자를 떨구고 있다. 약간 싸늘하게 느껴지는 봄바람이 오늘 밤은 노다 성 기슭을 돌아 천천히 언덕으로 불어오고 있다. 그 바람 때문에 때때로 성안의 말소리까지도 분명히 들렸으나 오늘 밤은 죽은 듯이 조용하기만 하다.

그래서인지 달빛 아래서 들려오는 피리 소리는 한층 더 애달픈 감상感傷에 젖어들게 한다. 그 피리 소리가 성안에서 들리기 시작한 지도 그럭저럭 이십 일은 되었을 것이다. 쌍방의 대치가 길어졌기 때문에 매일같이 저녁 후 똑같은 시각에 들려온다.

날이 새면 싸우고 해가 지면 무기를 거두고 피리를 부는 자도, 듣는 자도 모두 센고쿠戰國의 아픔을 맛본다.

신겐도 비가 내리지 않는 밤이면 식사 후 잠시 동안 의자를 내다놓게 하고 그 피리 소리에 귀를 기울이게 되었다.

"풍류의 길은 특별한 거야. 그 난폭한 미카와 무사 중에 저런 명인이 있다니."

이 명인의 피리 소리도 낙성이 결정된 오늘 밤에는 듣지 못하리라 생각했다. 그런데 더욱 처량하게 똑같은 장소에서 똑같은 시각에 들려왔던 것이다. 아마도 피리를 부는 자의 얼굴은 오늘 밤만은 눈물로 얼룩져 있지 않을까. 아니, 피리를 부는 자만이 아닐 것이다.

성안에서 이 소리를 듣는 자는 예외 없이 눈물을 삼키고 있을 것이다. 그러므로 오늘 밤은 특히 더 조용한 것인지도 모른다.

"의자가 준비되었습니다."

"그래. 너희들도 모두 들어라. 오늘 밤에만 들을 수 있는 피리 소리일 테니까."

신겐은 이렇게 말하고 일단 의자에 앉았다가 무슨 생각을 했는지 점점 이곳으로 모여오는 근시들을 돌아보았다.

"내 의자를 좀 왼쪽으로 옮겨라."

"예. 이 정도면 되겠습니까?"

"아니, 좀더 왼쪽으로. 그래 거기가 좋겠다."

평소보다 네다섯 걸음쯤 더 왼쪽으로 의자를 옮기게 하고 나서 신겐은 칼을 들고 있는 고쇼에게 말했다.

"내가 왜 의자를 옮기라고 했는지 알겠느냐?"

"예? 아니, 모르겠습니다. 혹시 여기가 더 잘 들리기 때문이 아닐까요?"

"그렇지 않아. 나는 매일 밤 여기서 피리 소리를 듣고 있다. 성안에 있는 자들이 이 사실을 알면 어떻게 되겠느냐?"

"아, 과연 그렇겠습니다."

"허허허, 잘 기억해두거라. 싸움터에서 방심은 절대로 금물, 만약 내 의자를 철포로 겨냥했다면 그 자리에서 목숨을 잃을 수도 있을 것이다."

"그 교훈, 깊이 명심하겠습니다."

"자, 피리 소리를 듣기로 하자. 점점 잘 들리기 시작하는구나."

"예."

신겐은 의자에 기댄 채 가볍게 눈을 감고 군선軍扇을 든 손을 무릎에 겹치고는 황홀한 듯 귀를 기울였다. 달빛은 더욱 밝아지고 산과 나무와, 골짜기와 성도 오늘 밤에만 들을 수 있는 아름다운 곡조 속에 젖어들었다. 신겐의 뇌리에는 열세 살에 첫 출전했을 때부터 쉰세 살이 된 오늘에 이르기까지의 다사다난했던 인생의 기억이 떠올랐다.

승자와 패자.

가와나카지마와 호쿠리쿠 전투.

노부나가의 얼굴과 가쓰요리의 얼굴.

가쓰요리에게 시집온 노부나가의 조카딸은 손자인 다케다 다로武
田太郎를 낳았다.

그리고 신겐은 지금 이 손자의 외할아버지뻘 되는 노부나가를 치
려고 떠나기 전날인 것이다.

인생의 불가사의가 애달픈 피리 소리를 따라 꿈처럼 환상처럼 뇌
리에서 흘러간다.

달이 흐려졌다. 어쩌면 이 슬픈 피리 소리가 구름을 불렀는지도 모
른다. 바로 그 순간이었다. '탕' 하고 주위의 산천과 대지에 탄환 폭
발음이 메아리친 것은……

'앗!'

신겐은 소리나지 않는 비명을 질렀다. 저도 모르게 무릎이 땅에 닿
고, 순식간에 주위는 가마솥의 물이 끓듯이 소란해졌다.

죽은 물고기처럼

신겐은 고작 한 번의 총성에 그만 의자에서 땅으로 주저앉은 자기 자신에게 화가 났다.

'내가 무엇을 두려워한다는 말인가!'

더구나 흉측스럽게 땅바닥에 한 쪽 무릎을 꿇다니 이런 추태가 어디 있는가. 남의 눈에 띄지 않게 얼른 일어서려다가 다음 순간 깜짝 놀라 낯빛이 변했다.

무의식적으로 몸을 지탱하려 한 오른손에 아무 감각이 없고, 거구가 앞으로 비틀거려 가슴의 무게를 떠받친 것은 자기의 오른뺨이 아닌가.

"이거 이상하다, 게 누구 없느냐!"

소리 지르려고 했으나 말이 나오지 않고, 일어나려고 했지만 오른쪽 다리에 힘이 주어지지 않았다. 동시에 머리에서 발끝까지 송곳으로 찌르는 듯한 심한 통증을 느꼈다.

탄환은 분명히 그에 몸에 명중하지 않았다. 그런데도 오른쪽 반신이 순간적으로 감각을 상실하고 기능을 잃은 고목枯木으로 변해 있었다.

"아니, 주군이?"

고쇼가 칼을 내던지고 큰 소리로 외치며 신겐에게 달려왔다.

"여러분! 주군이 철포에, 철포에 맞으셨습니다."

그 말을 듣고 신겐은 몸을 크게 흔들었다.

"이놈아, 왜 그렇게 당황하느냐! 철포에 맞은 것은 내가 아니야. 내가 어젯밤까지 앉아 있던 그 주위에 있던 자가 맞았어. 어서 보고 오너라."

꾸짖으려 했으나 이번에도 말이 나오지 않았다. 오른쪽 손발만이 아니라 입술도 기능을 잃어 그의 뜻을 따르지 않았다.

말을 하려고 할 때마다 침만 질질 흐른다는 것을 느낄 수 있고, 딱딱 부딪치는 이빨이 모래를 씹는 듯한 불쾌한 소리를 내며 청각에 전해진다.

"이놈아, 왜 갈팡질팡하고 있느냐. 철포가 아니라고 했지 않느냐!"

당황하며 가슴과 배에서 상처를 찾으려는 고쇼의 손이 번거로워서 애써 몸을 비틀려고 하자 이번에는 무언가가 울컥 가슴으로 치밀어 올랐다.

퉤! 하고 검은 덩어리를 토해냈다. 아까 먹은 닭고기인 것 같기도 하고 핏덩어리 같기도 했다. 이것만이 아직 감각을 잃지 않은 왼쪽 뺨에 미지근하게 느껴졌다.

'아무래도 뇌졸중腦卒中인 모양이다. 끝내⋯⋯'

아직 두뇌만은 말짱하여 그 처량한 피리 소리가 생생하게 들린다.

달과 밤의 경치와, 이에야스와 노부나가와……

그런데도 발작을 자각케 하는 절망의 팔은 가차 없이 신겐을 제압했다.

철저하게 준비했던 상경 작전.

이마가와 요시모토의 실패를 거울삼아 초조해 하지도 서두르지도 않고 신중하게 계획한 장대한 웅도. 이것이 큰 소리를 내며 무너지기 시작한다.

신겐은 필사적으로 하늘을 노려보았다.

하늘은 더욱 밝아져 뭇 별들의 빛을 모두 지우고 있다. 사라져가는 별이 신겐 자신이라고는 생각해본 적도 없다.

'살아야만 한다! 죽을 수는 없다!'

달빛 밑에서 갈팡질팡하는 사람들의 그림자가 커진다.

"당황하지 마라! 소란을 피우면 적이 깨닫게 된다!"

여전히 소리가 나오지 않는 말로 외치고 몸부림쳤다. 지금 신겐이 할 수 있는 일이라고는 그 당황하는 사람들의 손에 부축되어 본진의 임시 막사로 죽은 물고기처럼 옮겨지는 일뿐이었다.

"속히 의사를!"

"주군이 적의 계략에 넘어가셨다."

"그 피리 소리야말로 주군을 유인하려는 계략이었어."

"함부로 그런 소리를 하면 안 돼. 비밀로 해야 하는 거야. 비밀에 부치고 빨리 의사를."

신겐은 이러한 말들을 일일이 부인하고 꾸짖고 싶었다. 그는 적이 혹시 그런 의도를 가졌을지 몰라 일부러 자기 자리를 옮기게 했던 것이다.

따라서 철포를 맞았다면 누구 다른 사람이 즉사했을지도 모른다.

"서둘러라!"

다시 굵은 목소리가 귓전에 울렸다.

"속히 도련님에게! 아니, 가쓰요리 님만이 아니라 중신들의 진지로. 어서!"

이제는 그 목소리가 누구의 것인지도 모를 정도로 신겐의 가슴은 더욱 답답해져갔다.

심야의 군사軍師

이에야스도 가사오키 산의 성채에서 그 총성을 들었다.

"지금 그 총성은 무엇일까요?"

맨 먼저 장막으로 뛰어든 것은 사카키바라 야스마사이고 그의 뒤를 이어 들어온 것은 도리이 모토타다였다.

"단 한 방으로 끝났습니다. 분명히 성 쪽에서 들린 총성, 무슨 신호가 아닐까요?"

그러나 이에야스는 대답하지 않았다. 신호라 하더라도 아군에게 보내는 것은 아닐 것이다. 이미 오늘 밤을 끝으로 성을 내주겠다고 항복한 노다 성이 아닌가.

"드디어 성도 오늘 밤뿐이라고, 군사軍師를 성에 들여보냈다고 합니다."

오쿠보 다다요의 보고였다.

"긍지도 없는 것들!"

이에야스는 단지 이 한마디만을 내뱉듯이 말했을 뿐이다.

우물물이 마른 이상 더는 버틸 수 없으므로 항복은 불가피했다.

'지금까지 잘 견디어왔는데.'

이런 생각을 하면 울고 싶어도 울 수가 없는 이에야스였다.

노다의 낙성은 바로 다케다 군의 진격 개시를 뜻하는 것이므로 곧바로 이를 위한 대비를 하지 않을 수 없었다.

이에 사카이 사에몬노조左衛門尉 다다쓰구를 요시다 성에, 이시카와 호키노카미伯耆守 가즈마사를 자기 아들 사부로 노부야스가 있는 오카자키 성에 각각 급파하고는 묵묵히 다음 작전을 구상하고 있을 때 그 총성이 들렸던 것이다.

제반 상황으로 보아 노부나가의 원병은 도착하지 않았을 테고, 우에스기 군도 이미 북쪽으로 진출했을지도 모르는 상태였다.

그렇게 되면 이에야스는 이제 혼자만의 힘으로 다케다 군과 맞서 싸울 수밖에 없다.

그의 판단에 따르면 적은 노다 성에 야마가타 마사카게를 머무르게 하여 이에야스의 본대를 반드시 이곳에 못 박아 놓을 것이 분명했다. 그리고 이에야스가 신겐의 뒤를 따라 행동을 일으키면 야마가타 군이 그 배후에서 하마마쓰를 공격하는 체하며 이를 방해하고, 그동안에 오카자키 성을 손에 넣을 계획임이 틀림없다.

'그렇게 되면?'

이런 깊은 생각에 잠겨 있을 때인 만큼 뜻하지 않은 한 번의 총성도 그의 마음을 별로 움직이게 하지 않았던 것이다.

"주군, 이상하지 않습니까?"

다시 야스마사가 말했다.

"신겐의 본진 주위가 갑자기 시끄러워진 것 같습니다마는."

"그러나 총성은 성 쪽에서 들렸지 않는가?"

"그러기에 쉽게 납득이 되지 않습니다."

"어째서 납득이 되지 않는다는 말인가. 설마 항복하기로 결정한 자들이 야습으로 작전을 변경했을 리는 없지 않는가. 좀더 기다려 보면 사정을 알 수 있겠지."

그 말을 듣고 야스마사는 다시 장막 밖으로 나갔다.

아무튼 안타깝고 답답한 일이었다. 작은 노다 성에서 농성을 하며 초인적으로 저항한 스가누마 신파치로와 마쓰다이라 요이치로는 대관절 어떻게 되었을까.

성을 내주는 조건으로 할복하게 해달라고 제안했을 것은 분명하지만 과연 신겐이 이를 허용했을까.

또다시 달빛을 통해 희미하게 바라보이는 다케다 군의 본진을, 고개를 갸웃한 채 주시하고 있는 동안 일각 가까이 지났다.

그리고 다시 야스마사가 이에야스의 임시 막사로 돌아올 때였다.

"보고합니다."

한 목책에 있던 척후 하나가 부리나케 달려왔다.

"다케다 군의 군사軍師로 스가누마 이즈의 일족인 도묘 미쓰노부 同苗滿信라는 사람이 밤중에 실례이기는 하나 대장님을 뵙겠다고 찾아왔습니다."

"뭣이, 이 시각에 군사가?"

"예. 저희들도 수상하게 여겨 내일 아침에 다시 오라고 했습니다. 그러나 시급한 일이므로 꼭 뵈어야겠다, 혼자라도 좋다고 하였습니다."

"무슨 일이 있었구나. 좋아, 안내할 테니 기다리라고 해라."

이렇게 이르고 야스마사는 급히 장막 안으로 들어갔다.

이에야스는 거의 꺼져가는 모닥불 앞에서 아직도 팔짱을 낀 채 의자에 앉아 있었는데, 야스마사의 말을 듣고는 비로소 양미간을 찌푸리며 고개를 갸웃했다.

"으음, 아무튼 찾아온 자를 쫓아보낼 수는 없지. 만날 테니 들여보내게."

"주군, 이건 아무래도 무슨 일이……"

"만나면 알게 되겠지. 쓸데없는 추측은 하지 말게. 스가누마 미쓰노부라면 이미 육십이 넘은 성실한 노인일 게야. 그러나 교전 중이므로 방심하지는 말게."

"예."

"무기는 보관케 하고 수행원 없이 단신으로 들여보내도록."

이에야스는 일부러 엄하게 지시했다.

'나를 우습게 여기고 항복을 권하러 온 군사 녀석!'

이렇게 생각했기 때문이었다.

인질 교환

군사는 과연 귀밑머리가 희끗희끗한 건장해 보이는 노인이었다.

물론 야마가 산보의 무리인 스가누마 이즈의 일족이므로 이에야스도 그 얼굴이 기억에 있는 사나이였다.

"오오, 미쓰노부로군, 기억하네. 그러나저러나 신겐 공이 새삼스럽게 그대를 보내다니."

상대는 공손하게 인사하고 나서 말을 꺼냈다.

"심야에 죄송한 일이오나, 노다 성에 계시는 마쓰다이라 요이치로 님과 스가누마 신피치로 님의 목숨과 관계되는 일이어서 제가 군사의 소임을 띠고 이렇게 찾아왔습니다."

"허어, 두 사람이 성을 내놓을 테니 목숨은 살려달라고 하던가?"

"당치도 않습니다! 그런 말씀을 하실 두 분이 아닙니다."

"그럴 테지. 이 이에야스의 가신 가운데는 그렇게 얼빠진 사람은 없어."

"현재 두 분은 성안의 둘째 성곽에 갇혀 있는데, 아무리 고슈에 협력할 것을 권해도 받아들이지 않습니다."

"당연한 일이지! 어서 목을 베라고 당당하게 말하고 있을 테지."

"그렇습니다."

"그런데 이 이에야스에게 무슨 용건이 있어서 찾아왔나?"

"어떻게 처리해야 할지 고심하고 있을 때 저희 주군인 스가누마 이즈와 사쿠데의 오쿠다이라 겐모쓰 뉴도, 단미네段嶺의 스가누마 교부刑部 님이 신겐 공에게 구명을 청했습니다."

"흥, 그래서?"

"두 장수에게는 아무리 항복을 권해도 소용이 없으므로, 이 두 장수의 목숨과 야마가 산보 쪽에서 하마마쓰 성에 보낸 인질을 교환하도록 청하여 신겐 공의 허락을 받았습니다."

"하하하, 그거 좋은 생각이군. 그러면 산보 쪽의 가족이 좋아하겠지. 그러나, 미쓰노부!"

"예."

"신겐 공이 과연 그것을 허락했을까?"

"다름 아닌 세 분의 부탁이므로, 이에야스가 승낙한다면 마음대로 하라고."

"핫핫하, 좋아. 그 일이라면 나도 승낙하겠어. 야마가 산보 쪽의 인질과 신파치로, 요이치의 목숨을 바꾸는 것이라면."

이에야스는 웃음을 멈추지 않았다.

다케다 군에 항복한 야마가 산보 쪽의 인질이 언젠가는 도움을 줄 때가 있을 것 같아 일부러 하마마쓰에서 데려왔었기 때문이다.

그런 만큼 이 인질 교환은 이에야스가 원하던 바였다.

'대관절 신겐은 왜 이런 밑지는 흥정을 허락한 것일까?'

신겐은 승리한 쪽이다.

이쪽에서 두 장수를 구하기 위해 그런 제의를 했다면 상대는 이보다 몇 배나 더 많은 요구를 할 수도 있었을 텐데……

"그럼, 그 시일과 장소는?"

"되도록 빨리, 이 미쓰노부는 그쪽에서 원하시는 조건대로 신겐 공에게 전해 성사케 하려고 합니다."

"허어, 더더구나 방심할 수 없는 일이로군."

"무슨 말씀이신지요?"

"신겐 공은 표리부동한 대장이야. 좋아, 이렇게 하세. 내일모레 우리는 군사를 거느리고 히로세 강가로 이동하겠어. 그때 인질을 같이 데리고 갈 것이니 다케다 군도 강 건너로 나와 쌍방이 서로 인질을 확인한 뒤 양쪽에서 강을 건너도록 한다. 이렇게 하면 이의가 없겠지?"

이렇게 말하자 사자는 순순히 고개를 끄덕였다.

"목숨을 걸고 그렇게 시행하도록 신겐 공에게 말씀드리겠습니다."

"좋아, 그럼 결정됐어. 모토타다, 사자를 밖에까지 배웅하라."

그리고 이미 지기 시작한 달빛 속으로 사자가 사라지자 이에야스는 의자에서 일어나 장막 안에서 서성거리기 시작했다.

"으음, 무슨 일이 생겼는지도 모른다."

삶이냐 죽음이냐

인질 교환은 즉시 실시되었다.

양쪽 모두 이천 남짓한 군사를 이끌고 히로세 강가로 나아가 각자가 데리고 온 인질을 상대방에게 확인시켰다.

노다 성에는 이미 다케다 쪽의 야마가타 사부로베에 마사카게가 들어가 있으므로 만약 신겐에게 책략이 있다고 하면 다케다의 본대는 인질을 인수하는 동시에 재빨리 움직여 이에야스 군을 포위할 것이다.

그러므로 이에야스는 만일의 경우에 대비하여 하마마쓰에서 고용한 이가의 무리를 여러 마을에 잠복시켜 적의 움직임을 경계하도록 했다.

인질 교환은 무사히 끝났다.

그러자 얼마 지나지 않아 신겐의 본진에서 나가시노 방면으로 가는 화려한 여자용 가마가 출발했다는 정보가 들어왔다.

"그 가마에는 대관절 누가 탔을까?"

이어서 들어온 정보에 의하면 그 가마는 하나가 아니라 앞뒤로 셋, 그것도 나가시노 성에는 들어가지 않고 다시 그 북쪽에 있는 호라이 사鳳來寺로 향하고 있다는 것이다.

그렇다면 그 가마 중의 하나에는 신겐이 타고 있지 않을까 하는 의문이 당연히 생긴다. 더구나 성의 인도와 동시에 촌각을 다투어 전진할 것으로 알았던 다케다 군이 무엇 때문에 인질 교환 따위에 이틀이나 허비했는가, 또 전진을 미루고 후방으로 물러갈 필요가 있는가?

워낙 엉뚱한 신겐이므로 조금도 방심할 수 없는 일이었지만, 그러나 이번에는 적에게 어떤 새로운 사정이 생긴 것 같아 여간 마음에 걸리지 않았다.

'퇴각하는 체하고 공격하려는 것이라면 어디쯤에서일까?'

이에야스가 곰곰이 생각하며 아무런 행동 개시도 하지 않고 있을 때 도리이 모토타다가 일족인 도리이 산자에몬三左衛門과 함께 몹시 어두운 표정으로 찾아왔다.

마침 이에야스가 목욕하는 중이어서 옥외의 울타리 안팎에서 문답을 시작했다.

"주군, 이 산자에몬이 우리에게는 말할 수 없고 오직 주군에게만 말씀드리겠다고 고집을 부리고 있습니다."

"뭣이, 산자에몬이 꼭 나에게만?"

"예. 산자에몬은 아시다시피 이번 인질 교환때 성안에 있던 자입니다. 자기만이 알고 있는 비밀을 말씀드리겠다면서. 완고한 자라서 그 이상 제게는 말을 하지 않습니다."

"허어, 원하는 대로 해주겠다. 산자에몬, 이리 오너라."

"예."

그는 흠칫흠칫 하면서 판자로 친 울타리 안으로 들어왔다.

"산자에몬, 나는 이렇게 혼자 벌거벗고 목욕하고 있다. 듣는 자라고는 나와 이 불알밖에 없어. 그러니 안심하고 말을 해도 좋다."

그러자 산자에몬은 남의 세 배는 된다고 알려진 이에야스의 큼직한 불알에서 시선을 돌리듯 하고 한쪽 무릎을 꿇었다.

"적의 대장 신겐이 진중에서 사망했다는 소문이 있습니다."

"뭐, 뭣이!"

이에야스는 저도 모르게 앞을 가렸던 손을 뗐다.

"산자에몬!"

"예."

"그 소문, 어디서 들었느냐? 함부로 말하면 용서치 않겠다."

성난 얼굴로 이렇게 말하고 나서 몸을 일으켰다.

"잠깐, 잠깐. 여기서 나가 말을 듣겠다."

얼른 홑옷을 걸치고 장막 밖으로 나왔다.

이에야스의 생애를 까맣게 먹칠하려는 신겐. 삼십여 년의 고초를 깡그리 무산시키려고 앞길을 가로막고 있는 거대한 바위, 그런 상대가 죽었다는 소문은 소문으로서는 너무나 엄청나다.

"자, 말하거라, 산자에몬. 상대는 책략이 뛰어나기로 유명한 신겐이야. 그런 소문을 퍼뜨려놓고 허점을 찌르려고 하는지도 모른다. 문제는 그 소문의 출처인데, 그 말부터 하거라."

"예."

산자에몬은 목소리를 떨었다.

"저는 농성을 하는 동안 어떻게 하면 신겐을 죽일 수 있을지 여러모로 생각했습니다. 가이의 군사는 강하나 이것은 오로지 신겐 한 사람의 힘, 그를 쓰러뜨리는 것이 뿌리를 자르는 일이라 생각했기 때문에……"

"이봐, 작전에 대한 강의는 하지 않아도 좋다. 문제는 소문의 출처야. 그것을 말하라는 것이다."

"황송합니다마는, 저도 그 말씀을 드리고 있는 중입니다. 농성하는 자 중에는 이세의 야마다 출신인 무라마쓰 보큐라는 피리의 명인이 있었습니다."

"그 피리의 명인이 다케다 군에게 알아냈다는 말이냐?"

"우선 끝까지 들어보십시오. 그 자가 밤마다 싸움이 끝나면 피리를 불었습니다. 적도 아군도 모두 넋을 잃고 그 소리를 들었습니다. 신겐도 피리를 즐긴다는 것을 알았기 때문에 우리가 보큐에게 권하여 일부러 적의 본진에 들릴 위치에 보큐를 옮겨 똑같은 시각, 똑같은 장소에서 매일 밤 불도록 시켰습니다."

"으음, 그래서?"

"사람에게는 저마다 취미가 있게 마련, 신겐도 반드시 그 소리를 들을 것이다, 어느 곳에 나와 들을 것인가. 이것이 제가 노리는 점이었습니다. 그러던 어느 날."

"어느 날, 어떻게 되었다는 말이냐?"

"신겐이 매일 밤 나와서 듣는다고 생각되는 지점에 작은 종이쪽지가 달린 대나무 막대 하나가 지면에 꽂혀 있는 것을 보고 저는 직감했습니다."

"으음, 그래서?"

"저는 낮부터 그 지점에 총포를 겨냥하고 밤이 되기를 기다렸다가 드디어 발사했습니다."

"잠깐! 그게 언제의 일이냐?"

"인질을 교환하기로 한 전날 밤이었습니다. 그러고나서 이튿째 되는 날 적의 본진에서 여자용 가마가 호라이 사로 출발했습니다."

"잠깐!"

이에야스는 나직하게 신음하고 찢어질 듯한 눈으로 허공을 노려보았다.

행성行星의 의지

신겐이 죽었다. 만약 이것이 사실이라면 이보다도 더 큰 이변은 없을 것이다.

신겐 한 사람 때문에 생애가 새카맣게 먹칠되려는 사람이 둘 있다.

한 사람은 오다 노부나가 그리고 또 한 사람은 도쿠가와 이에야스다.

'신겐이 죽었다면 대관절 이제부터 어떻게 될 것인가?'

호탕하기로 알려진 이에야스도 도리이 산자에몬의 얼굴에 시선을 못 박은 채 그만 와들와들 떨기 시작했다.

믿고 싶은 마음과 믿게 해놓고 방심한 틈을 찌르려는 신겐 나름의 책략 냄새가 그의 뇌리에서 태풍처럼 거칠게 소용돌이치고 있다.

"산자에몬!"

"예."

"설마 그대는 나쁜 꿈을 꾸고 있던 것은 아니겠지. 철포는 어디서 겨냥했나?"

"성곽에서 가까운 소나무 위에서입니다."

"그렇다면 거리는 확실한데."

이에야스는 말하다 말고 다시 고개를 저었다.

"멍청한 것! 그쪽 진지에 작은 종이쪽지가 달린 대나무 막대가 꽂혀 있었다고 했지?"

"예. 그 대나무는 신겐이 날마다 진중을 순시할 때 무심코 손에 들고 다니는 막대입니다. 신겐이 피리 소리에 심취하여 그것을 땅에 꽂은 채 잊어버리고 있다는 생각으로 저는 거기에 겨냥했습니다."

"그것이 바로 잘못되었다는 말이다. 상대는 지략이 여간 출중하지 않아. 그대의 책략을 꿰뚫어보고 일부러 막대를 세워놓았다고는 생각지 않느냐? 멍청한 녀석아."

이에야스는 심하게 꾸짖고 나서 얼른 목소리를 낮추었다.

"산자에몬, 좀더 가까이 오너라."

"예?"

"불만에 찬 표정은 짓지 마라. 묻고 싶은 말은 지금부터야. 분명히 그 이틀 후에 수상한 가마가 진지를 떠났다고 했지?"

"예. 그리고 나가시노 성에는 들어가지 않고 그대로 호라이 사로 향했습니다."

"좀더 자세히 말하라. 우선 총성이 울렸을 때, 맨 먼저 적진에서 일어난 소동은?"

"달빛 아래라 신겐의 모습까지는 확인하지 못했습니다. 그러나 썰물이 밀려가듯 언덕에서 사람들의 모습이 사라지고 이윽고 진중에서 기마 무사들이 사방으로 달려갔습니다."

"그렇다면 그 다음에 인질 교환의 사자가 우리에게 온 건지도 몰

라. 그런데 야마가타 사부로베에는 언제 성에 들어갔느냐?"

"이튿날 채 날이 밝기도 전입니다. 약속한 시각보다 일각 반이나 일찍, 당황하면서."

"그것만으로는 믿을 수 없어! 아직 단정하기에는 이르다. 그러면 진중에서 죽었다는 소문은 어디서 들었느냐?"

"야마가타 군이 입성할 때 짐을 나르던 지아키千秋의 농부로부터입니다."

"그 농부가 무엇이라 말하더냐? 말한 그대로 복창하라."

"예, 그 농부는 신겐이 진중의 보약으로 쓸 닭을 가지고 부엌에 들어가 건네고 있을 때 별안간 총성이 들리는 바람에 간이 콩알만 해졌다고 했습니다."

"잠깐, 산자에몬! 그것도 납득이 가지 않는다. 신겐은 불문에 귀의한 이래 십 년 동안 육식을 하지 않기로 부처님에게 맹세한 사람이야. 그런데 어찌 진중에서 닭을 먹겠느냐. 그 점을 농부에게 확인해 보았느냐?"

"물론입니다. 농부에게 다그쳐 물었습니다. 그러자 이렇게 대답하는 것이었습니다. 신겐 공은 폐를 앓고 계시므로 의사의 권고에 따라 진중에서만은 보약으로 날마다 어조류를 드신다고."

"으음, 그 농부는 성안의 소란에 대해 뭐라고 말하더냐?"

"별안간 소란해진 가운데, 누구인지는 모르나 주군이 탄환에 맞으셨다, 탄환에 맞으셨다고 하는 말을 듣고 겁이 나서 떨고 있을 때 두 사람의 무사가 축 늘어져 꼼짝도 못하시는 신겐 공을 막사 안으로 옮겼다, 이것을 분명히 보았다고 했습니다."

여기까지 말하자 이에야스는 얼른 손을 들어 산자에몬의 입을 막았다.

"좋아, 그만 됐다. 신겐이 나를 속이려고 한 책략이라면 당연히 그렇게 했을 것이다. 물러가서 쉬거라."

다시 한 번 깊이 검토할 생각으로 말했다. 그러나 이에야스의 목소리는 떨리고 눈은 무섭게 빛났다.

죽은 것은 아니라 하더라도 혹시 부상당했거나 병에 걸린 것은? 아무튼 적에게 뜻하지 않은 사고가 생긴 것만은 확실하다. 이것만으로도 이에야스는 시야가 활짝 열렸고 호흡이 편해졌다.

이에야스는 다시 일어나 장막 안에서 서성거리기 시작했다.

인생에는 인간의 지혜로는 계산할 수 없는 커다란 운명의 별이 움직이고 있는 것일까?

물론 다케다 쪽에서는 이 돌발 사건을 끝까지 숨길 것이 분명하다.

그러나 서둘러 입성하는 야마가타 군을 비롯하여 갑작스런 인질 교환, 가마의 출입 등 일련의 움직임은 신겐의 신상에 일어난 어떤 변화를 말해주기에 충분한 것 같았다.

이에야스는 별안간 큰 소리로 도리이 모토타다를 불렀다.

"모토타다, 이제 들어와도 좋다."

그리고는 천천히 모토타다가 들어오자 혀를 깨물듯이 성급하게 말했다.

"모토타다! 스루가에 군사를 보내라. 적이 어떻게 나오는지 그것만 확인하면 된다. 너무 깊이 들어가지 말고 떠보기만 하라는 말이다. 이것은 이에야스의 운명을 결정하는 탐색이 될 것이다."

도라고제 산

이곳은 북부 오미에 새로 축성된 도라고제 산이다.

여기서 북동쪽으로 약 십오 정丁 가량 떨어진 거리에는 아사노 나가마사의 오다니 성이 봄 안개 속에 희미하게 떠올라 있고, 그 주위에는 봄 햇살을 받은 나뭇잎이 파릇하게 향기를 풍기고 있었다.

이 성채의 대장은 현재 나가하마長浜에서 오만 석의 다이묘로 있는 기노시타 도키치로 히데요시, 그리고 군사인 다케나카 한베에 시게하루가 그 밑에 딸려 있다. 말할 나위도 없이 이 성채야말로 아사이 부자의 준동을 막기 위해 히데요시에게 쌓게 한 노부나가의 동맥과도 같은 거점의 하나였다.

"군사 양반, 군사 양반."

조금 전까지 자랑하는 고쇼인 가토 도라노스케, 가타기리 스케사쿠片桐助作, 후쿠시마 이치마쓰福島市松, 이시다 사키치石田佐吉 등을 데리고, 새로 오다니 성 주위에 닦아놓은 군사 도로에서 위협 연습을 했던 히데요시는 이마에서 목덜미까지 땀을 줄줄 흘리면서 정상에 있는 본진으로 돌아와 큰 소리로 다케나카 한베에를 불렀다.

"또 그런 큰 소리를, 아까부터 계속 대답하고 있었는데 못 들은 모양이군요."

한베에는 웃으면서 진막에서 나와 고쇼이 갖다놓은 의자에 히데요시와 나란히 앉았다.

"어떤가? 군사 양반, 우리 고쇼들의 사기는?"

"용사 밑에는 약한 병사가 없기 마련, 그야말로 맹호가 싸우는 것 같습니다."

"핫핫하, 군사 양반은 칭찬도 능숙하군. 어때, 명령만 내리면 이길 것 같나?"

"대장은 지기를 싫어하니까요."

"암, 싸움에 질 정도라면 처음부터 중이 되었을 테지. 중이라는 말이 나왔으니 말인데 신겐도 따지고 보면 중이지. 그렇지 않나, 군사 양반."

"그런데 신겐이 어떻게 되기라도 했나요?"

"죽었다는 소문이 있는데, 우리 대장님도 알고 계시는지."

"글쎄요."

한베에는 애매하게 대답하고 눈으로 웃었다.

"신겐 공의 생사 같은 것은 별로 문제되지 않을 겁니다."

"아니, 문제 되지 않는다니?"

"나는 처음부터 신겐 공의 상경은 무모한 짓이라 생각했지요."

"이유는?"

"교토와 멀다는 것이 그 첫째."

"둘째는 또 뭐요, 군사 양반?"

"앞뒤에 강적이 있지요."

"도쿠가와와 우에스기 말이로군."

"쌍방 모두 젊음과 사기로 고슈 군을 압도하고 있어요."

"세번째 이유도 있나?"

"물론 있지요. 신겐 공은 불심佛心이 생겼어요. 이것은 생명의 위기를 깨달았다는 증거. 인간에게 생명의 등불이 희미해졌다는 것을 깨닫게 되는 때가 있다면, 그것은 반드시 육체에 고장이 있을 때, 즉 병이 몸에 파고들었을 때."

"하하하, 여전히 눈으로 보기라도 한 듯이 말하는군. 그러면 신겐이 여기까지는 오지 않는다는 말인가?"

"비록 죽지는 않았다 해도 병을 얻어 고슈로 돌아갔을 것이다, 이 한베에는 그렇게 보고 있지요."

"그러나저러나 우리 대장이 너무 느긋해 있다고 생각지 않나, 군사 양반?"

"과연 그럴까요, 대장님이?"

"나 같으면 신겐의 진군이 멈췄다고 생각되는 즉시 오다니 성을 공격할 텐데."

해는 벌써 서쪽으로 기울고, 오다니 성은 점점 붉게 물들어가는 석양을 반사하며 정적 속에 잠겨 있다.

때때로 정상에 있는 본성의 망루에 올라가 이쪽을 바라보는 여자들의 모습이 눈에 띄기는 했으나 오늘은 그 부근도 안개가 끼어 자욱했다.

"대장도 점점 조급해지기 시작하는군요. 가이로 돌아갔다는 것을 안 이상 그렇게 서두를 것은 없어요."

"군사 양반은 그렇게 말하지만, 가령 병에 걸려 돌아갔다면 다시 나아서 진격해 오기 전, 그 동안이 바로 절호의 기회라고 생각하지 않나?"

"하하하하."

한베에는 시원스럽게 웃고 하늘을 쳐다보았다.

"대장님은 인간의 나이를 생각지 않으시는군요."

"뭐, 인간의 나이를?"

"예. 주군이나 대장님이라면 몰라도 신겐 공은 이미 쉰 살이 넘었어요. 그 나이에 병을 얻는다면 그렇게 빨리 회복되지 않습니다. 우선 이 때문에 싸움터로의 출전은 어렵게 되는 것이죠. 그러므로 이 한베에 같으면 신겐의 도움을 애타게 기다리는 약한 곳부터 먼저 공격할 것입니다."

"으음. 그러니까 주군은 이것을 알고 계시다, 그렇기 때문에 이 오다니 성 공략은 뒤로 미루었다고 판단하는 것이로군."

"아니지요. 주군 역시 그렇게 참을성이 강한 분은 아닙니다. 머지않아 서쪽을 제압하고 달려오시겠지요. 하늘 색깔에도 오다니의 산 모양에도 그런 기운이 역력히 나타나고 있거든요."

"원, 이런."

히데요시는 혀를 차면서 땀을 닦았다.

"그 산 모양이니 천문天文이니 하는 소리가 나오면 나는 갈피를 잡을 수가 없어. 허풍이라 생각하지만 때로는 정확히 들어맞기도 하니까."

"쉿."

"아니, 왜 그래? 갑자기 눈빛이 변하다니."

"귀를 기울여 보세요. 정문 부근에서 말발굽 소리가."

한베에가 이렇게 말했을 때 부리나케 초소에서 달려온 무사가 한

쪽 무릎을 꿇을 틈도 없다는 듯이 큰 소리로 말했다.

"보고합니다! 오다 대장님께서 진지를 돌아보러 오셨습니다."

히데요시는 벌떡 의자에서 일어나 대문을 향해 달려갔다.

초가을에 대비하다

"원숭이!"

"예."

"준비되었느냐?"

"숙소 말씀입니까? 지금 당장."

"이 멍청한 것아, 오다니 성 공격 말이다. 이번에야말로 아사이도 아사쿠라도 그냥 두지 않겠어."

"드디어 그 순서가 되었군요."

"나는 준비가 되어 있느냐고 물었어."

"너무도 잘 되어 하품을 하고 있는 중입니다."

"좋아, 한베에를 불러라!"

노부나가는 교토에서 돌아오는 길인 듯했다. 붉은 비단 요로이히 타타레 밑에 표범 가죽으로 된 정강이 가리개를 하고, 손에는 붉은 술이 달린 고래 힘줄 채찍을 들었으며, 머리에는 깔때기 모양으로 생긴 남만 에보시를 쓰고 있었다.

아무리 보아도 일본인이라기보다는 어느 꿈나라에서 온 듯한 거친 무장의 모습이었다. 이러한 그가 마구 채찍을 휘두르면서 뱃속까지 울릴 것 같은 큰 소리로 말했기 때문에 곁에 대령하고 있던 고쇼들까지 눈이 휘둥그레져 숨을 죽이고 있었다.

"다케나카 한베에 시게하루, 언제나 변함없으신 주군을 뵈오니……"

"인사는 필요치 않아!"

"예."

"어떤가 한베에, 시기의 점괘는?"

"때가 무르익는 것은 금년 초가을이라 생각합니다."

"가을까지 기다리라는 말인가?"

"우선 에치젠을, 그 다음에 오다니를. 에치젠을 그대로 두면 오다니 싸움은 다시 오랫동안 미루게 될 것입니다."

"으음, 그럼 다케다에 대한 그대의 판단은?"

"신겐 공은 설령 생명을 건진다 해도 그렇게 빨리 재기하지는 못하리라 생각합니다."

"어째서?"

"첫째는 연령, 중도에 되돌아갔다는 것은 그 병세가 가볍지 않다는 것을 천하에 알리고도 남음이 있는 일이라고 생각합니다."

노부나가는 흘끗 히데요시 쪽을 바라보았다.

"원숭이, 너도 같은 의견이냐?"

히데요시는 싱긋 웃고 고개를 저었다.

"저는 지금 당장 공격을 시작해도 좋다고 생각합니다."

"마음에도 없는 소리는 하지 마라. 이에야스가 이렇게 알려왔어.

스루가에서 군사를 움직여보았는데 반응이 너무 소극적이었다고."

"그러기에 서두를 것이 없다고 한베에는 말하고 있습니다마는."

"왓핫핫핫하."

비로소 노부나가는 웃었다.

"한베에, 생각하는 바를 좀더 솔직히 말하라. 오다니 공격은 가을까지 기다리고 우선 신겐의 생사를 확인한 뒤 이왕이면 단숨에 에치젠의 아사쿠라를 해치우라는 말이겠지."

"그렇습니다!"

한베에는 웃지도 않은 채 정중히 고개를 숙이며 말했다.

"어차피 다케다 쪽에서는 상喪을 극비에 부치려고 할 것입니다. 그러나 신겐 공이 세상에 없다면 가신들의 결속이 흐트러질 것은 정해진 이치. 가신들의 손발이 맞지 않으면 도쿠가와 님 혼자만으로도 충분히 다케다 군을 제압할 수 있습니다. 그렇게 되면 주군은 유유히 아사이, 아사쿠라 공격에 전념하실 수 있습니다. 초가을까지, 초가을까지입니다."

노부나가는 쏘는 듯한 눈으로 그 말을 들으면서 반대도 하지 않고 그렇다고 맞장구도 치지 않았다.

그러나 한베에의 의견에 결코 반대하지 않는다는 증거로 그가 말을 끝내자마자, 다시 히데요시를 향해 말했다.

"원숭이! 곧 보리가 여물기 시작할 것이다, 알겠나?"

"흐흐흐, 그야 물론입니다."

"보리를 베거든 농민들에게 서둘러 모내기를 하라고 해라."

"그럼, 역시 싸움은 초가을에?"

"쓸데없는 소리는 할 것 없어. 그 벼가 익어갈 무렵까지 나는 오랜만에 낮잠을 자겠다는 말이다."

"그러시면 지금부터 기후로 돌아가시겠습니까? 이왕이면 내친 김에 겨울까지 낮잠을 주무셔도 좋습니다."

"뭣이, 겨울까지라니 무슨 소리냐?"

"초가을까지 연기해주시면 아시이, 아사쿠라 공격은 이 히데요시 한 사람으로도 충분하다고 말씀드리려는 것입니다."

"원숭이가 또 허풍을 떠는군."

노부나가는 그 말을 듣고, 내뱉듯이 말했으나 그 얼굴에는 감출 수 없는 미소가 희미하게 떠올라 있었다.

"인생이란 참으로 우스운 거야."

"참으로 변화와 유전流轉이 끝도 없는 것 같습니다."

"신겐이 쳐놓은 그물을 버리고 돌아가게 되다니…… 어쨌든 좋아. 오늘 밤은 이 성채에서 묵겠다. 엄히 경계를 펴도록."

"예."

다리 밑의 거북

노부나가는 도라고제 산의 성채에서 하룻밤을 묵고는 곧장 기후로 돌아갔다.

물론 아직은 낮잠이나 자고 있을 때가 아니다. 사방에 적이 있는 때여서 기후에 있는가 싶으면 셋쓰와 이즈미에 나타나고, 셋쓰와 이즈미에 있는가 하면 북부 오미에 나타나는 식으로 적의 눈을 현혹시키면서 신출귀몰하는 움직임을 보일 필요가 있기 때문이다.

그래서 그런지는 몰라도, 노부나가가 기후로 돌아갔을 무렵 오다니 성 부근의 마을 아이들은 한가롭게 들판을 뛰어다니면서 이런 노래를 불렀다.

노부나가 님은
다리 밑의 진흙 묻은 거북
불쑥 나타났다가는 들어가고

불쑥 나타났다가는 들어가고
다시 한 번 나타나면
모가지를 뽑아버리자

이것은 아사이의 가신들이 아이들에게 가르쳐 부르게 한 노래임이
틀림없다. 그런 의미에서 분명히 '불쑥 나타났다가는 들어가고' '불
쑥 나타났다가는 들어가고'는 맞는 말이었으나, 과연 '다시 한 번 나
타나면 모가지를 뽑아버리자'가 뜻대로 될지는 의문이었다.

어쨌든 이 노래가 바람을 타고 종다리의 지저귐과 목소리를 다투
고 있을 무렵, 노부나가는 이미 교토로 돌아가 그동안의 현안이었던
쇼군 아시카가 요시아키의 처분에 착수하고 있었다.

요시아키가 더 이상 노부나가와 제휴하여 일을 도모할 수 있는 인
물이 못된다는 것은 이미 여러 차례 말한 바 있다. 더구나 요시아키
는 신겐의 상경을 예상하고 노부나가에 대한 협공을 준비하여 스스
로 자기 무덤을 깊이 파놓았던 것이다.

그가 정식으로 마쓰나가 히사히데와 미요시 요시쓰구의 죄를 용서
하여 자기 편으로 끌어들인 것이 3월 23일, 다케다 신겐이 후에후키
강笛吹川에서 발병한 지 8일 만의 일이니 이 얼마나 얄궂은 역사의
장난이란 말인가.

신겐의 죽음은 그 후 수년 동안 극비에 부쳐졌기 때문에 과연 언제
죽었는지 분명치 않으나, 전후의 사정으로 미루어 4월 12일 고후로
돌아가는 도중에 시나노의 나미아이波合에서 숨을 거둔 것으로 추측
하고 있다. 물론 이것이 확인된 것은 나중의 일이다.

노부나가가 기후를 떠나 자신의 온 힘과 정성을 다해 신축해준 아
시카가 요시아키가 있는 니조의 무로마치 저택을 포위한 것은 신겐

이 죽기 며칠 전인 4월 4일이다.

신겐의 죽음으로 한시름 놓은 이에야스와 노부나가 두 영웅에 비해 요시아키의 운명은 너무나 짓궂은 비운이었다.

맹장 노부나가에게 무력에 의한 공격을 받는다면 요시아키는 그 적수가 될 리 없다. 그래서 그는 즉시 저택에서 쫓겨나 후켄 사普賢寺에 가서 삭발하고 노부나가에게 자비를 애걸하지 않을 수 없었다.

이것으로 아시카가 바쿠후는 명실 공히 역사의 무대에서 사라졌버렸다. 그러나 요시아키 한 사람의 목숨 따위를 문제시할 노부나가가 아니었다.

"많이 모자라는 녀석, 죽을 때까지 잔재주나 부리고 있거라."

노부나가가 요시아키를 우지 강宇治川의 마키지마 성에서 가와치河內로 추방하고 드디어 북부 오미로 진출한 것은 7월 말이었다. 마침 이때 북부 오미의 요고余吾, 기노모토木之本 부근에는 아사이 부자의 간청에 따라 아사쿠라 요시카게가 이만의 대군을 거느리고 와서 호시탐탐 오다의 거점을 노리고 있었다.

다케나카 한베에 시게하루가 예측했던 대로 초가을은 그야말로 아사이 · 아사쿠라 군과 노부나가 군이 자웅을 결할 결전의 시기가 되어가고 있었다.

그해 7월 28일에 연호가 개정되어 겐키 4년이 덴쇼天正 원년(1573)이 되었고, 막 8월로 접어들었다.

노부나가가 직접 북부 오미의 오즈쿠大岳 북쪽 야마다山田 마을에 진을 친 것은 8월 10일.

이곳은 오다니 성의 아사이 군과 원군인 아사쿠라 군과의 연락로에 해당한다. 따라서 노부나가는 양자 사이에 끼여들어 쌍방을 노려보는 이점을 갖게 되었다.

음력 8월은 지금의 9월로 일본열도에 태풍이 부는 계절이다.

"대장님은 무슨 생각을 하고 계실까? 이번에는 전처럼 신속 과감하게 움직이지 않으시니 말이야."

"그래, 산처럼 요지부동이셔. 나는 10일부터 오다니 공격을 시작할 줄 알고 있었는데."

"글쎄 말이야. 10일에도 움직이지 않고 11일도 헛되게 보냈어. 그리고 오늘은 12일, 날씨까지 이 모양이니 원."

"아무래도 폭풍이 닥칠 것 같아. 남풍이 부는 것을 보면 심상치가 않아."

그런 말이 오가는 동안 풍속이 점점 더 강해지고 정오 무렵부터는 장대 같은 빗줄기가 들판을 때리기 시작했다.

이미 의심할 바 없는 초가을의 태풍.

"조심하라. 진막이 날아갈지도 모른다."

"이런 비라면 홍수가 나겠어. 강가에 말을 매면 안 된다."

"식량을 높은 데로 옮겨라. 그리고 날아갈 만한 물건에는 큼직한 돌을 올려놓아라."

저녁이 되자 태풍은 점점 더 심해져, 빗줄기는 천지를 찢어놓을 듯한 거센 바람과 고개도 들 수 없는 폭우로 변했다.

"인가에 접근하지 마라. 머리 위에 무엇이 떨어질지도 모른다."

"말이 달아나지 못하도록 하라. 불을 꺼뜨리지 마라."

"큰 나무 밑에는 절대로 가지 마라."

어디에도 불빛은 보이지 않고 칠흑 같은 산야는 풍우의 유린에 그대로 내맡겨졌다.

이렇게 되자 사람들은 묵묵히 바라보기만 할 뿐이었고, 말소리조차 끊어지기 일쑤였다.

그런데 태풍이 부는 그날 밤 해시亥時(오후 10시)가 지났을 무렵, 어둠 속에서 소라고둥 소리가 울려 퍼지고 이어서 진격의 북소리가 요란하게 들렸기 때문에 사람들은 깜짝 놀랐다.

"아, 야습을 감행할 모양이다!"

"대장님은 이 폭풍우를 기다리셨던 거야."

"도대체 어디를 공격하시려는 걸까?"

"모르겠어. 어쨌든 서둘러야 해!"

노부나가는 마흔이 되어 또다시 그 덴가쿠 골짜기의 맹렬한 기습 전법을, 더구나 심야에 결행했던 것이다.

그는 진두에 서서 달려오는 측근들에게 예의 그 노호와도 같은 소리로 명령했다.

"이제부터 오즈쿠 성을 공격한다! 오즈쿠는 아사쿠라 군의 전위 기지, 반드시 일거에 점령하라!"

"예? 이런 심야에 산에 오르자는 겁니까?"

"닥쳐라! 폭풍우라고는 하나 오늘은 12일, 구름 위에는 달이 있다. 이 정도 어둠에도 보이지 않는 눈알이라면 빼어버리고 오너라!"

노부나가는 온몸에 폭포수 같은 비를 뒤집어쓰고 이렇게 외치고는 그대로 말 머리를 북쪽으로 돌렸다.

"내 뒤를 따르라! 노부나가의 가신이라면 바람의 신, 번개의 신이 가호할 것이다!"

태풍 장군

오즈쿠 성에 있던 장수들과 병사들 역시 이 무서운 태풍에 간담이 서늘해져 있었다. 그리고 뜻하지 않은 함성이 비바람에 섞여 들려온 다는 것을 이들이 깨달았을 때는 벌써 성안에는 오다의 군사로 가득 찼다.

이렇게 되면 전의戰意의 강약이 문제가 아니라, 놀라느냐 아니냐 가 문제였다.

의표를 찌른 정도가 아니다. 방심하고 있는 동안에 일이 터져버린 것이다. 고바야시小林와 사이토齋藤 등 두 장수가, "앗!" 하고 외쳤을 때는 이미 눈앞에 노부나가가 서 있었다.

"항복하겠느냐? 좋아, 그렇다면 목숨만은 살려주겠다."

혼자 결정하고 혼자 지시하는 귀신 같은 장군이 침입해 온 이상 그 지시에 따를 수밖에 없었다.

"목숨을 살려주고 무사의 체면도 세워주겠다. 알았느냐?"

"예."

"성의 수비를 맡은 그대들에게 가장 뼈아픈 일은 이 성을 나에게 빼앗겼다는 점일 것이다."

"그, 그렇습니다."

"오늘 밤은 이처럼 비바람이 심하다."

"예."

"그러므로 오즈쿠 성이 함락되었다는 사실을 그대의 주인인 아사쿠라 요시카게는 아직 모르고 있을 것이다."

"그, 그렇습니다."

"날이 밝거든 즉시 산에서 내려가 요시카게에게 알리거라. 이것이 그대들의 소임, 이 노부나가가 베푸는 무사의 자비다."

"아, 알겠습니다."

"못난 놈들! 목숨을 구했다고 해서 멍청하게 굴면 안 된다. 좋아, 가서 자도록 해."

"예."

의지가 없는 인형을 다루는 듯한 태도였다. 그리고 동쪽 하늘이 밝아질 무렵에야 비로소 이들은 얼떨떨한 표정으로 아직도 강하게 몰아치는 비바람 속을 뚫고 굴러가듯 산을 내려갔다.

"날이 밝았다! 자거라, 모두 자거라. 여기는 산성이므로 물이 찰 걱정은 없다. 안심하고 자거라."

노부나가는 전쟁터의 위험을 무시하는 듯한 목소리로 부하들에게 기묘한 명령을 내렸다.

13일 정오 가까이 되어서야 비가 그쳤다.

그 대신 오즈쿠 성에서 내려다보이는 강이란 강, 골짜기란 골짜기는 모두 탁류에 휘말리고, 부러진 나무와 벗겨진 지붕 등에는 아직도 바람만이 무섭게 몰아치고 있었다.

군사들은 지난밤의 성 공격으로 피로에 지쳐 잠시 동안 죽은 듯이 잠을 잤다. 그러나 아무도 그 '자거라!' 라는 명령의 의미를 아직 깨닫지 못했다.

그리고 잠에서 깨었을 때야 비로소 노부나가의 생각이 무엇인지를 알게 되었다.

"좋아, 전군에 진격 명령을 전하라. 아사쿠라 군은 틀림없이 오늘 밤에 다가미 산田神山의 본진을 철수하고 야나세柳瀨 근처까지 물러갈 것이다. 적군이 물러가는 기색을 보이면 즉시 추격하여 섬멸하라고 전하라!"

사방으로 전령이 달려나간 시각은 이미 13일도 바람만 남긴 채 저물어갈 무렵이었다.

"아니, 오늘 밤에도 또 야습이란 말인가?"

"그러기에 잠을 자두라고 하지 않았나."

오즈쿠 성에 있는 노부나가의 직속부대는 노부나가가 내린 명령의 의미를 깨달았으나 다른 장소에서 폭풍우를 맞이한 오다의 장수들은 미처 깨닫지 못했다.

이나바도 사쿠마도, 니와, 시바타, 다키가와 등도 아니, 기노시타 도키치로까지도 기묘하기 짝이 없는 이 명령에 고개를 갸웃했다.

"대관절 주군은 무슨 생각을 하고 계실까? 이런 날씨에 적이 어떻게 야밤에 철수할 수 있다는 말인가. 아직 싸움다운 싸움을 한 것도 아니고, 더구나 그들은 북부 오미에서 에치젠으로 가는 산길이 험하다는 것을 잘 알고 있지 않은가. 싸우기보다는 물러가기가 더 어려운 형편인데."

아무리 치밀한 노부나가도 때로는 착각을 할 때가 있다는 말을 주고받으면서 밤을 맞았다.

밤이 되었는데도 별다른 이상이 없었다. 다만 차차 바람이 약해지고 또다시 비가 내리기 시작했다.

"역시 대장님께서 계산 착오를 하신 거야. 물러간다 해도 비가 그치고 달이 뜨거나 아니면 날이 밝은 뒤에나 가능한 일이라고. 파수꾼은 경계를 철저히 하고 다른 사람들은 모두 쉬거라."

지난밤에는 모두 폭풍우와 싸우고 밤에도 자지 못했기 때문에 서로 앞다투어 드러누웠다.

그런데 자시子時(오전 0시) 무렵이 되자 또다시 오즈쿠 산꼭대기에서 소라고둥이 울리고, 이번에는 북소리만이 아니라 징 치는 소리까지 섞여서 들려왔다.

"이상하다!"

벌떡 일어났을 때는 이미 횃불이 산비탈에 대열을 이루었고 노부나가의 직속 부대가 질풍처럼 행동을 개시하고 있었다.

선봉의 대장들은 당황하여 부하들을 깨웠다. 총대장인 노부나가에게 뒤쳐지는 날에는 그야말로 벼락이 떨어질지도 모르는 일이었다.

"서둘러라! 어서 서둘러."

"꾸물거리고 있으면 대장님을 따라잡지 못한다. 갑옷은 말 위에서 입도록 하라. 창과 칼을 잊어서는 안 된다. 서둘러라!"

그 무렵에는 이미 아사쿠라 요시카게의 본진! 주위가 빨갛게 물들어 있었다.

노부나가의 예상대로 아사쿠라 요시카게는 오즈쿠의 고바야시, 사이토 등 두 장수로부터 가공할 만한 노부나가의 위력을 전해 듣고, 기선을 제압하여 지형이 불리한 다가미 산을 버리려고 스스로 본진에 불을 지르고 퇴각했을 것이다.

"따라붙어라! 날이 밝은 뒤에 따라가면 불호령을 내릴 것이다. 오늘 밤 안으로 따라잡아야 한다."

이리하여 오다 군의 선봉인 이나바, 사쿠마, 니와, 기노시타와 시바타, 다키가와 등의 장수가 노부나가를 따라잡은 건 지조 산地藏山을 넘어서였다. 모두 겁을 먹고 노부나가 앞으로 나갔으나 뜻밖에도 그는 노하지 않았다.

"오늘 밤의 선봉은 이 노부나가임이 틀림없다고 생각했는데 나보다도 먼저 달려나간 녀석이 있었어."

"예? 그, 그가 도대체 누구입니까?"

히데요시가 놀라는 표정으로 묻자, 노부나가가 재빨리 대답했다.

"지금도 그들은 적을 무찌르며 전진하고 있어. 그대들도 서둘러라. 앞서 가는 자는 마에다 마타자에몬과 삿사 나리마사야."

모두 예, 하고 대답하고는 그대로 멧돼지처럼 홋코쿠 가도로 돌진했다.

노부나가가 굳이 꾸짖지 않은 이유가, 마에다와 삿사의 기민한 행동 때문이라는 것을 알고는 그들 역시 뒤지지 않으려고 기를 썼다.

이렇게 되자 심야를 이용하여 노부나가를 앞지르려던 아사쿠라 군은 완전히 허를 찔리고 만 꼴이 되었다.

바람이 그쳤다. 비도 차차 멎으면서 동쪽 하늘이 훤해지기 시작했다. 과연 이날의 날씨는 쫓는 자와 쫓기는 자 중에서 어느 쪽에 더 이로울 것인가.

그 무렵부터 여기저기서 처절한 피바람이 일기 시작했다.

추격전

어떠한 싸움을 불문하고 퇴각하는 자와 진격하는 자의 심리는 하늘과 땅 차이다.

더구나 쫓기고 있음을 의식하면 그 고통은 이중으로 겹친다. 배후의 적을 경계하면서 어디로 도주하면 안전할지 계속 행선지에 마음을 써야 하기 때문이다.

아사쿠라 요시카게는 날이 밝을 무렵 야나세의 성채에 들어가 말을 세우고는 곧 중신 회의를 열었다.

그가 노부나가의 추격을 깨달은 때는 스스로 다가미 산을 버리고 본진에 불을 지른 직후였다.

"불을 지르고 떠나다니 있을 수 없는 일이라 생각합니다마는."

노신인 야마자키 요시이에山崎吉家가 간했으나 요시카게는 받아들이지 않았다.

"우리가 쌓은 성채를 적이 이용하도록 그대로 내버려둘 수는 없다. 불을 보고 퇴각한 것을 깨달아 그때부터 일어나 무장을 하는 동안이면 날이 밝는다. 날이 밝았을 때 우리는 이미 야나세에 도착해 있을 텐데, 그렇게 되면 이 성채를 적이 이용하지 못하도록 모두 불 사르는 것이 상책이야."

아마도 요시카게는 야나세로 물러나 지구전을 벌이면서 반격을 시도할 생각이었던 것 같다.

그러나 노부나가는 벌써 이 사실을 알아차리고 저녁 무렵부터 잠시도 눈을 떼지 않고 다가미 산을 지켜보고 있었다. 따라서 잇따라 성채를 불태우는 방화의 불길이 오다 군에게 있어서는 아사쿠라 군의 퇴로를 말해주는 절호의 기회이자, 사기를 높이는 진격의 목표가 되었다.

뒤늦게 이 점을 깨달은 요시카게는 도중에 군사를 둘로 나누었다. 미끼로 던지기 위한 병사들로만 구성된 부대를 나카카와치中河口 어귀로 퇴각시키고 자신은 본대와 함께 도네刀根 어귀의 야나세에 도착했던 것이다.

그런데 두 군데로 분산시킨 양동작전 또한 노부나가의 판단을 그르치게 하는 데 전혀 도움이 되지 않았다.

노부나가는 처음부터 서둘러 추격하면 요시카게가 반드시 도네 어귀의 야나세에 머무르지 못하고 쓰루가敦賀를 향해 뿔뿔이 흩어져 퇴각할 텐데, 그때야말로 마음껏 공격할 시기라 판단하고 행동했다.

그 결과로 요시카게는 지금 수많은 군사를 잃은 채 오다 군의 추격을 두려워하면서 야나세에서 작전 회의를 열고 있다.

"원통한 일입니다."

"각자 자기 의견을 말해보라."

요시카게의 재촉을 받고 제일 먼저 입을 연 자는 야마자키 요시이에였다.

"다쿠미 에치고詫美越後 님도 말씀하셨듯이 이번 출진은 너무 경솔했습니다."

"요시이에!"

참다못해 요시카게가 제지했다.

"푸념이나 하고 있을 때가 아니다. 앞으로의 작전을 말하라고 한 거야."

"황송합니다마는 저도 작전을 말씀드리는 중입니다."

폭풍으로 기울어진 지붕 한 귀퉁이에서 눈부신 햇빛이 스며들어 주위가 더욱더 황량해 보였다.

"저는 출진하실 때부터 누누이 말씀드렸습니다. 깊이 들어가지 마시고 쓰루가 앞에 머무시라고. 과연 그대로 되었습니다. 이 야나세에서는 오다 군의 재빠른 공격을 저지할 수 없습니다. 주군은 어서 쓰루가로 퇴각하시어 진격에 대비하십시오. 저는 여기 머물면서 노부나가와 일전을 벌여 시일을 끌다가 전사하겠습니다. 이 방법 말고는 대책이 없을 듯하오니 가납해주시기 바랍니다."

요시카게는 혀를 차고 다쿠미 에치고에게 물었다.

"에치고, 그대의 생각은?"

"저어."

다쿠미 에치고는 한 걸음 다가앉아 품속에서 종이 한 장을 꺼내 공손히 펼쳤다.

"이것은 제가 오늘의 감회를 시로 적어놓은 겁니다."

"그대도 또한 이런, 시나 읊고 있을 때가 아닐 텐데."

"하지만 조상 대대로 살아온 땅에서 떳떳하게 싸우다 죽는다면 또 모르나 이런 외지에서 쫓기던 끝에 허망하게 목숨을 잃는다면 죽고 나서도 수치입니다. 그래서 지은 시이므로 고향의 친지들에게 전해주시기 바랍니다."

"그럼, 그대도 여기 남아 전사하겠다는 말이냐?"

"물론입니다. 그렇게 하지 않으면 주군이 에치젠에 돌아가시기 힘들다고 생각했기에."

"으음, 그대 역시 똑같은 생각이로군. 좋아, 이 시를 사세구辭世句라 여기고 읽어보아라."

"예, 그렇게 하겠습니다."

다쿠미 에치고는 공손히 머리를 숙이고 나서 낭랑한 목소리로 읊어내려갔다.

만 가지 한恨, 천 가지 슬픔이 어리누나
누가 알았으랴, 오늘 밤 황천으로 떠날 것을
고향아, 슬픈 눈물은 짓지 마라
주검이 싸움터에 누운 것은 오직 하늘의 뜻이거늘

좌중은 쥐 죽은 듯 숙연하기만 했다.

이미 죽음을 각오한 에치고 역시 요시카게를 에치젠으로 돌려보내고, 또한 고향에서 눈물을 흘리지 말라며 간하고 있는 것이다.

"가몬노스케掃部助는 어떤가, 그대의 의견을 말해보라."

요시카게의 질문은 받은 일족인 아사쿠라 가몬노스케는 무섭게 그를 노려보았다.

"이번 출진은 주군의 독단, 저는 처음부터 이렇게 되리라 예감하고 있었습니다."

"그대도 나를 탓하느냐!"

"일각을 다툴 때입니다. 누구에게 물어도 의견은 마찬가지. 외지에서 수치스럽게 죽느니 속히 돌아가시는 편이 부족하나마 속죄하는 길이라고 생각합니다."

"……"

"주군! 아직도 결단을 내리지 못하셨습니까? 아사쿠라 가문의 운명을 결정할 중요한 때입니다. 순간의 망설임이 후대까지 후회로 남을 수도 있습니다."

"주군!"

야마자키 요시이에도 한 걸음 다가앉았다.

"우리 노신들의 생각은 모두 마찬가지입니다. 다케다 신겐 공이 오미로 나오기 전에 출진하신 일이 경솔했습니다. 잘못을 깨달으셨다면 저희들의 죽음이 헛되지 않도록 해주십시오."

"으음, 그럼 내가 다케다에게 속았다는 말인가?"

"속으셨다고는 할 수 없으나, 다케다 쪽에서도 어떤 뜻하지 않은 일이 생겼을 겁니다. 어쨌든 신겐 공은 상경하지 않으셨습니다."

"좋아, 알겠다! 그렇다면 내키지는 않지만 그대들에게 뒷일을 맡기고 돌아가겠다."

"언젠가 황천에서 다시 뵙겠습니다. 그때까지 부디 신변을 조심하십시오."

여기까지 말하자 그만 요시카게도 눈물을 뚝뚝 떨구며 일어났다.

이때 또다시 후군으로부터 급히 전령이 달려왔다.

"적은 이미 칠팔 정丁 거리까지 접근했습니다. 아군은 숲에서 그들을 기다렸다가 흙투성이가 되어 싸우고 있으나 고전을 면치 못하는 상황입니다."

다쿠미 에치고가 야마자키 요시이에에게 눈짓을 하고는 말했다.

"자, 노부나가와 일전을 벌일 때가 왔소."

"오오! 그러면 주군, 안녕히 계십시오!"

두 사람이 요시카게 앞에서 바람처럼 사라지자, 가몬노스케가 그 뒤를 따랐다.

아사쿠라의 패주

노부나가는 이마에 손을 얹은 채 골짜기란 골짜기를 모두 흙빛으로 물들였던 탁수가 마른 자리를 바라보고 있었다.

이미 야나세의 성채에는 요시카게가 없을 것이다. 요시카게를 도피시키기 위해 야마자키와 다쿠미 두 장수와 아사쿠라 가몬노스케의 일대가 앞의 언덕길을 가로막았다.

'얼마나 시간을 벌면 저들이 저항을 그만둘 것인가?'

"소반각小半刻(30분)."

노부나가는 입 속으로 중얼거리고 손가락을 꼽으면서 그동안에 도피할 수 있는 요시카게의 속력을 계산했다.

"고작 십오 리나 이십 리."

오즈쿠에서 쓰루가까지는 백십 리, 이곳을 벗어나 무사히 쓰루가에 도착한다면 내일 아침쯤일 것이다.

그때까지 아군은 진격 속도를 잠시도 늦추면 안 된다. 아군의 추격이 빠르면 빠를수록 아사쿠라 군은 이 산악 지대에서 상호 간의 연락이 끊어져 구름이나 안개처럼 사라져버릴 것이다.

그리고 아사이 나가마사 부자는 아직 그 참패를 깨닫지 못한 채 되돌아와서 오다니 성을 공격한다. 이것으로 노부나가는 오래 전부터 계획해 온 각개격파를 달성하게 되는 것이다.

"저 골짜기에서 싸우고 있는 자들은 누구의 군사냐?"

노부나가는 옆에 대령하여 함께 내려다보고 있는 모리 나가요시에게 물었다.

"기노시타 히데요시 님의 군사입니다."

"허어, 원숭이 녀석이 잘도 싸우는군."

"예. 자랑하던 고쇼들을 앞세우고 아사쿠라 가몬노스케와 다쿠미 에치고의 군사를 밀어붙이고 있습니다."

"그리고 저것은? 저 가파른 언덕에서 싸우는 자는?"

"마에다 도시이에 님과 삿사 나루마사 님입니다."

"상대는 야마자키 요시이에일 테지?"

"그렇습니다. 에치젠에도 훌륭한 무장이 있는데, 저 자는 아까운 인물입니다."

"하하하, 약한 장수 밑에도 용감한 부하가 있었구나."

"예. 모두 전사할 각오를 한 듯합니다. 슬픈 일입니다."

"기특한 말을 하는군, 나가요시. 어떠냐, 네 생각에는 언제쯤이면 요시카게를 쓰루가에 몰아넣게 될 것 같으냐?"

"주군이 하시는 일이므로 내일 아침 일찍이면 가능할 듯합니다."

"내일은 14일이야."

"예. 보름달에 가까운 달빛이므로 주야를 가리지 않고 싸울 수 있습니다. 하늘도 아군을 돕는 것 같습니다."

"핫핫하, 이것은 정의의 싸움이야. 천하 평정을 방해하는 아사쿠라 요시카게를 하늘이 도울 리 없지. 아니, 저기서 달려오는 젊은이는 또 누구냐?"

"아, 허리에 목을 셋씩이나 차고 있습니다."

"마치 진흙과 피로 범벅이 된 괴물 같아 얼굴도 알아보지 못하겠다. 이름을 물어보거라."

"알겠습니다."

모리 나가요시는 훌쩍 말에서 뛰어내렸다. 그러고는 긴 창을 들고 걸어서 언덕을 올라오는 젊은이 앞으로 갔다.

"주군 앞이다. 누구인지 이름을 말하라."

"예."

젊은이는 앞에 있는 사람이 노부나가임을 깨닫자 얼른 그 자리에 무릎을 꿇었다.

"미처 몰라뵙고."

"꾸짖는 것이 아니다. 크게 무공을 세웠는데, 보아하니 병졸 같구나. 이름이 무엇이냐?"

"예, 가네마쓰 마타시로金松又四郎라고 합니다."

"그 목은?"

"도네 산에서 베었습니다마는, 귀찮아서 일일이 이름 같은 것은 묻지 않았습니다."

"허어, 가네마쓰라고 했지?"

"예. 대장님 앞이라는 것도 모르고."

"때가 때인 만큼 대장을 알아보지 못했다 해도 잘못은 없다."

"예."

"상대의 이름도 묻지 않고 싸운 네 자세가 마음에 든다."

"원 이런, 뜻하지 않은 칭찬의 말씀이시군요. 감사합니다."

"그러나 너는 좀 조급한 녀석인 것 같다."

"예. 모두들 그렇게 말하곤 합니다."

"왓핫핫하, 모두 그렇게 말한다는 말이지. 좋아, 이것을 주겠다. 신고 가거라."

노부나가는 자기가 신었던 아시나카足半°를 벗어 나가요시에게 건네주었다.

"저어, 대장님의 신을 가네마쓰에게 주시는 것입니까?"

"멍청한 놈, 아시나카는 대장이 신는 게 아니야. 아시가루들이나 신는 게지. 그러나 유사시에는 이게 가장 편리해. 그래서 나는 젊어서부터 아시나카 두세 켤레를 허리에 차거나 칼집에 묶어 가지고 싸움터에 나갔어. 너는 맨발이 아니냐. 맨발로는 오래 달리지 못한다. 그것 보거라, 발이 빨갛게 붓지 않았느냐. 그러기에 조급한 녀석이라고 했지. 알았으면 아시나카를 신고 어서 달려가거라. 나가요시, 출발이다!"

"예."

"아마도 적이 점점 밀리는 모양이다. 일거에 쓰루가로 달려가라."

노부나가는 이렇게 말한 뒤 벌써 그 자리에 주저앉아 감격의 눈물을 흘리는 가네마쓰 마타시로 따위는 잊은 듯이 자신의 애마에 채찍질을 가했다.

"적도 아군도 모두 들어라. 에치젠의 이름난 명장인 야마자키 요시이에와 그 아들 요시쓰구吉次의 목을 베었다!"

전군은 다시 물밀듯이 기노메 고개를 향해 이동해갔다. 여기서도 쫓기는 자와 쫓는 자 사이의 기세 차이는 이미 어쩔 수가 없었다.

거듭되는 패주

아사쿠라 군에게는 지금 벌어진 전투가 호쿠리쿠 가도에서 당하는 두번째 패주였다. 앞서 아네가와 전투 때 오다·도쿠가와 양군과 싸워 처참하게 패하고 에치젠으로 퇴각한 일이 있다.

패전의 기억이 모두의 가슴에 생생하게 되살아났다.

"이 가도는 지옥으로 통하는 길인 것 같아."

"아니, 주군의 출진이 경솔했어. 이렇게 된 이상 성으로 도망쳐 들어갔다가 다시 공격을 당하느니 차라리 어디로 숨어버리는 편이 좋겠어."

"그래. 신분이 높은 중신이라면 몰라도 우리는 주군에게 그다지 깊은 의리를 느끼는 것도 아니니까."

아시가루들은 배후에서 오다 군이 재빨리 추격해 온다는 사실을 알자, 이 숲 저 숲에서 속속 전열을 이탈했다.

요시카게의 본대는 이들을 감시하거나 단속할 여유가 없었다. 조금이라도 걸음을 늦추면 곧바로 오다 군의 함성이 뒤쫓는다.

'이러다가는 쓰루가에도 머물 수 없게 될지 모른다.'

성에 도착하기도 전에 요시카게는 불안을 느꼈다.

이번에야말로 다케다, 아사이의 군사와 협력하여 노부나가의 머리 위에 철퇴를 가할 생각으로 후방에는 거의 병력다운 병력을 배치하지 않았다.

그런데도 이렇게 패전했으므로 견딜 수 없이 불안해졌다. 쓰루가에 도착했을 때 아군의 수는 오륙백이 될까말까 했다. 더구나 성 밖은 계속 몰려오는 오다 군의 선봉 때문에 혼란이 일어나, 피난하지 않고 남아 있는 자는 거의 적과 내통하는 듯했다.

'이건 위험하다, 여기서는 농성할 수 없다!'

요시카게는 쓰루가에 도착하는 즉시 비장한 제2의 후퇴를 명했다.

"이 땅에서 적을 맞이하면 아군에게 불리하다. 조상 대대로 살아온 땅 이치조가타니―乘ヶ谷로 물러나 적을 기다리기로 하자. 배후에 아사이 부자가 대기하고 있으므로 노부나가가 이치조가타니까지 깊이 쳐들어오지는 못할 것이다."

그러나 요시카게의 이 예측도 보기 좋게 빗나가고 말았다.

노부나가는 아사이 부자의 오다니 성 주위를 엄중히 감시하도록 지시하고 나왔기 때문에, 요시카게가 이치조가타니로 물러갔다는 사실을 알자 불철주야로 달려온 인마에게 약간의 휴식만 취하게 했을 뿐 곧바로 진격을 개시했다.

오즈쿠 성을 기습한 지 겨우 5일째, 8월 18일에 노부나가는 대번에 에치젠에 돌입하여 성 밑의 류몬 사龍門寺에 본진을 두고 이치조가타니 공략에 착수했다.

이 소문은 삽시간에 사방으로 퍼졌다.

"이번에는 노부나가가 가가에서 노토能登, 엣추까지 공격할 모양이야. 가네가사키 싸움 때의 보복이라 여기고 그냥 내버려두지는 않을 것 같아."

"그래. 이 사실을 알고 벌써부터 아사쿠라의 가신들이 속속 투항하고 있다더군."

"아니, 그게 사실인가? 그렇다면 이치조가타니에서도 결전을 벌이지 못하겠군."

성 밖 사람들이 서둘러 피난 준비를 하고 있을 때 제일 먼저 들은 이야기는 요시카게의 후군을 맡고 있던 아사쿠라 사부로 가게타네三郞景胤가 노부나가에게 항복했다는 소식이었다.

"사부로 님까지 항복했다면 이제 오다 군의 진출을 막을 사람은 아무도 없겠군."

"정말 그래. 피난은 우리 서민들만 하는 줄 알았더니 성안에서도 무사들이 슬금슬금 도주한다더군. 이렇게 되면 성은 빈집이나 다름없어지겠어."

뒤이어 이치조가타니에 들려온 소식은 에치젠의 성을 지키고 있던 중신 우오즈미 히젠노카미 가게카타魚住備前守景固도 또한 노부나가의 본진인 류몬 사로 찾아가 항복하고 성을 내주었다는 것이었다.

이렇게 되자 조상 대대로 내려온 이치조가타니 성도 요시카게에게는 풍전등화처럼 위태롭게 느껴졌다. 결국 요시카게는 드디어 성에서 나와 일신의 안전을 도모할 수밖에 없었다.

원래 요시카게는 명문의 계승자로서 뛰어난 기량을 가진 무장이 아니었다. 그러기에 일단 몸담았던 아케치 미쓰히데도 배신하고 호소카와 후지타카도 '믿음직스럽지 못한 인물'이라고 멀리하였던 것이다.

19일 밤이었다.

요시카게는 얼마 남지 않은 가신들을 자기 거실로 불러 마지막 회의를 열었다.

이미 일흔 살 정도 된 쓰키야마 세이자에몬築山淸左衛門을 비롯하여 그런대로 이름이 알려진 자로는 도리이 효고노카미鳥居兵庫頭, 다카하시 진자부로高橋甚三郎, 마에바 시게쓰구前波重次 등 불과 대여섯 명 정도였다.

이치조가타니의 이별주

"세이자에몬, 성안에 남아 있는 병력은 얼마나 되나?"

요시카게는 일찍이 텅 빈 성안으로 불어오는 가을바람을 이처럼 스산하게 느껴본 적이 없었다.

출진할 때까지는 어쨌거나 혼간 사의 인척이고, 북부 지방의 맹주이며, 아사이 가문의 은인인 동시에 다케다 가문의 맹우盟友였다.

그런데 지금은 이미 그 본성을 버릴 수밖에 없어 가을 벌레만도 못한 처량한 운명에 놓이고 말았다.

야마자키 요시이에도 없고 다쿠미 에치고도 없다.

와니부치鰐淵, 간나미神波, 야마우치山內, 가베다壁田, 와카타禾田, 마스이增井, 다지리田尻, 니시지마西島, 사다가사키三段ケ崎 등 쟁쟁한 중신과 용사들이 모두 전사하여 유명을 달리하고 말았다.

쓰키야마 세이자에몬은 백발이 성성한 머리를 푹 숙이고 목소리를 낮추었다.

"황송합니다마는 이 자리에 도련님과 마님, 자당慈堂께서도 동석하셨으면 합니다."

"뭣이, 이 자리에 가족을 부르라는 말인가?"

"예. 작전 회의라고는 하나 저희 가신들에게는 이별의 자리이기도 하므로……"

요시카게는 잠시 대답을 보류했다.

아직은 처자에게 이처럼 비참한 자신의 모습을 보여주고 싶지 않았기 때문일 것이다. 그러나 쓰키야마 세이자에몬은 이 엄연한 현실을 어머니나 부인에게도 분명히 깨닫게 하고 성을 나가지 않으면 각오가 서지 않을 거라고 판단했다.

"그러면, 그러면 병력이 너무 적다는 말인가?"

"그렇습니다. 하인과 종을 합한다 해도 겨우 삼백 명 정도. 이 가운데 몇몇은 주군을 모시도록 하고 제가 남은 자들을 데리고 저승의 선물로 이 성에서 일전을 벌일 생각입니다."

"하인까지 합해도 고작 삼백이라……"

"그러므로 이것이 마지막 작별, 마님도 도련님도 이 자리에 동석하셨으면……"

요시카게는 조용히 촛대를 바라보고 있다가 다카하시 진자부로에게 명했다.

"좋아, 불러오게."

그리고는 말을 이었다.

"세이자에몬, 그대는 나에게 자결할 각오를 하라는 말이로군."

"아니, 그런 뜻은 아닙니다. 그러나 성을 나서시게 되면 언제 그러한 상황이 닥칠지 모릅니다. 따라서 작별만이라도."

"나는 그렇게 생각하지 않아. 이노야마 성亥山城에는 아직 시키부

다유式部大輔(가게아키라景鏡)가 있고 헤이센 사平泉寺의 신도들도 있어. 노부나가에게는 한 가지 약점이 있는 거야."

"적의 약점을 찌를 수 있을 만큼 아군이 많지 않습니다."

"그렇지 않아! 노부나가 뒤에서는 아사이 부자가 기회를 노리고 있어. 노부나가가 에치젠 깊숙이 쳐들어왔다는 사실을 알면 가이의 다케다 신겐도 당장 기소를 떠나 기후를 공격할 거야. 서쪽에는 혼간 사도 있고 쇼군도 있어. 우리는 일단 성을 떠날 테지만, 일단 숨어 있다가 노부나가가 다른 지역으로 원군을 보낼 때 돌아오면 돼. 그대도 이렇게 알고 성을 지키도록."

쓰키야마 세이자에몬은 잠시 동안 머리를 조아린 채 얼굴을 들 수 없었다.

'만에 하나라도 그렇게 되기만 한다면……'

이렇게 생각하기는 했으나 주군의 말만 믿고 행동에 옮겨도 좋을 때가 아니다.

그때 예순 고개를 넘긴 요시카게의 노모를 선두로 공경의 가문 출신인 부인이 아직 여덟 살밖에 되지 않은 아이오마루愛王丸의 손을 잡고 들어왔다.

"큰 마님! 마님!"

참지 못하겠다는 듯이 도리이 효고노카미가 먼저 입을 열었다.

"오디 군이 승세를 몰아 이 성을 목표로 진격해오고 있으므로 여러분도 주군과 함께 일단 성을 나가시기로 했습니다."

"뭐라고요? 성에서 나가 싸우겠다는 말인가요?"

어머니도 이미 머리가 하얗게 세어 있었다.

"아니, 싸우는 것이 아닙니다. 이노야마와 가까운 도운 사東雲寺로 피하시어 잠시 머물러 계십시오."

"도운 사에?"

"예. 그러면 오다 군은 머지않아 반드시 물러갈 겁니다. 물러가지 않을 수 없는 사정이 있으므로 잠시만 참아주십시오."

듣다못해 세이자에몬이 눈짓을 했다.

'이런 말로는 각오가 서지 않을 것이다' 라고.

그러자 도리이 효고노카미도 눈짓으로 '내게 맡겨 달라' 고 신호한다.

유사시에는 '자기 손으로' 라는 의미일 것이다. 그러고는 무릎에 놓았던 부채로 왼손을 탁 치듯이 하면서 말했다.

"그러면 출발 준비를 하시죠!"

여자들은 서로 시선을 교환하고 요시카게를 바라본다. 요시카게도 그만 고개를 돌리고 말을 이었다.

"잠시 동안 참으면 되겠지만, 우선 다같이 잔을 나누도록 하지. 진자부로, 준비하게."

"예."

이 거실에서 정원 사이에는 방이 두 개나 더 있는데도 쏟아지는 듯한 벌레 소리가 모두의 마음속에 깊이 스며들었다.

"그러면 도리이 효고노카미 님과 다카하시 님은 어떤 일이 있어도 주군과 도련님 곁을 떠나지 마시오."

"알겠습니다."

"이 성은 늙은이가 당당하게 혼자서 지킬 터이니."

요시카게가 먼저 비운 잔을 세이자에몬 앞에 놓자 그는 조용히 눈을 감고 고개를 숙였다.

'아마도 이것이 아사쿠라 가문의 최후를 장식하는 잔이 되고야 말 것이다.'

이런 생각을 하자 노인의 가슴은 찢어질 듯이 아팠다.

아직도 이 상황을 분명하게 알지 못하는 사람은 당사자인 요시카게와 어머니, 부인, 어린 아들뿐인 것 같다.

"아아, 여러분 앞에서 들게 되는 술맛이 아주 각별합니다."

"오, 그래. 이번에는 그대와 오랫동안 교분이 두터웠던 어머님에게 잔을 돌리도록 하게."

"황송합니다. 그러나 자당께는 다른 잔으로 올리고 싶습니다. 그리고 자당께서도 제게 한 잔 내려주셨으면."

"어머님, 노인이 부탁드리는군요. 노인은 성에 남아 싸울 몸이므로 만일의 경우 마지막이 될 수도 있습니다. 그러니 따로 잔을 내리시지요."

"아, 물론 그래야겠지. 그럼 세이자에몬 님, 우리 여자들과 손자가 하루라도 빨리 이 성에 돌아올 수 있도록 힘써주기를 부탁하겠어요."

"예. 그 점은 벌써, 충분히."

도리이 효고노카미는 그만 콧방귀를 뀌었다.

주군의 가족만은 아직 영화가 계속되리라 꿈꾸고 있다.

잔을 나누고 나자 효고노카미가 얼른 일어나 요시카게를 재촉했다.

'이 동안에도 오다 군은 시시각각 이치조가타니를 향해 진격해 오고 있다.'

"주군! 말과 가마가 준비되었습니다. 서두르시지요."

시각은 이미 녁 점 반(오후 11시)이 지나 있다.

오다 군이 두려워서 모두가 피난한 성 밖에는 등불 하나 보이지 않았다.

사라진 꿈

일행이 늦게 뜬 달에 의지하여 오노大野 분지의 이노야마와 가까운 도운 사에 도착했을 때, 이치조가타니 성은 이미 오다 군의 공격을 받기 시작했다.

요시카게는 이 사실도 모르고 다카하시 진자부로를 헤이센 사에 사자로 보내 도움을 청했다.

헤이센 사는 시로야마白山 신을 모시던 옛날의 구소인供僧院으로, 히에이잔° 엔랴쿠 사比叡山延曆寺의 말사末寺에 해당하며 이 부근에서 아주 큰 세력을 형성하고 있다.

그러므로 법당과 신도가 많고, 아사쿠라 가문과는 끊을 수 없는 인연을 맺어왔다. 따라서 의당 도움을 주리라 믿고 있었으나 사자를 대하는 태도가 여간 냉담하지 않았다. 상대가 노부나가라면 후원할 수 없다는 것이다.

"사정을 이해해주시기 바랍니다. 노부나가 공은 난폭하기 짝이 없어 에이잔까지 불태운 인물이니까요. 도움을 드리면 우리 영장靈場도 잿더미가 될 각오를 해야 하는데, 그건 매우 어려운 일입니다."

사자는 힘없이 도운 사로 돌아왔다.

이렇게 되면 의지할 사람은 이노야마 성의 아사쿠라 시키부다유 가게아키라뿐이다.

가게아키라는 아네가와 싸움 때부터 줄곧 요시카게를 대신하여 아사쿠라 군을 이끌고 총대장을 맡았던 에치젠의 초석으로 이번에도 뒤에서 요시카게의 도주를 이것저것 지시하고 있었다.

그런데 이 가게아키라에게 노부나가의 하타모토인 이나바 잇테쓰가 밀사를 보냈다.

"에치젠에서 아사쿠라 요시카게의 편은 이제 귀하 혼자뿐입니다. 무익한 항전은 그만두고 투항하도록 하십시오. 그렇지 않으면 우리는 이치조가타니를 함락시킨 기세를 몰아 대번에 이노야마 성을 짓밟을 것입니다."

가게아키라는 사자를 앞에 두고 팔짱을 긴 채 생각에 잠겼다. 그리고는 말문을 열었다.

"만일 성문을 열고 항복하면 내 목숨을 살려주겠소?"

"그것은 당치도 않은 말씀입니다. 이런 작은 성 하나를 얻었다고 해서 노부나가 공이 어찌 귀하를 용서한다는 말입니까? 귀하가 항복하시기 전에 귀하 나름대로 하실 일이 있을 겁니다."

"항복하기 전에 할 일이?"

"그렇습니다. 잘 생각해보십시오."

"그렇다면 이 가게아키라에게 요시카게의 목을 베어 건네라는 말이로군."

"지시는 하지 않겠습니다만 그렇게 하지 않고는 노부나가 공의 분노를 풀 수 없을 겁니다. 누가 뭐라 해도 아사쿠라 가문은 노부나가 공의 천하 평정을 계속 방해해온 제일의 적이니까요."

그 말을 듣고 가게아키라는 눈을 감고 다시 생각에 잠겼다.

사자의 말대로 아사쿠라 가문은 처음부터 노부나가의 큰 원한을 산 대상임이 틀림없다.

"아니면 이대로 돌아가 즉시 성을 공격할까요? 요시카게 공은 아직도 다케다 군의 원정을 기대하고 있는 듯하나 저승에서는 원군을 보낼 수 없는 일 아닙니까?"

"뭣이, 저승에서 원군, 이라니 그게 무슨 뜻이오?"

"모르시나보군요. 하하하하, 요시카게 공과 쇼군이 무척 기다리는 다케다 신겐이 지난봄에 죽었다는 사실을 저희 연합군 첩자들이 알아냈습니다."

"아니, 그 신겐 공이 타계하셨다니."

"그것도 벌써 한참 전인 지난봄의 일입니다. 그렇지 않다면 미카와까지 진격했던 신겐이 도중에 돌아갔을 리가 없지 않습니까? 탐지한 결과 노다 성을 포위한 뒤에 후키 강 부근에서 도쿠가와 군이 쏜 철포에 맞아 치료차 영지로 돌아가다가 신슈의 나미아이라는 곳에서 죽었다는 확증을 얻었습니다. 그렇지 않다면 어찌 노부나가 공이 여기까지 유유히 진출할 수 있었겠습니까? 또 지금까지 다케다 군이 전혀 움직임을 보이지 않는다는 것이 무엇보다도 확실한 증거라고 할 수 있습니다."

가게아키라의 얼굴에서 순식간에 핏기가 사라졌다. 그 역시 마음속 어딘가에서 의지해서는 안 될 사람을 의지하고 있었던 모양이다.

신겐이 죽고 헤이센 사도 등을 돌렸다면 이미 의지할 곳 없는 외톨이가 된 것이다.

"알겠소. 이나바 님께 내가 그 뜻에 따르겠다는 말을 분명히 전해 주시오."

사태가 급전되었다.

이번에는 가게아키라로부터 도운 사에 있는 요시카게 부자의 숙소로 사자가 달려갔다.

"도운 사는 이노야마에서 좀 멀리 떨어져 있어 싸울 수가 없으므로 오늘 밤 안에 야마다노쇼山田の庄로 옮기십시오."

이미 요시카게는 비운의 바람이 부는 대로 흔들리는 힘없는 갈대에 지나지 않았다. 그는 서둘러 도운 사를 떠나 야마다노쇼의 승방僧房에 도착했다.

그런데 이게 어찌 된 일인가. 20일 밤이 채 새기도 전에 불의의 공격을 가한 이백 명 정도의 적이, 사촌 동생 가게아키라의 군사와 도움을 청했던 헤이센 사의 신도들일 줄이야.

가게아키라는 공격을 가하기 위해 요시카게에게 다시 그의 심복인 히라오카 지에몬平岡次右衛門을 사자로 보냈다.

"보시다시피 적은 주군의 소재를 파악하고 이곳에 난입했습니다. 황송하오나 운이 다하신 것 같습니다. 굳게 각오하시고 순순히 할복하십시오."

요시카게는 너무도 태연한 지에몬의 말투와 돌아갈 때의 그 담담한 표정을 보고, 비로소 가게아키라에게 속지 않았나 하는 의심을 품었다.

"이 나쁜 가게아키라 놈이 나를 노부나가가에 팔아먹은 것 같다. 효고노카미, 알아보고 오너라."

도리이 효고노카미는 아침 안개 속으로 달려나가, 거기서 꿈틀거리고 있는 자들이 분명히 가게아키라와 헤이센 사의 무리임을 확인했다.

"주군! 주군 말씀이 사실입니다."

"분하구나. 인원은, 아군의 인원은?"

"싸울 수 있는 자는 여덟 명입니다."

"고작 여덟 명?"

"예. 수행하던 자들 가운데 몇 명은 사정을 알았는지 승방에 들어오기 직전에 칼을 들고 사라졌습니다."

"저주받을 가게아키라 놈! 그렇다, 나는 죽어서도 악령이 되어 반드시 놈을 죽여버릴 것이다. 효고노카미!"

"예."

"진자부로!"

"예."

"내가 가족과 작별하고 자결하는 동안 그대들은 적이 내게 접근하지 못하도록 하라."

"알겠습니다."

이렇게 말했을 때 벌써 도운 사 주위는 적으로 가득찼다.

요시카게는 안으로 들어가서는 붓을 들고 종이에 사세구를 써서 남겼다.

"어머님! 가게아키라에게 배신당했습니다."

"뭐, 가게아키라에게?"

"아내인 그대도 아이오마루도 이 원통함을 잊어서는 안 된다. 이 것은 사세구이니 마음에 새기도록."

내던진 종이를 주워들고 어머니도 부인도 목놓아 울기 시작했다.

"칠전팔도七顚八倒, 사십 년의 인생 중에 나도 없고 남도 없도다. 사대四大(만물을 생성하는 근원이 되는 지地, 수水, 화火, 풍風을 일컫는 불교 용어)는 원래 공空인 것이거늘."

"이제 나는 가겠다."

요시카게는 칼을 뽑아 자기 배를 찔렀다. 그 순간 정원에서 함성이 들리고 화살 네댓 개가 장지문을 뚫고 안으로 날아들어왔다.

"주군! 가이샤쿠介錯 하겠습니다."

그 화살에 쫓기기라도 하듯 다카하시 진자부로가 뛰어들어와 요시카게의 목을 쳤다.

이때 요시카게는 마흔한 살로, 사세구에 적은 것처럼 그야말로 칠전팔기의 생애였다.

다카하시 진자부로는 요시카게의 목을 치고 나서 곧장 그 칼로 자기 배를 찔렀다.

"제가 수행하겠습니다."

이어서 적들 사이로 뛰어들어 가게아키라의 모습을 찾던 도리이 효고노카미가 옆머리에 피를 흘리면서 돌아왔다.

"분하다. 가게아키라를 찾지 못했으니."

그도 또한 진자부로의 뒤를 이어 앉기조차 귀찮다는 듯이 선 채로 할복했다.

너무나 갑작스런 일이어서 어머니도 부인도 아이오마루도 어쩔 줄을 모르고 그저 망연해졌다.

가게아키라가 근시를 데리고 들어온 것은 효고노카미의 시체에서 아직 경련이 그치지 않았을 때였다.

"주군의 목을 잘 수습하라. 그리고 나머지 세 사람은 그대로 성에 모시거라."

모든 것이 눈 깜짝할 사이에 일어난 비정한 센고쿠戰國의 한 단면이었다.

어머니와 부인과 아이오마루는 포로로서 요시카게의 목과 함께 이노야마 성에 보내졌고, 정오 가까이 되어 오다의 선봉이 입성했다. 에치젠의 일이 모두 결정된 그날의 하늘은 아사쿠라 가문의 참담한 말로를 외면하는 듯 구름 한 점 없이 쾌청했다.

도라고제 산의 작전

노부나가가 계획한 각개격파 중 하나인 아사쿠라 가문에 대한 처리는 끝났다.

요시카게의 외아들인 아이오마루는 니와 나가히데가 죽였고, 어머니와 부인은 추방되었다. 아마 아무도 그들을 따르지 않았을 것이다.

근처의 마을 사람이 명문 출신인 듯한 부인 한 사람이 하녀도 없이 방황하는 모습을 보고 집으로 데려와 이름을 물었으나 대답하지 않았다고 한다.

이윽고 부인은 집주인에게 붓과 벼루를 청하여 유서 비슷한 글을 써 놓고 틈을 보아 우물에 몸을 던졌다.

유서인 듯한 글을 펼쳐 보니 단정한 필체로 와카和歌° 한 수가 씌어 있었다.

때가 오면 구름도 피어나거늘

이제는 기우누나 산 가장자리의 달은

요시카게의 부인이 읊은 것이라고는 하나 과연 사실인지는 확인할 길이 없다.

시대를 창조하는 자와 시대에 쫓기는 자의 차이가 이 에치젠에서처럼 엄밀히 드러나는 곳도 없다.

노부나가가 방향을 돌려 다음 목표인 오다니 성을 공략하기 위해 도라고제 산의 성채에 모습을 나타낸 때는 그로부터 6일이 지난 8월 26일이었다.

에치젠의 수비는 항복한 아사쿠라의 가신 마에바 구로베에 요시쓰구前波九郎兵衛吉繼를 가쓰라다 하리마노카미 나가토시桂田播磨守長俊로 개명케 하여 맡기고, 도바 성鳥羽城에는 우오즈미 가게카타, 이노야마 성에는 아사쿠라 가게아키라를 그대로 둔 채 아케치 미쓰히데와 쓰다 모토히데津田元秀, 기노시타 이에사다木下家定 등 세 사람을 행정관으로 남기고 왔다. 그들이 감격하여 전후 처리에 몰두하는 동안에 숙원인 오다니 공략을 매듭 지으려는 것이다.

앞서도 말했듯이 도라고제 산은 기노시타 도키치로 히데요시와 다케나카 한베에 시게하루가 전력을 기울여 쌓은 오다니 성 공략의 거점이 되는 성채였다.

산정에 서서 바라보면 북쪽 오다니 성 꼭대기에 있는 본성이 또렷하게 시야에 들어온다.

그 본성이 지금의 주인인 아사이 나가마사가 있는 곳이고, 이보다 한 단 아래에 둘째 성과 교고쿠京極 성곽이라 부르는 곳이 있다. 다시 한 단 밑에는 은퇴한 히사마사가 사는 산노마루山王丸 성곽이 있고, 그 기슭에 중신인 아카오 미마사카赤尾美作가 지키는 아카오 성곽이 있다.

따라서 표고 450미터인 오다니 산은 밖에서 보면 첩첩이 쌓아올린 거대한 건축물처럼 보이는데, 밑에서부터 아카오, 산노마루, 교고쿠, 본성 순으로 각각의 성곽 사이는 통로와 토담으로 칸막이가 되어 있다.

아사이 스케마사亮政와 히사마사, 나가마사의 근거지로서 난공불락을 자랑하는 것은 산 모양 그대로 축조한 성곽과 곳곳에 배치된 가신의 용맹함 때문이었다.

아마도 정면에서 공격한다면 반년이 걸려도 끄떡하지 않을 것이다. 각 성곽마다 무기와 식량을 따로 배분하여, 이것이 서로 힘을 합치면 족히 다섯 성 정도의 효용은 발휘할 수 있다.

노부나가는 26일 저녁 때 도라고제 산에 도착하여 갑옷도 벗지 않은 채 새벽이 되기를 기다렸다가 산꼭대기에 올라갔다.

아직 날은 밝지 않았다. 잿빛 안개 속에서 꼭대기에 있는 본성만이 허옇게 떠올라 있고, 아래쪽은 안개를 펼쳐놓은 듯이 뿌옇게 보인다.

"도키치로, 한베에와 히코에몬을 데려오너라."

"예."

노부나가보다 한 발 먼저 에치젠에서 돌아온 기노시타 도키치로 히데요시는 히죽 웃으면서 다케나카 한베에와 하치스카 히코에몬을 데리러 갔다.

두 사람 모두 히데요시 수하의 군사였다.

세 사람이 돌아오자 노부나가는 느닷없이 말했다.

"기다릴 수 없다, 사흘 이상은."

"사흘이라면, 사흘 안에 저 성을 함락시키라는?"

도키치로가 자못 엄숙한 표정으로 물었다.

"불가능하다는 말이냐?

"불가능하다고는 하지 않았습니다. 워낙 오래 기다려온 일이기 때문에. 그러나 대장님도 계책이 있으시다면 그것부터 먼저."

"닥쳐라, 원숭이! 내 계책을 듣고 함락한다면 그대의 공이 되지 못해. 어떤가, 한베에와 히코에몬, 그대들의 예상은?"

다케나카 한베에 시게하루는 빙긋이 웃으면서 히데요시를 바라보았다.

"저희 생각은 이미 도키치로 님이 충분히 검토하셨습니다. 그렇지 않소, 히코에몬 님?"

"그렇습니다."

"그럼, 사흘 안에 가능하다는 말이지?"

"예, 그렇습니다."

"도키치로!"

"드디어 공격 개시입니까?"

"쓸데없이 입을 놀리지 마라. 네가 검토했다는 그 작전이나 말해보거라."

"예, 말씀드리겠습니다. 오다니 성만은 대장님이 공격하시지 않았으면 합니다."

"뭐, 뭣이!"

"주군의 심중은 이 도키치로가 잘 알고 있습니다. 성안에 계시는 오이치 님과 그 아이들은 어쩌시렵니까? 그러니 제발 이 싸움만은 저와 한베에, 히코에몬에게 맡기시고 주군은 유유히 관전하시기 바랍니다."

"건방진 소리, 원숭이가 나를 위로하다니. 왓핫핫하, 그러면 이 사흘 동안의 작전은?"

"무엇보다도 먼저 오다니 성에 다시 한 번 사자를 보내시는 편이 좋겠습니다."

"무의미한 일이야. 이런 상황인데도 항복하지 않고 있어. 나가마사의 뜻이 아니라 은퇴한 히사마사의 무모한 고집 때문이야."

"그 점은 충분히 계산에 넣었으니, 다시 한 번 사자를 파견하시기 바랍니다."

"뭣이, 고집 때문에 항복하지 않는다는 것을 알면서도 다시 한 번 보내라는 말이냐?"

"그렇습니다. 아마도 히사마사는 자신은 물론 아들과 손자까지도 모두 성과 운명을 같이하게 하고, '이것 보아라, 노부나가란 자는 인간이 아니라 금수와 같은 놈이다. 자기 혈육인 조카들까지 야심 때문에 태워 죽였다'는 소문이 나게 하여 대장님의 위업에 흠집을 내고 조롱할 생각인 듯싶습니다."

"으음, 그럴지도 모르지."

"그러므로 사자를 보내 부인과 아이들을 순순히 인도하면 히사마사와 나가마사 부자의 목숨을 살려주겠다고 전하는 편이 좋을 것 같습니다."

"원숭이!"

"예. 납득이 안 되십니까?"

"너는 그렇게 해놓은 뒤, 상대가 거절하는 동시에 공격할 생각이로구나."

"그렇습니다!"

"공격하려는 곳은 산기슭도 아니고 꼭대기도 아닌 중허리의 교고쿠 성곽일 테지?"

"이거, 정말 놀랐습니다. 대장님은 작전을 꿰뚫고 계시는군요."

"그리고 둘째 성곽과 교고쿠 성곽을 점령한 뒤 산기슭과 꼭대기의 연락을 끊는다."

"바로 그겁니다!"

히데요시는 눈을 크게 뜨고 가슴을 탁 때렸다.

"산기슭과 꼭대기의 연락을 차단한다는 말은 바로 나가마사와 히사마사의 연락을 끊는다는 것, 양자간의 연락이 끊어지면 부인과 아이들을 구출할 방책도 생깁니다. 그 일은 이 도키치로에게 맡겨주십시오."

히데요시와 한베에는 이미 앞일을 예측하고, 실은 어젯밤 노부나가의 얼굴을 보자마자 신중하게 책략을 짠 뒤 모든 준비를 갖추었던 것이다.

"좋아, 그대들에게 맡기겠다. 대신 히사마사의 뜻대로 되게 하면 용서치 않겠다!"

"잘 알겠습니다."

"만약 히사마사가 끝까지 버틴다면 그때는 산기슭의 산노마루에 불을 질러 밑에서부터 타올라가게 하라."

"그렇게 하면 본전도 이자도 남지 않습니다. 그 일에 대해서는 부디 저희들에게 맡겨주십시오."

이리하여 첫번째 사자가 오다니 성으로 향했을 때는 이미 아침의 안개 속에서 공격 준비가 착착 진행되고 있었다.

노부나가와 함께 에치젠에서 달려온 시바타 가쓰이에, 니와 나가히데, 사쿠마 노부모리, 마에다 도시이에 등의 용장이 성안에서 참다못해 공격해나갈 경우를 예상하여 각자에게 엄히 경고를 해놓았다.

아니나 다를까, 사자는 단호히 면회마저 거절당한 채 돌아왔다.

"그럼 군사 양반, 출발하겠네."

"모쪼록 조심하십시오."

"물론이지. 실패하는 날에는 히데요시의 생애도 끝장이니까!"

이튿날 새벽, 기다렸다는 듯 히데요시는 웃으면서 그가 자랑하는 고쇼들을 돌아보았다.

"알겠느냐, 오늘은 그대들이 평소에 닦은 실력을 마음껏 발휘하라. 출세하느냐 아니냐를 결정하는 싸움이라 생각하고 모두들 무공을 세우라!"

그러고는 가토 도라노스케, 후쿠시마 이치마쓰, 가타기리 스케사쿠, 이시다 사키치 등을 격려하면서 하치스카 히코에몬과 함께 선두에 서서 도라고제 산을 달려 내려갔다.

새벽의 기습

히데요시는 우선 새벽이 되자마자 중허리의 쓰부라粒羅 언덕에 있는 교고쿠 성곽에 난입하여 쐐기를 박고 산꼭대기에 있는 나가마사와 산기슭에 있는 히사마사에게 각각 사자를 보내 항복을 권할 생각이었다.

히사마사에게는 나가마사가 이미 항복했다고 하고, 이와 반대로 나가마사에게는 아버지가 항복했다고 한다. 그러면 아버지도 아들 모두 동요할 테니 무의미한 희생은 막을 수 있을 것이다.

다케다 군은 자기 영지로 돌아가 움직일 기색을 보이지 않고, 에치젠의 아사쿠라는 이미 멸망했다. 이런 상황에서 아사이 부자만 고집을 부려 항전한다는 것은 전혀 무의미한 일이었다.

노부나가도 입으로는 그 특유의 격한 어조로 밑에서 불을 질러 타올라가게 하라고 한다. 그렇게 하면 성안에 있는 사람은 완전히 독안에 든 쥐가 된다.

산기슭에서 꼭대기를 향해 계단식으로 축조한 성인 만큼 풍향을 고려하여 밑에서 불을 지르면 산 전체가 순식간에 불길로 휩싸일 것이다. 그러나 아직 이런 명령을 내리지 않는 이유는 노부나가의 마음 어딘가에 여동생과 어린 조카들뿐 아니라 사위인 나가마사를 아끼는 마음이 있기 때문이라고 히데요시는 믿었다.

교고쿠 성곽에서 농성하는 사람은 장수 미타무라 사에몬노스케三田村左衛門佐와 오노기 도사小野木土佐, 아사이 시치로로 모두 아사이 가문에서 손꼽히는 용장들인데, 이들과 접촉만 한다면 책략이 없는 것도 아니다.

최선의 책략은 성 전체를 열어 싸움을 종식시키는 일이다.

차선책은 산 중턱에서부터 아래쪽에 있는 모든 성곽을 공격하여 히사마사는 어찌 되었건 산 위의 나가마사와 부인, 아이들을 구출하는 일이다.

세번째는 부인과 아이들만이라도 구출하여 노부나가의 심적 부담을 덜어주는 방법이다.

그 모든 일들이 실패하여 히사마사와 나가마사, 오이치 부인과 그 아이들을 모두 죽게 만든다면, 이것은 그야말로 히사마사가 원하는 바로서 히데요시의 공이 반감될 뿐 아니라 심지어 노부나가에게 소외당할지도 모른다.

그러므로 이 싸움에는 교묘한 흥정이 필요했다.

교고쿠 성곽을 점령할 때까지는 귀신과도 같은 강인함을 나타내 보이고, 손에 넣고 나서는 인간의 미묘한 심리를 통찰하여 교섭의 묘를 발휘하지 않으면 안 된다.

무엇보다도 노부나가의 여동생과 그 아이들이 지금은 세 명으로 늘어나 성안에 있다는 점이 이번 공격의 전술을 상당히 제약했다.

한편 성안에서는 아직 노부나가가 에치젠에서 달려왔다는 사실을 모른 채, 아사쿠라 가문과의 연락이 도중에 끊어지고 말았다.

고전한다는 것은 추측할 수 있었으나 설마 아사쿠라 요시카게 정도나 되는 무장이 쓰루가, 후추府中, 이치조가타니 등에서 싸우지도 않고 성을 버린 채 도망쳤으리라고는 상상도 하지 못했다.

아무리 불리한 싸움이라 해도 이치조가타니에서 농성을 하고 이노야마 성의 가게아키라가 밖에서 구원하려 할 것이라는 정도로 생각했다.

따라서 히데요시의 호리병박 우마지루시馬印가 하치스카 히코에몬을 선두로 교고쿠 성곽 울타리 밖으로 쇄도할 때까지 그들은 농성에 대비하여 사기를 고무할 생각으로 아직 잠을 자고 있었던 것이다.

더구나 그날은 산의 짙은 안개가 그대로 가을비로 변하여 새벽이 여느 때보다 늦은 데다, 공격군은 물론 소리를 죽인 채 접근하고 있었다.

"아니, 이상한 소리가 들린 것 같은데?"

맨 먼저 잠에서 깬 사람은 오노기 도사였다.

도사는 고개를 갸웃거리고 일어나서는 갑옷을 입으면서 창가로 달려갔다.

얼른 창문을 열고 내다보았을 때 쌓아 놓은 성곽의 돌담이 제일 먼저 눈에 들어왔다.

"앗, 기습이다! 사방에 호리병박 우마지루시."

아니, 우마지루시보다 더 오노기 도사를 놀라게 한 것은 히데요시가 거느린 고쇼들이 성곽 돌담으로 원숭이처럼 기어올라오는 모습이었다.

한결같이 열일고여덟 살부터 스무 살 정도로 목숨을 아끼지 않는 젊은 무사들이 눈을 빛내며 돌담을 기어올랐다. 어느 틈에 담 꼭대기까지 올라와 밧줄을 늘어뜨려 동료를 끌어올리는 자도 있다.

'아뿔싸!'

오노기는 너무 당황하여 소리도 지를 수 없었다.

가령 공격자들이 쳐들어온다고 해도 산기슭에는 아카오 성곽도 있고 산노마루 성곽도 있다.

그러므로 이곳은 제3의 성곽인 셈이었기 때문에 더욱더 경악했다.

'첫째도 둘째도 돌파되었구나!'

위기가 닥친 것도 모르고 잠만 잤다는 생각이 도사를 사로잡았다.

"기습이다! 적이 난입했다!"

용장이라 칭송받는 도사도 그만 기성을 지르며 아사이 시치로의 침소로 달려갔다.

그때에 이르러서야 비로소 와아, 하는 공격자의 함성이 울렸다.

이미 기노시타 군이 목적을 반쯤 달성하고 오다니 산 중턱에 거점을 마련했다는 증거였다.

소라고둥이 울리기 시작했다.

이어서 징 소리, 북소리, 화살이 날아오는 소리와 철포 소리가 아침의 정적을 깨뜨렸다!

히사마사의 고집

아침에 내리던 비는 잠시 후에 그쳤다.

그리고 산꼭대기에 푸른 하늘이 펼쳐지기 시작할 무렵에는 교고쿠 성곽이 완전히 히데요시의 수중에 들어가 산기슭과 꼭대기의 연락이 뚝 끊어져버렸다.

아마도 산꼭대기에서는 나가마사가 아버지의 신변을 걱정하면서 안타까워하고 있을 것이다.

그러나 산노마루 성곽에 있는 히사마사는 싸움 따위가 웬 말이냐는 듯한 표정으로 자기 거실 밖의 정원으로 나와 국화를 일일이 매만지고 있었다.

때때로 이곳까지 총성과 함성이 들려오기는 했으나 아직 이 성곽의 방비가 무너진 기색은 없다.

시각은 그럭저럭 한낮이 가까워왔다.

툇마루에 앉아 히사마사의 침착한 동작을 물끄러미 바라보는 자는 어젯밤부터 여기 불려와 춤을 보여주고 있던 쓰루와카 다유鶴若太夫였다.

"시모쓰케下野 님, 함성이 상당히 가깝게 들립니다마는 괜찮으시겠습니까?"

"괜찮다니?"

"이 성곽에 적이 들어오지 않았나 싶어서."

"다유."

"예."

"인생을 오십이라고 보면 나는 벌써 십년이나 그 수명이 지났어."

이렇게 말하고 히사마사는 샘물 곁에 만발한 희고 붉은 싸리꽃을 바라보며 실눈을 뜨고 웃었다.

"지난날을 돌이켜볼 때 후회 없는 인생이었어. 최소한 내 신념만은 굽히지 않고 살아왔으니까."

"예, 아무도 흉내내지 못할 일생이십니다."

"그것을 안다면 소란 떨지 말게. 나는 지금 국화를 감상하고 있는 중일세. 나는 싸움에 패해서 죽는 게 아니야. 끝까지 뜻대로 살다가 가는 거야."

"그러시면 새삼스럽게 싸우시지는 않겠다는 말씀입니까?"

"하하하, 자네 눈에는 내가 싸우지 않는 것처럼 보이는 모양이군."

"싸우시지 않는 것처럼?"

"그래. 그렇게 보이느냐고 묻는 것일세. 나는 새삼스럽게 싸움이라는 말은 하지 않으나 항상 싸움을 계속하고 있어."

"예?"

"이해가 안 되는 모양이군. 새삼스럽게 창을 들고 칼을 휘두르는 것만이 싸움은 아니야. 국화를 감상하고 싶을 때 감상하는 것도 싸움이고, 고집을 관철시키는 것도 싸움, 또 이렇게 웃고 있는 것도 싸움이야."

그러면서 큰 국화 송이에 코를 대고 향기에 취하는 듯한 표정으로 툇마루에 올라왔을 때 급한 목소리가 들려왔다.

"아룁니다, 큰 주군께 아룁니다."

허겁지겁 복도로 달려온 자는 히사마사의 말벗이자 같이 다도茶道를 즐기는 후쿠주안福壽庵이었다.

"교고쿠 성곽을 점령한 적이 드디어 방향을 아래로 돌려 아카오 성곽을 공격하기 시작했습니다. 그렇게 아시고 준비하시기 바랍니다."

그러고보니 짓토쿠十德°를 입고 다기茶器나 들고 있어야 어울릴 후쿠주안 노인이 거창한 갑옷 차림에 창을 들고 질끈 동여맨 머리띠 밑에서 눈을 빛내고 있다.

"후쿠주안, 흥분하지 말게."

"예…… 예."

"자네는 누구 허락을 받고 그처럼 씩씩하게 무장을 했나?"

"이 성곽에도 벌써 적이 난입하여 머지않아 이쪽으로 몰려올 것 같아서."

"듣기 싫어!"

히사마사는 긴 눈썹을 떨면서 단호하게 질타했다.

"이 히사마사는 몇 번이나 자네에게 나의 마음가짐에 대해 말했지 않은가."

"그렇기는 합니다마는."

"적이 이 성곽에 들어왔을 때 나는 누구의 손도 빌리지 않고 당당하게 할복하겠다, 그러니 절대로 당황하지 말라고 일렀는데 잊었다는 말인가?"

"그럼, 저어…… 무장도 하지 않고 적을 기다리시겠습니까?"

히사마사는 천천히 툇마루에 앉아 꺾어 손에 든 국화를 새삼스럽게 바라보면서 대답했다.

"당황하여 무장을 할 정도라면 일부러 국화를 손질하지 않았을 거야. 정원의 국화는 내가 죽더라도 계속 그윽한 향기를 풍길 것일세. 그렇지 않나? 오다의 병졸 한둘을 죽이기보다는 내가 좋아하는 꽃에 마음을 남기고 떠나는 편이 히사마사답다고 생각지 않나?"

후쿠주안은 그만 말문이 막혀 주위를 둘러보았으나 곧바로 결심한 듯이 히사마사 앞에 머리를 조아렸다.

"어르신, 긴한 부탁이 있습니다."

"이제 와서 부탁이라니?"

"어르신의 마음, 결코 모르는 바는 아니나 아직 춘추가 한창이신 주군을 위해, 또 많은 손자 분들을 위해 재고하시기 바랍니다."

"뭣이, 자네는 그런 차림을 하고 나에게 항복을 권하러 왔다는 말인가?"

"가문을 위해서입니다. 어르신의 그 결심, 오다의 그 기질…… 이대로는 어르신도 주군도, 마님도 손자 분들도 모두 불에 타서 목숨을 잃으시게 됩니다. 그렇다고 결코 기뻐하거나 슬퍼할 오다가 아닙니다. 저는 그것이 원통합니다."

"……"

"어르신, 부탁입니다! 아사이 가문이 존속될 수 있도록 부디 이쪽에서 사자를 파견하십시오. 부탁입니다."

히사마사는 대답하지 않았다. 대신 조용히 국화를 그 자리에 놓고 말을 이었다.

"후쿠주안, 그 거추장스러운 갑옷을 벗게. 자네도 일단 불문에 귀의했던 몸이 아닌가."

"부탁을 들어주시겠습니까?"

"그리고 편한 마음으로 저 맑은 가을 하늘을 쳐다보게."

"어르신!"

"아직 모르겠나. 후쿠주안, 그리고 쓰루와카 다유도 잘 듣게. 이 히사마사가 자네들의 말에 마음을 움직일 수 있을 때는 벌써 지났어. 이미 나는 그 어느 것도 생각지 않고 죽는 수밖에는 길이 없어. 이것이 내가 가지고 태어난 업業일세."

"그러면 가문이 어떻게 되더라도?"

"그래."

히사마사는 고개를 크게 끄덕이고 말했다.

"노부나가가 천하를 위해서라고 하면서 마구 살육을 자행하고 다니는 것도 업이요, 이 히사마사가 일족의 안태를 생각지 않고 고집을 부리다 죽는 것도 업일세. 이것만은 어쩔 수 없는 일이야. 나가마사와 손자들도 이러한 아비, 이러한 할아비의 업 때문에 죽을 수밖에 없네. 자, 더 이상 아무 말도 하지 말게. 후쿠주안은 차나 끓이도록 하라. 그리고 쓰루와카 다유는 저 꽃병을 이리 가져오게. 어쩌면 이것이 우리 세 사람이 나누는 마지막 차가 될지도 몰라. 모두 편한 마음으로 즐기도록 하세."

갑자기 후쿠주안이 소리내어 흐느끼기 시작했다.

'이런 어이없는 고집을 허용해도 되는 걸까? 그렇게 되면 아사이 가문을 멸망시키는 사람은 적이 아니라 히사마사 자신의 완고한 마음이 아닌가.'

이런 생각을 하자 새삼스럽게 산 위에 있는 나가마사 부부와 그 아이들이 뇌리에 떠올라 가슴이 터질 것만 같았다.

'그분들은 아무런 죄도 없는데.'

별안간 성곽의 출입문 쪽에서 함성이 일어났다.

드디어 적은 아카오 성곽을 지나 이 산노마루 성곽으로 밀려오는 모양이다.

그러나 히사마사는 여전히 눈썹 하나 까딱하지 않고 직접 차솥 밑에 숯을 얹어놓고 있다.

쓰루와카 다유는 부들부들 떨면서 히사마사가 꽂아놓은 국화를 도코노마床の間°의 필적 앞에 공손히 놓았다.

후쿠주안은 눈물을 닦으면서 다시 외치듯이 말했다.

"어르신, 부탁입니다! 한 번만, 단 한 번만! 그 천진하고 사랑스러운 손자 분들을 위해……"

자아의 승리인가

히사마사는 이미 죽음의 신에게 매료되어 있었다.

표면상으로는 자못 강렬한 의지를 지닌 고풍한 무사처럼 보인다. 그러나 이런 완고한 고집을 과연 신불이 용서할까, 또한 세상 사람들이 그를 인정해줄까.

그는 자신의 고집을 관철시키기 위해 당연히 생각해야 할 손자와 가신들의 생명을 무시하고 있다.

따라서 지금 그의 태도는 무사도武士道인 것 같으면서도 무사도라고 할 수 없는 이기주의라 평할 수밖에 없다. 무사도라면 의당 남을 살리기 위한 희생 정신이 향기를 발해야 하는데도 그에게서는 그 향기를 전혀 느낄 수 없다.

아무튼 히사마사는 차를 마시고 새삼스럽게 쓰루와카 다유에게 북을 치게 하여 춤과 노래를 즐긴 뒤 이튿날인 28일(덴쇼 원년 8월) 사시巳時(오전 10시)에 할복했다.

할복하는 날 아침 산노마루 성곽에는 기노시타 군의 정예인 하치스카 부대가 난입했다. 그리고 히사마사의 가신 치다 우누메노쇼千田釆女正가 온몸에 화살이 꽂힌 채 히사마사의 거실로 뛰어들었다.

"드디어 적이 북문을 통해 성곽에 침입했습니다."

"으음, 들어왔느냐."

히사마사는 유유한 태도로 미리 준비했던 잔을 내오게 했다.

"자, 쓰루와카도 후쿠주안도 내 잔을 받고 돌아가게. 그리고 우누메노쇼는 내가 황천으로 떠날 때까지 이 방에는 적이 한 걸음도 발을 들여놓지 못하게 하라."

침착하게 잔을 들자 지금까지 히사마사를 똑바로 쳐다보고 있던 후쿠주안이 먼저 단검을 옆구리에 꽂았다.

"저는 출가한 몸이므로 먼저 떠나 길을 안내하겠습니다."

아마도 후쿠주안은 히사마사의 에고이즘을 참을 수 없었을 것이다. 히사마사가 유유히 이별의 잔을 들면서 고집에 집착하는 동안 성곽을 지키는 병사들은 항복하지도 못하고 잇따라 죽어갔다. 그 사실을 히사마사는 생각해보았을까.

"오오, 과연 후쿠주안, 내 마음을 잘 알고 있었군. 훌륭해. 좋아, 쓰루와카, 가이샤쿠하도록!"

그러자 와들와들 떨고 있던 쓰루와카 다유는 사색이 되어 입술을 꼭 깨물고 일어났다.

이는 보기에 따라서는 예능인으로서 맹장을 능가할 만큼 깨끗한 죽음이라 할 수 있다. 그러나 한편으로 생각하면 히사마사가 두려워 어쩔 수 없이 자결을 택하게 되었다고 볼 수도 있다.

쓰루와카 다유의 가이샤쿠로 후쿠주안의 목이 입구의 문턱에 떨어지자 히사마사는 비로소 단검을 뽑아들고 호탕하게 웃었다.

"하하하…… 후쿠주안, 이것으로 나는 노부나가에게 이겼어. 쓰루와카도 보았을 것이다. 이 히사마사 곁에 있는 자는 다인茶人에서 예능인에 이르기까지 노부나가 놈에게 한 치도 양보하지 않고 모두 죽어가는 거야."

이렇게 말하고 날카로운 칼끝으로 옆구리를 푹 찔렀다.

"가이샤쿠를!"

정신을 차린 쓰루와카 다유가 말했다.

"아니다!"

그러고는 깊이 칼을 꽂은 채 무릎을 세우고는 힘껏 오른쪽으로 당겼다.

동맥을 끊었기 때문에 엄청난 피가 뿜어져 나왔다.

"허허허, 이것으로 이겼어. 이것으로……"

주위는 순식간에 차마 보지 못할 피바다가 되었고, 그 피바다 속으로 히사마사는 무서운 형상을 하고 고꾸라졌다.

동시에 공격자가 무섭게 뛰어들었고, 모든 것을 체념한 쓰루와카 다유의 비장한 목소리가 방 안 가득히 울려 퍼졌다.

"잠깐! 히사마사 어르신의 자결을 지켜보고 나서 저승길을 수행하려고 한 나, 일부러 창을 휘두를 필요는 없다. 기다려라, 지금 깨끗이 자결하겠다. 자아, 이렇게……"

내일을 향한 사자

나가마사는 쓰부라 언덕의 교고쿠 성곽을 공격했던 기노시타 군이 둘로 나뉘어 산기슭의 산노마루 성곽과 산꼭대기의 본성을 공격했다는 것은 잘 알고 있었다.

그러나 그 후의 싸움이 어떻게 되었는지는 전혀 알 수 없었다.

나가마사는 몇 번이나 둘째 성까지 내려와 싸우면서 산기슭과의 연락을 취하려 했으나, 중간에 진출한 기노시타 군의 병력이 점점 증가하여 뜻대로 되지 않았다.

'이런 상태라면 산노마루 성곽도 이미 포위된 것이 아닐까.'

그런 생각을 하고 있을 때 총신인 후지카케 미카와노카미藤掛三河守가 다급하게 숨을 몰아쉬면서 뛰어왔다.

"주군! 노부나가의 군사軍師가 또 찾아왔습니다."

"뭣이, 군사가? 만나지 않겠다. 그럴 필요 없어! 항복을 권하러 왔을 것이 뻔한 일, 산 밑에 아버님을 남기고 어찌 내가 항복하겠는가.

그리고 만약에 내가 항복했다는 사실을 아신다면 아버님의 기질로 보아 자결하실 거야."

나가마사는 이렇게 내뱉고 곧장 산꼭대기로 올라갔다.

그가 생각하기에도 둘째 성을 돌파한 적군이 본성에 육박하는 일은 시간 문제일 것 같았다.

아니, 그동안에도 이미 적의 동정을 받고 있다는 사실이 견딜 수 없었다.

적이 현재 공격하고 있는 둘째 성에 불을 지르면 이각도 되기 전에 본성까지 불바다가 된다. 이 사실을 잘 알고 있으면서도 적이 방화하지 않는 이유는 나가마사보다도 오이치나 그 딸들을 가엾게 여기기 때문이라 생각하자 여간 안타깝지 않았다.

"그렇다, 딸들을 히데요시에게 넘기고 나는 산기슭으로 쳐내려가야겠다. 비록 도중에 전사한다고 해도."

마음을 정하자 새삼스럽게 자기네 부부의 슬픈 운명, 비참한 처지가 가슴에 스며들었다.

싫증도 권태도 모르는 사이, 지칠 줄 모르는 사랑 속에서 세 딸을 낳아 남의 선망을 한몸에 받아온 부부였다.

그러나 이보다도 아버지를 받들고 아버지의 고집을 관철시키는 것이 효행이라 믿는 나가마사에게 현실은 바위에 던져진 계란처럼 덧없고 무른 것이었다.

'용서하거라! 아버지를 배신할 수는 없다.'

나가마사는 파도치는 감정과 싸우면서 본성에 들어가, 오직 거기에만 다다미를 깔아놓은 부인과 딸들이 있는 방으로 향했다.

서쪽과 남쪽에 난간을 두르고 한눈에 도라고제 산과 그 앞의 풍경이 바라보이는 이 방은, 전쟁만 없다면 그야말로 전망이 둘도 없이 가장 좋은 곳이었다.

철 따라 피는 꽃은 말할 나위도 없고, 구름의 흐름도 달빛과 바람 소리도 여기서만은 속세를 떠나 있었다. 공기마저도 속세의 그것과는 달리 깨끗하게 마음을 씻어주는 감미로움을 담고 있었다.

그러기에 지금은 오히려 슬픈 감회가 떠오른다.

"아, 주군이 오시는군. 얘들아, 아버님이 오신다."

복도를 건너오는 갑옷 차림의 나가마사를 발견하고 오이치 부인은 색종이로 인형을 접고 있는 두 딸에게 말했다.

맏딸인 자차히메茶茶姬는 일곱 살, 차녀인 다카히메高姬는 여섯 살. 삼녀인 다쓰히메達姬는 겨우 네 살이기 때문에 유모가 딸려 있었다.

"아, 정말 아버님이 오신다."

"어디, 어디. 아, 아버님이셔."

어린 딸들의 목소리가 들리자 마사나가는 참지 못하고 그만 고개를 돌린 채 방에 들어갔다.

28일의 해는 이미 기울어져 산기슭에서부터 피어오르는 안개가 서서히 시야를 가리고 있었다. 비가 내릴지도 몰라 옆방에서 시녀들은 등불을 준비하는 듯했다.

"오늘도 무사히 해는 지고 있지만……"

나가마사는 오이치 부인이 깔아놓은 방석에 구사즈리草褶를 헤치고 앉으면서 말했다.

"그러나 오늘의 무사함이 내일의 무사함을 약속한다고는 하지 못할 사정이 생겼어."

오이치 부인은 잠자코 고개를 숙인 채 양쪽에 있는 아이들의 어깨에 손을 올려놓고 있다.

'이 성을 공격하는 적은 바로 오빠.'

그런 생각만 해도 오이치 부인은 몸둘 바를 몰랐다.

"오이치, 나는 그대에게 부탁이 있어서 올라왔어."

"어머, 부탁이라니 남을 대하듯 말씀하시는군요. 오빠는 적이지만 저는 주군의 아내입니다."

"비록 아내이기는 하나 무리한 말을 할 때는 부탁한다고 할 수밖에 없어."

나가마사는 다정한 눈으로 아내를 바라보면서 온몸으로 한숨을 쉬었다.

"실은 노부나가 님이 어제부터 네 번이나 사자를 보내 왔어."

"네 번이나……"

"그래. 그 네번째 사자는 만나지 않고 그냥 이리 올라왔는데, 이번 사자는 틀림없이 후와 가와치노카미不破河內守였을 거야."

"후와 가와치노카미가…… 무어라고……?"

"처음에는 점잖은 어조로 차곡차곡 이해관계를 설명하며 나를 설득하더군. 아사이 가문의 배후에서 압박하던 아사쿠라 군은 괴멸했다, 이제부터는 처남 매부의 의리를 다해 노부나가는 아사이 가문을 지원하겠다, 무익한 살생은 그만두고 하루속히 이 땅에 평화를 이룩하자, 이렇게 말하더군."

"어쩌면 속이 훤히 들여다보이는 그런 소리를."

"아니, 반드시 그런 것만은 아니야. 진실인 면이 없지 않으니까. 그러나 나로서는 받아들일 수가 없어."

"……"

"나는 거절했어. 그러자 두번째 왔을 때는 아버지 히사마사의 목숨을 구하고 아사이 가문의 존속을 도모하려면 우선 나의 결단이 필요하니 재고하라고 하더군, 내가 항복하면 아버지도 항복하실 거라면서."

"어머!"

"아버지는 후와 가와치노카미보다는 내가 더 잘 알아. 나는 다시 거절했지. 그러나 상대는 단념하지 않았어. 세번째 왔을 때는 교고쿠 성곽은 이미 점령했다, 여기서 일족을 모두 죽게 만들고 아집을 관철시키려는 행동은 의義를 지키려는 듯하지만, 실은 무위무책無爲無策으로 어떻게 할 바를 모르고 멸망했다고 후세 사람들이 평할 것이다, 노부나가는 결코 해를 가하지 않을 테니, 곧 농성을 풀고 화의에 응하라며 성의를 다해 제의하더군."

오이치 부인은 매달리는 듯한 시선으로 남편을 쳐다보았다. 아마 그녀의 오빠 말이 잘못이라고는 생각지 않을 것이다.

그러나 함부로 입을 열 수는 없었다. 그녀는 이미 남편이 정리情理를 넘어 아버지의 뜻에 따르려 한다는 점을 분명히 알고 있었기 때문이다.

"나는 가와치노카미에게 이렇게 말했어. 이미 우리 부자는 이 성을 죽을 장소로 정했으므로 그런 호의는 필요치 않다, 우리는 전력을 다해 항전하다 죽을 것이다, 오다 님도 사정없이 공격하기 바란다…… 그러면서도 나는 여간 괴롭지 않았어. 정리로 보면 내가 패한 셈이니까. 그러나 이것이 우리 가문의 숙명이야. 그대와 딸들에게도……"

여기까지 말하고 나가마사는 천진스럽게 아버지와 어머니를 번갈아 바라보는 두 딸의 얼굴을 마주 볼 수 없어 시선을 돌렸다.

"이해할 수 있겠지? 그러므로 네번째 사자는 만날 수가 없었어."

"그렇게까지 대답하셨는데 또 무엇 때문에 왔을까요?"

"뻔한 일이지. 그대와 아이들을……"

말하다 말고 나가마사는 눈을 감았다.

"네번째 사자는 만나지 않고 돌려보냈으나 내가 부탁하고 싶은 것은 바로 여기에 있어."

"무슨 말씀인지?"

"그대는 아이들을 데리고 기노시타 진영으로 피해줄 수 없을까? 아버지에 대한 효도는 나 혼자만으로도 충분해. 그대와 아이들은 아무 죄도……"

"싫습니다!"

오이치 부인은 남편의 말을 예리하게 가로막았다.

"이 몸은 아사이 비젠노카미의 아내, 아이들은 시아버님의 손자, 모두가 같은 운명을 짊어지고 태어난 몸이므로 순리를 거스른다는 것은 당치도 않은 일입니다. 그런 말씀은 두 번 다시 하지 마십시오. 저는 괴롭습니다."

오이치는 두 딸을 꼭 껴안고 외치듯이 말했다.

나가마사는 눈을 감은 채 심하게 어깨를 떨었다.

패전의 도의

나가마사는 오이치 부인의 어조에 겁이 났다.

오이치 부인은 노부나가의 여동생, 일단 마음을 정하면 남자보다도 강한 일면을 가지고 있다. 만일 강요한다면 자기 손으로 아이들을 찌르고 자결도 마다하지 않을 것이다.

"오이치."

"예."

"나와 그대는 훌륭한 부부였지?"

"예. 그 추억을 고스란히 간직한 채 황천에 갈 수 있게 해주세요."

"나는 그대를 더없이 소중하게 생각하고 있어. 헤어지고 싶지 않아. 껴안고 갔으면 좋겠어. 그러나……"

"더 듣고 싶지 않아요. 저는 행복해요."

"그럼, 무슨 일이 있어도?"

"예, 같이 가고 싶어요! 그렇지, 애들아?"

이 말을 듣고는 나가마사도 생각을 달리할 수밖에 없었다.

'도리가 없군. 그렇다면 만약의 경우를 생각해서 기무라 다로지로 木村太郎次郎를 딸리게 해야겠어.'

근시인 기무라 다로지로에게 돌보도록 했다가 무슨 일이 생기면 그의 손으로 아이들을 찌르게 하고 오이치의 가이샤쿠를…… 이렇게 생각했을 때 복도에서 거친 발소리가 나면서 당사자인 기무라가 달려왔다.

"말씀드립니다!"

"부산스럽게 무슨 일인가?"

"오다 쪽의 군사 후와 가와치노카미가 아무리 말해도 돌아가지 않고 계속 객실에서 기다리고 있습니다."

"뭣이, 아직도 안 돌아갔어? 그에게 이렇게 말하라. 만나도 더는 할 이야기가 없으니 어서 돌아가라고!"

"물론 그런 말도 했습니다. 그런데 후와는 중요한 이야기를 빠뜨렸다고 했습니다. 그것을 말씀드리지 않고 돌아가면 큰 실수가 된다, 경솔한 사자를 가엾게 여겨 다시 한 번 만나게 해달라, 그렇지 않으면 이 자리에서 움직이지 않겠다고 했습니다."

"뭣이, 중요한 이야기를 빠뜨렸다고?"

"예. 그리고 또 한 가지, 오늘 밤에는 공격을 중단할 것이므로 그 말씀을 전해 달라고도……"

"공격을 중단한다……? 무엇 때문에 중단한다는 말인가. 개의치 말고 야습해도 좋다면서 쫓아보내라."

이미 주위는 어두워지고 시녀가 가져온 등불이 뒤의 장지문에 모두의 그림자를 희미하게 비추고 있다.

"아직 성곽 안에는 아녀자들이 많이 남아 있는 모양이니, 오늘 밤에는 공격을 하지 않을 것이므로 피신시킬 사람이 있으면 밖으로 내보내라고……"

기무라 다로지로는 난처한 표정으로 말을 더듬더니, 이내 말끝을 흐리자 나가마사가 소리쳤다.

"닥쳐!"

이처럼 나가마사에게 낭패감을 주는 말도 없었다.

"미처 하지 못한 말이 그것이라면 걱정 말라고 고하라. 오다니 성에서는 아녀자들도 끝까지 싸울 거라고."

"황송합니다마는 미처 말씀드리지 못한 중요한 일은 따로 있습니다."

"뭐, 뭐라고?"

"주군, 부탁입니다! 만약 귀에 거슬리는 말을 하거든 군사를 그 자리에서 베어버리십시오. 그렇지 않으면 싸움을 중지하고 도주하고 싶은 자가 있거든 마음대로 피신해도 좋다는 말을 적이 떠들어댔기 때문에, 우리 병졸들은 전의를 잃고 도주할 기회를 엿보고 있으므로……"

여기까지 듣자 나가마사는 더는 그 자리에 앉아 있을 수 없었다.

'정리情理에서 진 싸움.'

이런 생각에서 농성을 했던 것인 만큼 '이미 때를 놓쳤다는 말인가?' 하는 회한이 돌풍처럼 전신을 꿰뚫었다.

"그래! 죽여도 좋다는 말이지. 만나겠어, 곧 나가서 만날 테다!"

나가마사는 갑옷의 소매를 펄럭이며 나갔다.

나가마사의 고뇌

본성의 객실로 사용하는 사랑방에는 노부나가의 사자…… 라기보다도 히데요시와 노부나가의 뜻을 충분히 알고 찾아온 후와 가와치노카미가 온화해 보이는 둥근 얼굴에 미소를 띠고 촛대 옆에 앉아 있었다.

나가마사는 성큼성큼 방 안으로 들어와 근시가 권하는 의자에 앉기조차 번거롭다는 듯 일갈했다.

"끈질기구나, 가와치노카미! 싸움에 능한 오다 님의 작전이 훌륭하다는 점을 가슴에 새기고 죽을 것이다. 그 죽음마저 방해한다면 너무도 정을 모르는 처사, 그대는 이렇게 생각지 않는가?"

"당치도 않으신 말씀."

후와 가와치노카미는 미소를 지우고 근엄한 태도로 말을 이었다.

"이 모든 것은 아사이 가문을 위하는 일이므로 눈을 크게 뜨시고 다시 한 번 앞날을 생각해보십시오."

"죄도 없는 병사들까지 죽이면 안 된다는 말이겠지. 그런 거라면 나도 떠나고 싶은 자는 마음대로 떠나도 좋다고 했어. 더 이상 지시하지 마라!"

"나가마사 님, 그 이상의 지시는 아무도 내릴 수 없습니다. 모두가 자연이 하는 일이라고나 할까요. 그러나 저는 병졸에 관해 말씀드리는 것이 아닙니다."

"누, 누구에 대해 말하는 것인가?"

"아사이 비젠노카미 나가마사 님 자신에 대해서입니다."

"듣기 싫다! 이 나가마사의 생각은 이미 세 번이나 대답했어. 참, 그대는 미처 하지 못한 말이 있다고 했지? 그것만은 듣겠다. 그 말을 들은 뒤 내가 거절했다고 하면 그대의 역할은 끝난다. 어서 하고 싶은 말이나 전하라."

"예. 우선 그 말씀부터 드리겠습니다. 아사이 시모쓰케노카미 히사마사 님은 하치스카 히코에몬에게 항복하고 현재 보호를 받고 계십니다."

"뭐, 뭐…… 뭣이! 아버님이?"

"그러므로 비젠노카미 님도 하산하시면…… 이 말씀을 드리려다 그만 아버님을 보호하고 있다는 말을 빠뜨렸습니다."

아사이 나가마사는 나직하게 신음하고 입술을 깨문 채 잠시 할 말을 찾지 못했다.

'아버님이 항복하시다니……'

아버지가 항복했다면 무엇을 위한 항전이란 말인가.

나가마사는 이미 자기 가문의 고집이 슬프게도 정세와 빗나가고 있음을 통감하며 싸우고 있었다.

'아버지를 따르겠다. 그 아버지의 오만한 무인의 고집을……'

"비젠노카미 님, 그러므로 지금 이 싸움은 벌써 결정이 났습니다. 저의 주군은 남문을 개방하고 농성하던 부녀자와 병사들을 오늘 밤에 한해서 자유롭게 떠날 수 있게 했습니다. 또 산정을 지키는 병사들도 속속 산을 떠나고 있습니다. 그런 가운데 비젠노카미 님 혼자만 완강하게 무익한 살생을 계속하신다면 두고두고 폭장暴將이라는 비난을 면치 못하실 겁니다. 무장의 긍지는 싸움에 이기는 것뿐만 아니라 패하고 나서의 처리에도 있다고 생각합니다마는 어떻게 보시는지요?"

상대방은 부드럽게 말했으나, 나가마사는 여전히 천장을 노려보고만 있었다.

'아버지가 항복했다. 아니, 어쩌면 포로가 되었는지도 모른다.'

효도를 최고의 도덕으로 알고 있던 만큼 나가마사의 충격은 매우 컸다.

"가와치노카미, 그러면 아버님은 지금 어디 계시다는 말인가?"

"하치스카 님의 보호 아래 자진하여 도라고제 산에 가시겠다고 하셨으므로 어쩌면 이미 안내를 받으셨는지도 모릅니다."

"설마 거짓은 아니겠지?"

"거짓이라면 산기슭의 성곽이 저처럼 조용할 리 없지 않겠습니까? 싸움이 그쳤다는 것이 무엇보다도 확실한 증거입니다."

"으음."

"비젠노카미 님도 이 싸움이 무리라는 것은 처음부터 아셨을 겁니다. 천하의 통일은 만민을 위하는 노부나가 공의 비원이십니다. 이를 방해하는 자는 모두 천벌을 받고 멸망했습니다. 히에이잔을 상기해보십시오. 다케다 신겐을 생각해보십시오. 아사쿠라의 말로와 아시카가 쇼군의 패퇴를 떠올려보십시오. 그런 가운데 인척이신 아사이 가문이 혼자 무의미한 저항을 계속하여 부녀자들까지 죽음의 길로 끌어들일 필요가 어디 있겠습니까? 이제는 깨끗이 무기를 버리시고 화의에 응하여 한 사람이라도 더 많은 인명을 구하심이 대장의 도리가 아닌가 생각합니다."

간곡하게 설득하자 나가마사의 이마에 진땀이 흐르기 시작했다.

노부나가도 히데요시도 지모가 뛰어난 인물, 그런 만큼 '아버지가 항복했다'는 말에는 일말의 의혹이 없지 않았으나 지금에 이르러 아내와 자식들의 목숨까지 희생시켜도 좋을 것인가?

동요하는 기색을 보고 후와 가와치노카미는 다시 부드럽게 설득했다.

"저를 끈질긴 사나이라고 여기지는 마십시오. 세 번이 아니라 네 번이라도 군사의 소임을 다할 것입니다. 그러나 저는 다른 사람이 사자가 되는 것을 원치 않았습니다. 비젠노카미 님의 고뇌는 제가 가장 잘 알고 있습니다. 효도와 무사도의 틈바구니에 끼여 마음에도 없는 싸움을 선택하셨다. 그 심중을 헤아리고 있기에 이처럼 사자가 되어 찾아온 겁니다. 결단을 내리십시오. 작은 고집은 사람을 살리는 길이 아닙니다."

여기까지 말하자 별안간 나가마사는 벌떡 일어나, 내뱉듯이 단숨에 말했다.

"가와치노카미, 잘 알겠어. 어쨌든 처자만은 산을 내려가게 하겠네. 이 일에는 협력을 부탁하겠어."

산정의 밤

활 소리도 총포 소리도 멎은 채 밤이 되었다. 산꼭대기의 성루城樓
는 죽은 듯이 고요에 파묻혔다.

'이미 싸움은 고비를 넘겼다.'

오이치 부인은 남편인 나가마사가 또다시 이리로 돌아오리라고는
생각지 않았다.

아마도 후와 가와치노카미를 죽이고 그대로 산을 내려가 아버지와
합류하려 할 것이 분명하다. 그러면 세 딸은 그녀 자신이 직접 찌르
고 나서 본성에 불을 지른 뒤 불길 속에서 자결하겠다는 마음을 먹
고 그 시기를 여러모로 생각하고 있었다.

죽음은 결심했으나 어린 자식들의 티없는 모습을 보자 자신의 불
운이 한없이 서글펐다. 단지 적에게 시집을 온 것뿐이라면 이토록 고
통스럽지는 않았을 것이다. 그런데 인간 세상의 애증을 조소하기라
도 하듯이 이처럼 어린 생명 셋이 싹텄다. 그 싹을 자신의 손으로 잘

라야 한다면 어째서 태어나게 했는지 신불이 여간 원망스럽지 않았다.

"어머님, 다시 아버님의 발소리가 들려요."

갑자기 자차히메가 작은 소리로 외쳤다. 오이치 부인은 깜짝 놀라면서도 고개를 저으며 말했다.

"아니야, 자차. 아버님은 다시는 오시지 않아."

"하지만 저 발소리는……"

"그렇지 않아. 누가 심부름을 왔을 테지. 자, 너희들은 유모와 같이 옆방으로 가 있거라."

이렇게 말했을 때 허둥지둥 달려온 사람은 후지카케 미카와노마키와 기무라 고시로였다.

"마님, 지금 주군과 군사가 함께 이리 오시는 중입니다."

"아니, 주군과 군사가?"

"그것 보세요, 역시 아버님이에요!"

자차히메의 들뜬 목소리에 응하듯이 나가마사와 후와 가와치노카미가 들어왔다.

나가마사의 표정은 아까 나갈 때와 같은 단호한 기색은 전혀 없고, 진땀이 그대로 늘어붙어 푸른 물감을 칠한 듯이 창백해져 있었다.

'무슨 일이 있었구나!'

오이치 부인은 가슴이 섬뜩했다.

"오이치는 여기 남고 나머지는 모두 자리를 비켜라."

나가마사는 낮은 목소리로 이렇게 말하고 가와치노카미와 나란히 의자에 앉아 천장을 쳐다 보았다.

시녀들이 자차히메와 다카히메를 얼른 옆방으로 데려갔다.

"마님."

입을 연 사람은 오다의 군사 후와 가와치노카미였다.

오이치 부인의 시선은 가와치노카미 쪽으로 보냈으나 남편을 생각해 대답하지 않았다.

"비젠노카미 님 앞에서 말씀드리는 것이므로 그렇게 아시고 들으십시오. 주군께서는 결국 우리 청을 가납하시고 이 성에서 나가 도라고제 산으로 건너가시게 되었습니다."

"아니, 이 성을 버리고?"

"의심하실 여지가 없습니다. 주군 앞이니까요. 그러므로 마님께서도 따님들과 함께 곧 떠나실 준비를 하십시오."

오이치 부인은 깜짝 놀라 남편을 쳐다보고 다시 가와치노카미를 보았다.

"서둘러 준비하도록."

나가마사는 부인의 시선을 피하면서 말을 이었다.

"사정이 변했어. 산노마루 성곽에 계시던 아버님이 이미 도라고제 산의 노부나가 님에게 가셨다는 거야."

"어머! 아버님이."

"그대와 손녀들이 가엾어서 생각을 바꾸신 것이 분명해. 나도 곧 뒤따라갈 터이니 그대는 한발 먼저 가서 아버님의 무사하신 얼굴을 뵙도록."

오이치 부인은 아직 믿지 못하겠다는 듯 계속 시선을 한 곳에 두지 못했다.

'혹시 남편이 우리를 구하려고 생각해낸 구실이 아닐까?'

그런 의혹이 생기는 것은 평소의 나가마사를 너무나 잘 알고 있기 때문이었다.

'과연 시아버님이 나와 딸들을 구하기 위해 오빠에게 항복할 사람

인가?'

그러나 나가마사의 다음과 같은 말이 오이치 부인의 의혹을 씻어
주었다.

"오이치, 싫다고 하면 안 돼. 그대들이 가지 않으면 아버님은 노부
나가 님의 손에 돌아가실지도 몰라."

"그럼, 아버님은 포로로?"

"자세한 것은 나중에 알 수 있을 거야. 아버님의 생명과 관계되는
일이므로 어서 내려가도록 해. 나도 곧 가겠어. 그리고 후지카케 미
카와노카미와 기무라 고시로 두 사람은 마님과 아이들을 도라고제
산까지 가마로 모시거라. 알겠나, 이것은 명령이야."

"예."

하고 두 사람은 머리를 조아렸다.

무사와 무사

서둘러 가마 세 채가 준비되었다.

히사마사가 인질로 사로잡혀 그 목숨이 위태롭다면 오이치로서도 거절할 구실이 전혀 없었다. 조금이라도 빨리 노부나가에게 가서 시아버지와 남편의 구명을 호소할 길밖에 없다고 여겨 마음이 조급해졌다.

맨 앞의 가마에는 오이치 부인, 그 다음에는 자차히메와 다카히메, 맨 끝의 가마에는 다쓰히메를 안은 유모가 탔다.

나가마사는 본성의 정문 앞까지 배웅하고 칼을 짚고 선 채 딸들에게 미소를 보냈다.

"너희들은 착한 아이들이야. 이 아비도 곧 가겠다."

그러나 앞뒤에서 횃불을 밝힌 후지카케 미카와노카미와 기무라 고시로의 호위를 받은 그 가마가 벚나무 가로수 길을 지나 교고쿠 성곽 안으로 들어가자 나가마사는 착잡한 표정으로 후와 가와치노카미를 돌아보았다.

"이것으로 처자를 내보내고 부하들도 모아놓았어. 가와치노카미, 산에서 내려가도록 하세."

"그 심중은 충분히 헤아릴 수 있습니다."

이미 한밤이 가까워져 있었다. 나가마사를 따르는 자는 불과 백 명 남짓, 나머지는 저녁부터 지금까지 항복하거나 도주하여 뿔뿔이 흩어지고 없었다.

나가마사는 이들을 한 계단 밑에 있는 무기 창고 앞에서 점검했다. 싸움을 했더라면 지금쯤은 이보다 5,6배나 되는 사람이 꼼짝없이 목숨을 잃었을 것이다.

'나는 불효를 저지른 것이 아니다.'

"가와치노카미."

"예, 말씀하십시오."

"그대는 나를 속였으나 그렇다고 나는 그대를 원망하지 않겠어."

"무, 무슨 말씀입니까?"

"그대는 아버님이 항복했다고 했어."

"그렇습니다."

"아이들을 구하려고 그랬을 테지. 그러나 이 나가마사는 알고 있어. 아버님은 항복을 하실 분이 아니라는 것을."

"저어……"

"아버님은 분명 자결하셨을 거야. 그래, 그만하면 됐어."

"그러면 비젠노카미 님은 사정을 아시면서도 제 체면을 세워주셨다는 말씀입니까?"

"아니, 나는 그대의 말을 듣고 생각을 바꿨어. 아내와 딸들을 노부나가 님의 손에 넘길 구실이 생겼기에."

142

그런 뒤 두 사람은 입을 꼭 다문 채 산에서 내려갔다. 나가마사의 손에 든 칼에 횃불의 불빛이 어려 야릇한 살기를 띠고 반사되었다.

교고쿠 성곽의 입구에 접어들자 히데요시가 자랑하는 고쇼들을 거느리고 기다리고 있었다.

"오오 비젠노카미 님, 안심하십시오. 부인과 따님들을 무사히 도라고제 산으로 모셨습니다."

나가마사는 대답하지 않았다.

"도라노스케, 그대는 비젠노카미 님의 통행에 착오가 없도록 산기슭의 아카오 성채까지 모시고 가라."

히데요시의 말에 가토 도라노스케는 손잡이가 두 간이나 되는 긴 창을 들고 앞장섰다. 이때에야 비로소 나가마사는 나직이 웃었다.

"가와치노카미, 그대는 이 나가마사가 순순히 노부나가의 본진에 갈 줄로 생각하는가?"

그러자 후와 가와치노카미도 미소를 띠면서 대답했다.

"지금 기노시타 님이 하신 말씀을 들으셨을 텐데요. 비젠노카미 님을 아카오 성곽으로 모시라고 하셨습니다."

"뭣이, 그럼 내 마음을 처음부터 읽고 있었다는 말인가?"

"아카오 성곽에는 아직도 중신인 아카오 미마사카 님이 유지를 받들고 완강하게 저항하고 있습니다. 여기에 합류하셔서 자랑스럽게 고집을 관철시키십시오."

"으음, 내 뜻을 알고 있었군!"

"용서하십시오. 아버님이 하옥되셨다고 하지 않으면 여자 분들을 구할 길이 없기에."

"나 역시 그대에게 속은 체하고 산기슭의 아군과 합류하여 노부나가 님에게 대항하려 했네."

"그것 또한 알고 있었기 때문에 이처럼 기노시타 님의 진중을 무사히 통과시켜 드린 겁니다."

"으음, 이것은 모두 노부나가 님이 직접 지시하신 일인가?"

"아니, 기노시타 님과 제가 생각한 일, 대장님은 단지 가능하다면 아사이 부자를 살리라고 명령하셨을 뿐입니다. 비젠노카미 님, 이번 일만은 저도 무척 애를 태웠습니다. 두 분 부자께서는 참으로 대단하십니다. 그러나 이것으로 비젠노카미 님도 화려하게 최후를 장식하실 수 있을 겁니다. 이대로 아카오 성곽으로 안내하면 제 역할은 끝납니다. 그러나 염려하지 마십시오. 따님들은 틀림없이 무사히 성장하실 것이고, 시모쓰케노카미 님도 손주들까지 저승에 데리고갔다는 악평은 듣지 않으실 겁니다. 모든 것은 휴전 중인 밤에 생긴 일이므로, 도피하고 싶은 자, 도피하지 않을 수 없는 자는 모두 떠났습니다. 이제 아카오 성곽에 남은 것은 아사이 가문의 고집덩어리뿐. 날이 밝기를 기다려 이번에야말로 시모쓰케노카미 님의 복수전을 마음껏 펴도록 하십시오."

이렇게 말한 후와 가와치노카미는 걸음을 멈추고 공손히 머리를 숙였다.

"아, 도라고제 산과 아카오 성곽의 갈림길에 도착했습니다. 어느 길이든 원하시는 대로 택하십시오."

나가마사는 칼로 힘껏 대지를 치고 멈춰 섰다.

"가와치노카미."

"예."

"노부나가 님과 기노시타 님, 그리고 그대에게도 이 나가마사는 깊이 감사를 드리네."

"다시 한 번 부탁드립니다. 아카오 성곽에 가지 마십시오."

"처자도 맡겼으니 아버님 곁으로 가지 않을 수 있겠는가. 그럼 새벽이 오거든 싸움터에서 다시 만나세."

이렇게 내뱉고서 나가마사는 유유히 아카오 성곽 쪽을 향해 걸어갔다.

떨어지는 싸리꽃

인간을 떠받치는 고집은 장한 것이다. 하지만 고집은 감정의 소산이어서는 안 된다. 이성의 강한 뒷받침을 받는 자아의 주장으로서 고집은 어디까지나 정의를 추구하기 위한 것이어야 한다.

그런 의미에서 아사이 나가마사는 아버지인 히사마사보다 뛰어난 이성의 감도感度를 지니고 있다.

나가마사에게 있어 사람된 도리의 출발점은 어디까지나 '효행'이다. 효도를 모르는 자를 어찌 믿을 수 있겠느냐는 명제에 그의 인생은 뿌리를 내리고 있다. 그런 만큼 센고쿠戰國에서는 비극의 요소를 다분히 포함하고 있다고 할 수 있다.

그는 아카오 성곽에 들어가 아버지의 자결을 확인하자 이튿날 새벽부터 최후의 반격을 개시했다.

붉게 칠한 칼을 휘두르면서 적진으로 돌진하자 적은 썰물처럼 물러갔다.

146

"공격하면 물러나고 물러가면 공격하라!"

오다 군도 이미 나가마사의 마지막 오기를 읽고 있었다.

"이것으로 세번째다. 이번에 물러나거든 포위한 채 잠시 쉬거라."

히데요시의 지시와 나가마사의 행동은 마치 미리 짜놓은 각본처럼 일치했다.

싸움터에서 성곽으로 세번째 물러났을 때 나가마사는 허벅지 한 군데와 왼쪽 어깨 두 군데에 상처를 입고 있었다. 그가 거실로 돌아 왔을 때 상처를 동여맨 흰 헝겊에는 피가 배어 나와 있었다.

"남은 군사는 얼마나 되느냐?"

"예, 약 삼백오십 명 남짓 됩니다."

"좋아, 대사를 불러라. 유잔雄山 대사는 어디 있느냐?"

"예, 곧 이리 불러오겠습니다."

나가마사 곁을 떠나지 않고 계속 따르고 있던 기무라 다로지로는 얼른 복도로 달려가 지불당持佛堂에서 히사마사의 명복을 빌고 있는 유잔 대사를 불러왔다.

"주군, 부르셨습니까?"

"오오, 대사인가. 이것으로 나의 고집은 관철됐네."

나가마사는 웃으면서 말을 이었다.

"세 번을 나가 싸웠으므로 적도 다시는 나오지 않을 줄 알고 쉬고 있네. 조용해졌어."

"과연 그렇습니다."

"이제는 나도 할복할 수 있겠네. 가이샤쿠는 다로지로, 그대에게 부탁하겠다."

"예."

기무라 다로지로는 얼른 대답하고 칼을 들었다. 그 역시 왼쪽 팔꿈치에 피를 뚝뚝 흘리고 있다.

유잔 대사는 두 사람의 모습을 번갈아 바라보다가 말했다.

"따님들에게는 마님이 계십니다. 마음을 편히 가지십시오. 그 밖에 남기실 말씀은?"

"하하하, 대사가 마지막 길을 지켜보았으면 하고 부탁하려 했으나 이렇게 되니 별로 남길 말이 없네. 우스운 일이야."

"그럼, 사세구를 여쭐까요?"

"오늘도 하늘은 개었네."

"그렇습니다. 맑디맑은 가을 하늘입니다."

"저 하늘을 보는 것만으로도 족해. 사세구 같은 것은 읊을 마음이 들지 않아. 자연이란 위대한 거야!"

"그러시면 분묘는 어디에 쓸까요? 따님들도 계시므로 이것만은 여쭙고 싶습니다."

대사도 어느 틈에 웃는 얼굴이 되어 말을 이었다.

"갑자기 주위가 조용해진 것을 보니 자연도 주군의 최후를 깨달은 듯합니다."

"하하하……"

나가마사는 웃으면서 칼을 쑥 뽑아들었다.

"무덤은 필요치 않아."

"허어!"

"이십구 년의 생애, 노부나가 님의 말을 빌릴 것도 없이 모두가 한낱 꿈일세."

"분명히 인생이란 그런 것 같습니다."

"적도 없고 원한도 없으며 슬픔도 없네. 그렇다고 기쁨도 없었어. 무덤은 필요치 않으니 이 유해를 비와 호 밑바닥에 가라앉혀주게."

148

대사는 천천히 고개를 끄덕였다.

"그러면 주군이 좋아하시는 지쿠부 섬竹生島 부근에 모시겠습니다."

"그래, 부탁하겠네. 그러면 물고기들과 함께 놀며 지낼 수 있으니까."

"법명法名은 도쿠쇼지덴 덴에이소세이 대거사德勝寺殿天英宗清大居士라고 소승이 미리 정해놓았습니다."

"거창한 이름이로군. 핫핫핫하, 도쿠쇼지덴이란 말이지."

"달리 남기실 말씀은 없으십니까?"

"재촉하지 말게. 그럼 다로지로, 준비되었느냐?"

"예."

기무라 다로지로가 칼을 들고 등 뒤로 돌아가자 아사이 나가마사는 웃통을 벗고 다시 한 번 대사에게 고개를 숙였다.

죽을 사람으로는 보이지 않았다. 아버지보다 더 담담한 티없이 맑은 눈으로 조용히 아랫배를 쓰다듬고 나서 그대로 왼쪽 하복부에 푹 칼을 꽂았다.

순간 다로지로의 몸이 비틀거렸다. 상대가 너무나 침착하여 도리어 칼을 내리치지 못했던 것이다.

"자, 가이샤쿠를."

오른쪽으로 휙 칼을 잡아당기는 나가마사의 귀에 까마귀 울음소리가 들린 모양이다.

"까마귀가 우는……"

그러자 다로지로의 짧막한 기합 소리가 주위에 울렸다.

유잔 대사는 합장도 하지 않은 채 앞에 떨어진 목을 싸늘하게 바라보았다.

"놀랍게도 깨달음의 길에 드셨어. 까마귀 울음소리를 구분하시다니……"

바람이 불어와 싸리꽃이 가득 떨어지는 땅 위에 가을 햇빛이 그림자를 드리웠다.

뒤이어 까마귀가 울었다. 두 마리가 지붕 부근에서 서로를 부르고 있는 모양이다.

승자의 감회

　도라고제 산의 본진에서 아군의 승리를 전해 듣고 잘라온 적의 목에 대한 점검을 기다리는 노부나가의 마음은 감개무량했다.

　"방금 시모쓰케노카미 님이 할복하여 그 목을 베었습니다."

　이런 보고를 받은 지 하루도 지나지 않았는데 오다니 성의 모든 성채에서는 총탄 한 발, 화살 하나도 날아오지 않았다.

　세 번이나 공격해 나왔던 비젠노카미 나가마사가 자결했기 때문이었다.

　9월 1일의 하늘은 더할 나위 없이 맑게 개어 의자 주위를 둘러싼 참억새의 하얀 이삭이 눈부시게 물결치고 있었다.

　성에서 나온 여동생 오이치와 그녀의 세 딸은 오치이의 오빠이자 노부나가의 동생인 노부카네信包에게 맡겨졌다. 아군의 피해는 생각보다 적었다.

　따라서 낙승의 기쁨에 들떠 있어야 할 노부나가였으나 왜 그런지 본진에서는 승리의 함성마저 지르지 못하게 했다.

겐키 원년(1570) 4월, 이에야스와 함께 에치젠을 공격하기 시작한 지 무려 3년 6개월. 돌이켜보면 변화무쌍한 악몽과도 같은 세월의 추이였다.

'이제 천하의 일은 결정되었다!'

이렇게 생각하고 안도했던 것이 실은 악전고투의 입구에 지나지 않았다.

아사쿠라나 아사이뿐만 아니라 다케다, 혼간 사, 에이잔, 미요시, 마쓰나가, 아시카가 등이 모두 엄니를 드러내고 노부나가에게 덤벼들었던 것이다.

사면초가라는 말로는 부족할 만큼 사방팔방의 둑에서 한꺼번에 노도가 터져나온 것 같은 무서운 기세였다.

아군이라고는 고작 도쿠가와 이에야스 한 사람뿐, 그러나 지금은 큰 위기가 사라지고 폭풍우가 몰아친 뒤의 상쾌한 가을 해가 다시 노부나가를 비추기 시작했다.

신겐은 죽고 에이잔은 굴복했으며, 아시카가 요시아키는 완전히 무력해졌다. 또 아사쿠라 요시카게도 아사이 부자도 끝내 멸망했다.

'남아 있는 것은 혼간 사뿐이다.'

그런데도 노부나가의 입에서는 아직 그 천지를 뒤흔드는 듯한 호탕하기 그지없는 웃음소리가 나오지 않았다.

산기슭 곳곳에서 계속 까마귀가 소란을 떨고 있다. 아마도 수풀 속의 시체를 쪼아먹고 있을 것이다. 오다니 산을 스치고 지나가는 흰 구름이 구슬프기만 하다.

'이래서는 안 된다.'

노부나가는 자기 자신의 마음을 꾸짖었다.

'오와리의 멍청이로 끝날 것인가, 천하를 손에 넣을 것인가.'

이렇게 결심하고 궐기한 이후 온갖 비정한 짓을 다하면서 목적을 추구해온 노부나가였다. 이제 겨우 위기에서 벗어났을 뿐 염원해온 일본의 통일은 이제부터다.

동쪽의 우에스기와 모리, 그리고 시코쿠와 규슈를 모두 평정해야만 진정한 천하인, 그때까지는 마음을 독하게 가져야 한다. 무상감無常感이나 정체는 절대로 허용할 수 없다!

이렇게 생각하면서도 오늘의 노부나가는 마음이 개운치 않다. 마지못해 동생인 노부유키를 죽였을 때와 비슷한 쓸쓸함을 느끼는 것이다.

'역시 나는 나가마사를 사랑했던 모양이다.'

"말씀드립니다."

모리 나가요시였다.

"지금 마지막 싸움에서 사로잡은 아사이 이와미노카미 지카마사淺井石見守親政와 아카오 미마사카노카미 기요쓰나淸綱 부자를 데려왔습니다. 어떻게 할까요?"

"뭐, 마지막까지 항전을 계속한 이와미 부자를 데려왔어?"

아닌 게 아니라 별안간 장막 밖이 소란스러워졌다.

"좋아, 내가 직접 처단하겠다. 이리 끌고 오너라."

노부나가는 비로소 평소의 모습으로 돌아온 듯 거친 목소리로 외쳤다.

노부나가의 단죄

"먼저 이시미, 앞으로 나와!"

노부나가는 손을 뒤로 묶였으면서도 여전히 가슴을 떡 펴고 끌려 나오는 나가마사의 중신 아사이 지카마사를 보자 불끈 투지가 끓어 올랐다.

"그 꼬락서니가 뭐냐, 이시미. 그러고도 네놈은 체면을 세우겠다는 말이냐!"

"……"

"정세에 어두운 놈이 끝내 전기戰機도 간파하지 못했구나. 네놈이 무리하게 권유해 싸운 나가마사는 훌륭하게 자결했는데 너는 죽지도 않고 이 꼴이냐!"

그러자 지카마사는 입술을 일그러뜨리고 조소했다.

"우리 주군은 당신처럼 겉 다르고 속 다른 대장이 아니어서 끝내 이렇게 되고 말았소."

"뭣이, 겉 다르고 속 다른 대장이라고! 너는 자신의 불찰로 주군의 가문을 멸망시키고도 전혀 잘못했다고 생각지 않느냐?"

"잘못했다고 생각지 않소. 이것은 주군의 유지遺志였소."

"좋아, 창을 이리다오."

노부나가는 나가요시의 손에서 창을 받아들어 느닷없이 창 자루로 이시미의 목덜미를 세 번 때렸다.

"이 수치도 모르는 놈."

그러자 지금까지 사로잡혀 있던 무상감이 대번에 사라지고 뼛속에서부터 지카마사가 미워졌다.

은퇴한 히사마사의 완고한 고집뿐만 아니라 이처럼 정세를 바로보지 못하는 중신들의 어리석음이 얼마나 많은 피를 흘리게 한 것일까. 이렇게 생각하자 밟아버리고 싶은 충동이 치밀었다.

"하하하……"

목덜미를 얻어맞은 지카마사는 더욱 반항하는 자세로 외쳤다.

"바로 그런 폭거暴擧가 당신의 정체요. 이렇게 손발도 움직이지 못하게 묶어놓은 자를 때리고도 당신은 즐겁소?"

이 말은 노부나가의 마음에 어떤 충격을 주었다.

"이것이다! 이것이 노부나가의 결점이다."

"뭐, 뭐라고 했소? 내 말을 알아들었단 말이오?"

"그래, 알았다!"

노부나가는 홱 창을 내던졌다.

"나가요시, 칼을!"

"예."

그는 나가요시가 건네는 칼을 번개처럼 뽑아 번쩍, 하고 휘둘렀다.

아마도 지카마사는 '혹시 살려주지 않을까?' 하고 생각했을 것이다. 그러나 이때 벌써 지카마사의 목은 허공에 높이 날아오르고 있었다.

"앗!"

모두들 숨을 죽였다.

"왓핫핫하……"

비로소 노부나가의 우렁찬 웃음소리가 주위에 울려 퍼졌다.

"지카마사 놈, 훌륭한 말을 했어. 이 난세에 새로운 길을 열려고 하는 자라면, 훌륭한 인물이라 해도 살려두고 싶다는 욕심을 품어서는 안 되는 거였어. 방해하는 놈은 귀신도 신불도 용서치 않겠다! 그렇지 않으면 이 난세는 바로잡을 수 없어. 왓핫핫하……"

이 웃음은 함께 끌려온 아카오 미마사카뿐만 아니라 아군의 장병들까지도 대번에 오싹하게 만들었다.

에이잔을 불태운 혁명아.

문자 그대로 산을 찢어놓는 듯한 그 노부나가의 '피의 웃음'이었다. 아마도 이것은 노부나가만이 가진, 노부나가가 아니면 가질 수 없는 초상식적인 깨달음일 것이다. 세상의 통상적인 연민이나 인정이 도리어 비극을 확대시킨다는 사실을 깨달았을 때의 분노한 모습은……

노부나가는 발을 들어 지카마사의 시체를 걷어찼다.

"이런 놈들의 사리사욕으로 더럽혀진 무사도가 얼마나 많은 사람들을 괴롭혔느냐. 어서 내다 버려라."

"예."

아시가루들이 서둘러 시체를 정리하기 시작했을 때, 아마오 미마사카의 아들 도라치요虎千代가 노부나가 앞에 달려나와 두 손을 짚었다.

"부탁입니다."

도라치요는 아직 머리도 올리지 않은 열다섯 살 소년이어서 포승은 하지 않았다.

"부탁입니다! 제 아비는 비겁했기 때문에 살아남은 것이 아닙니다. 성을 내놓기로 결정된 것을 알고 달아나는 아시가루의 아내들에게 금은을 분배하다가 사로잡혔습니다. 사정을 참작하시고 아비에게는 자결, 저에게는 가이샤쿠를 할 수 있게 허락해주십시오."

"뭣이, 성의 뒤처리를 하다가 잡혔다는 말이냐?"

"예. 그러므로 무사답게 할복을."

"닥쳐라!"

그러자 미마사카는 아들을 꾸짖고 노부나가 쪽으로 향했다.

"주군, 아사이 가문의 아카오 미마사카도 이렇게 늙은 몸으로 그만 사로잡히고 말았습니다. 어서 처분해주시기 바랍니다."

그러면서 백발이 늘어진 머리를 내밀고 목례를 했다. 그러자 노부나가의 마음이 다시 흔들렸다.

'이놈은 지카마사와는 다른 것 같다.'

"미마사카!"

"예."

"그대는 나가마사의 최후를 지켜보았느냐?"

"그 자리에 있지는 못했고 자결하셨다는 말을 듣고 달려왔습니다마는 그때는 이미 누군가가 목을 가져가고 없었습니다. 참으로 면목이 없는, 이 늙은 미마사카의 불찰이었습니다."

"그럼, 나가마사 곁에는 누가 있었느냐?"

"고쇼인 아사이 오키쿠와 와키사카 사스케, 기무라 다로지로, 그밖에 두세 사람이 뒤따라 자결해 있었습니다."

158

"그것을 보고도 어째서 너는 자결하지 않았느냐?"

"주인을 잃은 자들의 가족이 불쌍하여 하다못해 도피할 노자라
도…… 아니, 그보다도 이 늙은 미마사카의 불충, 어서 처단해주십
시오."

"알겠다!"

노부나가는 나가요시에게 칼을 닦게 하고 큰 소리를 내면서 칼집
에 꽂았다.

"늙은이의 고집을 들어주겠다. 가이샤쿠는 도라치요에게 허락하
겠다. 떳떳하게 자결하라."

"감사합니다."

"그리고 도라치요는 가이샤쿠를 끝낸 뒤 내가 돌볼 것이다. 멋대
로 행동하면 안 된다. 그렇군, 가이샤쿠를 끝내면 일단 미마사카의
친척인 다가 규토쿠사이多賀休德齋에 맡겨 양육시키겠다. 알겠거든
어서 자결하라."

이렇게 말하고 노부나가는 비로소 의자에 앉았다.

오이치 부인과 세 딸을 노부카네의 진지에 맡긴 히데요시가 말을
달려온 것은 그로부터 얼마 되지 않아서였다.

철포에 대한 애착

덴쇼 2년(1574)의 여름이 되었다.

노부나가는 널따란 기후 성의 안뜰을 바라보면서 아까부터 계속 술잔을 비우고 있었다.

노부나가의 시선 끝에는 오늘 아침 이곳에 운반되어 온 기묘한 신무기, 즉 나라까지 무너뜨릴 수 있다는 대포가 자갈 위에 장식되어 거무스레한 청동색 몸체를 햇볕에 드러내고 있었다.

노부나가의 명으로 북부 오미의 구니토모國友에서 새로 만든, 포신의 길이가 무려 아홉 자로 2백 돈의 탄환을 발사할 수 있는 대포였다.

노부나가 옆에는 지난해 오다니 공격 때 크게 공을 세운 기노시타 도키치로 히데요시가 쉰 남짓해 보이는 한 사나이와 함께 조용히 대령하고 있다.

히데요시는 그때 벌써 아사이의 옛 영지였던 3개 군郡 중에서 12만

석의 영지를 얻었고, 성도 하시바羽柴로 바꿨으며, 지쿠젠노카미筑前守의 벼슬도 가지고 있었으므로 정확히 말하면 하시바 지쿠젠노카미 히데요시였다.

그 곁에 있는 사람은 지금 안뜰에 전시되어 있는 신무기의 제작자인 구니토모 대장간의 우두머리 구니토모 도지로藤二郎였다.

도지로가 처음 철포를 만들기 시작한 것은 아시카가 요시테루가 쇼군으로 있을 때인데, 요시테루는 분고豊後의 오토모 요시시게大友義鎭와 사쓰마의 시마즈 다카히사島津貴久가 헌납한 두 자루의 철포를 도지로에게 주어 철포를 더 많이 만들도록 했다.

그 뒤 구니토모의 땅은 아사이 가문이 지배하게 되고 다시 히데요시의 손에 들어가 이처럼 신무기가 출현할 때까지 발전해왔다.

"도키치로."

"예."

"그대는 이 대포가 완성되었기 때문에 상을 바라겠지만 그럴 수는 없다."

"천만의 말씀입니다. 상 같은 것은 전혀……"

"거짓말 마라. 얼굴에 씌어 있다."

"예? 얼굴에 원숭이라고 씌어 있을지는 몰라도 상을 원한다고는……"

"그런가. 그렇다면 오노가 잘못 보았군."

"예? 저어, 그러면 마님께서 무슨 말씀을 하셨습니까?"

"그래, 했어. 맞춰보거라."

"더더욱 기묘한 일이군요."

"그렇다면 좋아. 오노의 잘못일 테지. 오노는 말이다, 그대가 원하는 것이 있어서 대포 만들기에 열을 올리고 있다, 구니토모 대포의 이름을 전국에 휘날리라면서 계속 도지로의 엉덩이를 두드리고 있다고 했어. 도지로, 그렇지 않으냐?"

"예…… 예. 주군은 대장님의 분부이시므로 네고로根來의 철포나 사카이堺의 마타사부로 대장간 등에게 뒤져서는 안 된다. 이 무기가 이윽고 일본의 평화를 가져올 보배가 될 것이니 구니토모 대장간의 이름을 빛내라고 하셨습니다."

"도지로."

"예…… 예."

"도키치로…… 가 아니라 지쿠젠이 그대의 엉덩이를 두드리는 이유는 그 밖에도 또 한 가지가 더 있어."

"그렇습니까?"

"지쿠젠은 여자가 필요한 거야."

"예? 아니, 그것은……"

"놀랐을 테지. 그러나 아직 그럴 수는 없어. 지쿠젠의 조강지처가 질투를 할 테니까."

노부나가가 조롱하자 히데요시는 얼굴이 빨개져서 헤엄을 치듯 손을 내저었다.

"전혀 그렇지 않습니다! 어떻게 제가 감히 오다니 부인을."

"멍청한 것. 제 입으로 여자의 이름을 말하다니."

노부나가는 밝게 웃고 도지로에게 말했다.

"지쿠젠에게는 아직 상을 줄 수 없으나 그대에게는 상을 내리겠다. 황금 열 장을 줄 테니 받고 돌아가거라."

"감사합니다."

"그리고 이미 지쿠젠에게 자세한 설명을 들었을 테지만, 당분간은 다른 다이묘들의 주문을 받지 말도록. 몇 백 문門, 몇 천 문을 만든다

해도 모두 이 노부나가가 사겠어."

"그 점은 잘 알고 있습니다."

"솔직히 말해서 이번에 시험적으로 제작한 대포가 1천 문 정도는 필요해. 그 정도만 있으면 한 사람도 죽이지 않고 천하를 얻을 수 있어."

여기까지 말한 노부나가는 문득 목소리를 낮추고 말을 이었다.

"능숙한 대장장이가 현재 얼마나 있다고 했지?"

"스케타유, 효에시로, 데쓰류, 젠베에, 도쿠자에몬 등 저를 포함하여 일곱 명 정도입니다."

"으음, 고작 일곱 명이란 말이지. 알겠다, 유능한 기술자를 빨리 육성하도록 하라."

"그 점도 잘 알고 있습니다마는."

"마는…… 이란 말은 필요치 않아. 유능한 기술자가 많을수록 평화는 빨리 오는 거야. 늦어지면 서민의 고통이 길어진다는 점을 생각해야 한다. 일곱 명으로는 아직 1년 이상이나 이 노부나가는……"

말하다 말고 눈을 빛내고 있는 히데요시를 보자 노부나가는 말을 돌렸다.

"지쿠젠, 도지로를 배웅하고 오라."

"알겠습니다."

히데요시가 도지로를 보내고 나서 돌아올 때까지 노부나가는 나시 눈도 깜박거리지 않고 안뜰의 대포를 바라보았다.

아사이와 아사쿠라를 멸망시킴으로써 당면한 위기에서 벗어났으나 아직 천하의 평정과는 거리가 멀다.

이번에는 에치젠의 가네가사키 출병 때와 같은 실패를 되풀이해서는 안 된다.

어디까지나 중앙을 굳게 지키면서 정확하고도 착실하게 장애를 하나씩 제거해나가야만 한다.

'그러기 위해서는 무엇보다도 새로운 전술이 필요해.'

노부나가는 이렇게 생각하고 열심히 철포의 개량에 몰두했다.

다이묘라면 누구나 오십 자루나 백 자루의 철포는 가지고 있을 정도로 이미 철포는 일본에 널리 퍼져 있었다. 그리고 모두 이 철포의 위력을 충분히 인정하고 있으면서도 아직은 그것으로 승부를 결정하려는 전술까지는 개발하지 못하고 있다.

'이럴 때 남이 깨닫지 못하는 전술을 개발해야 하는데.'

가령 철포대를 주력으로 하는 삼천이나 오천의 대부대가 선봉에서 2교대, 3교대로 적의 백병전을 저지할 수 있다면 어떻게 될 것인가?

그러나…… 철포는 현재 사카이나 네고로 등지에서 고작 한 자루씩 소규모로 만들고 있을 뿐이다. 따라서 아무리 서두른다고 해도 일 년에 일백 자루 정도밖에는 손에 넣을 수 없다. 그리고 유럽의 사정도 있고 하여 외국으로부터의 수입도 훨씬 감소되었다.

'한 사람이 한 사람을 저격하는 전법보다는 숫자로 굴복시키지 않으면 안 되는데……'

"아룁니다."

도지로를 배웅한 히데요시와 함께 측근인 야베 젠시치로矢部善七郎가 들어와 보고했다.

"방금 하마마쓰의 도쿠가와 님으로부터 오구리 다이로쿠 시게쓰네小栗大六重常가 사자로 왔습니다마는."

"뭣이, 이에야스의 사자가? 무슨 일인지 알아보았느냐?"

"예. 다케다 가쓰요리가 직접 군사 1만 5천 명을 거느리고 스루가에서 도토미로 침입하여 하마마쓰에서 백 리쯤 되는 다카텐진 성高

天城을 포위했는데, 그 기세가 여간 아니므로 급히 원병을 청한다는 것이었습니다."

이 말을 듣자 노부나가의 눈이 무섭게 빛났다.

"알겠다. 사자에게 잠시 기다리라고 해라. 지쿠젠, 마침 그대가 와 있으니 그대의 의견을 묻지 않을 수 없게 됐어."

히데요시도 고개를 끄덕이고 자세를 바로 했다.

"그리고 오노도 불러라. 술은 오노가 따르는 것이 좋겠다."

먼 책략, 가까운 책략

아사이 가문이 멸망한 뒤부터 노부나가의 움직임은 그리 활발하다지 않았다.

지난해 9월에 나가마사를 쓰러뜨리고 11월에 와카에 성若江城에서 미요시 요시쓰네를 자멸시킨 일 외에는 이렇다 할 움직임을 보이지 않았다.

교토 시가지 정리, 도로와 교량의 개축 그리고 선박의 건조 등 해야 할 일이 산적해 있기 때문이기도 했으나, 그보다도 더 중요한 것은 남아 있는 적 가운데 누구를 먼저 치느냐 하는 판단을 내리는 일이었다.

또 하나 노부나가를 신중하게 만든 원인은 에치고에 있는 우에스기 겐신의 거취 문제였다. 다케다 신겐과 오랫동안 전투를 계속한 겐신이 신겐이 죽었다는 사실을 알면 당장 다케다 가문을 배후에서 위협할 것이라 예상했다.

그러나 겐신은 묘한 철학으로 뒷받침된 의협심을 가지고 있어서, 신겐이 죽은 후의 가이라면 공격할 가치가 없으므로 그냥 내버려두자고 했다는 것이다.

어쨌든 겐신 또한 상식으로는 이해할 수 없는 묘한 기골을 가진 무장이었다.

그 전에도 신겐이 소금 부족으로 고민할 때 일부러 적에게 소금을 보내 신겐을 탄복케 했을 정도의 사나이였는데, 이번에도 신겐이 죽었다는 것을 알자, 밥을 먹다 말고 젓가락을 놓으면서 낙담했다고 한다.

"뭣이, 신겐이 죽었어? 아아, 아까운 적을 잃었어. 이제 이 겐신을 상대할 무장이 일본에는 없어졌어."

그는 철저한 선禪의 신봉자로, 이 세상에는 전쟁이 따르기 마련이므로 그것을 즐기면서 사는 수밖에 없다는 깨달음을 얻었다고 한다. 따라서 겐신의 싸움은 언제나 공방攻防을 즐기는 무욕無慾으로 일관했으며, 추악한 야심의 검은 그림자를 극도로 싫어하는 결벽성을 나타내 보였다.

아마도 그는 신겐을 야전 놀음의 훌륭한 상대로 생각하고 있었을 것이다. 그러한 신겐이 죽었으니 그 아들인 가쓰요리 따위는 상대할 기분이 나지 않는다, 좀더 싸움에 능숙한 자와 승부를 다투어 스릴을 즐기고 싶다…… 이러한 심경이므로 그가 신겐 다음으로 선택할 상대는 노부나가밖에 없었던 것이다.

노부나가로서는 참으로 엉뚱한 상대의 출현이었는데, 아무튼 20년 가까이 신겐과 싸워 끝내 자웅을 가리지 못했을 정도인 겐신이, '노부나가의 실력은 과연 어느 수준일까?' 하는 기분으로 자신을 주시하고 있다면 섣불리 움직일 수 없는 일이었다.

따라서 노부나가는 최근 반년 남짓하게, 대관절 어느 적이 어떤 모양으로 움직일 것인가만을 지켜보면서 실력의 축적에만 몰두하고 있었다.

우에스기, 다케다, 나가시마, 오사카, 야마토 등……

나가시마와 오사카의 혼간 사는 에치젠부터 가가, 엣추 등 북부의 잇코 종 신도들과 그대로 통할 수밖에 없는 입장이기에, 그만큼 노부나가의 침묵은 상대를 더욱 강하게 만들어주는 결과가 되기도 했으나, 섣불리 움직였다가 기후와 교토 사이의 연락이 단절되기라도 하면 큰일이므로 신중하게 대비하고 있었던 것이다.

그런데 그 적들 가운데 하나인 젊은 다케다 가쓰요리 쪽부터 드디어 움직임이 일기 시작한 모양이다.

이에야스가 신겐의 죽음을 확인하기 위해 소규모로 스루가에 침공한 일에 대한 보복일 것이다.

어쨌거나 1만 5천이나 되는 병력을 거느리고 하마마쓰 성에서 백 리나 되는 곳까지 진격했다니 놀라운 일이었다.

신겐이 죽었다고는 해도 바바, 야마가타와 나이토를 비롯하여 신겐의 동생인 쇼요켄 노부카도, 아나야마 바이세쓰 뉴도, 사마노스케 노부토요 등 노련한 일족과 중신들이 가쓰요리를 보좌하여 다케다 가문의 핵심을 이루고 있기 때문에 이에야스가 당황하여 원군을 청한 것도 무리가 아니다.

노부나가는 이에야스의 사자를 기다리게 한 채 노히메의 시중을 받으며 히데요시를 상대로 술잔을 나누었다.

"지쿠젠, 얼마 동안 쉬었으니 이제는 서서히 각개격파를 시작할 때가 된 모양이야."

"예, 지금 움직이지 않으면 적의 고리가 너무 굳어질 겁니다."

168

"그대라면 누구를 첫번째 상대로 택하겠나?"

"그것은 말씀드리기가 좀 거북합니다마는, 아와지淡路를 그대로 두면 위험할 듯합니다. 한때나마 쇼군으로 있던 자를 너무 관대하게 대하신 것이 실수였다고 생각합니다."

와지로란 실각한 후 아와지의 유라由良에 있는 고코쿠 사興國寺로 피신한 아시카가 요시아키를 가리키는 말이다.

노부나가는 코웃음쳤다.

"그러니까 요시아키를 먼저 없애라는 말이군."

"예. 더 큰 화근이 되기 전에."

"오노, 그대는 어떻게 생각하나?"

노부나가의 질문에 노히메는 딴전을 부렸다.

"예? 무어라 하셨습니까?"

"이번의 각개격파는 누구부터 시작하는 것이 좋겠느냐고 물었어."

"그런 것을 제가 어찌 알겠어요. 철포의 수에 따라 결정할 문제일 텐데."

"뭐, 철포의 수?"

"예. 전하가 늘 그런 말씀을 하시지 않았습니까? 새로운 전술을 채용하려면 좀 시일이 걸리겠지요."

"하하하하."

노부나가는 배꼽을 잡고 웃었다.

"지쿠젠!"

"예. 무슨 묘안이?"

"그대에게는 아직 당분간 상을 주지 못하겠어."

"상 같은 것은…… 그런…… 저는 결코 오다니 부인을…… 그런 과분한 일은……"

"아무튼 좋아. 그런데 오노는 내가 어째서 요시아키를 살려두었는 지 꿰뚫고 있으나 그대는 아직 깨닫지 못하고 있어."

"예? 그럼 쇼군을 살려둔 데에는 다른 이유가?"

"지쿠젠."

"예."

"그대는 나가하마로 돌아가거든 즉시 아와지에 첩자를 보내게."

"으음, 다시 쇼군을 이용하실 생각이군요."

"지금 다케다의 아들이 대군을 거느리고 도토미에서 미카와에 침 입했어. 이에야스는 그 기세에 혼비백산하여 내게 원군을 청해 왔으 나, 내게는 나가시마와 오사카의 혼간 사라는 큰 적이 있기 때문에 원군을 보낼 수 없는 형편이야."

"그러니까 도쿠가와 님에게는 원군을 보내지 않으시렵니까?"

"내 말을 끝까지 들어!"

"예. 알겠습니다."

"노부나가는 원군을 보낼 수 없으므로, 쇼군께서는 지금이 재기할 절호의 기회이니 에치고의 우에스기 겐신에게 명하여 다케다 가쓰 요리를 도와 급거 호쿠리쿠로 출병하도록."

"대장님! 잠깐만."

히데요시는 그만 안색이 변하여 노부나가의 말을 가로막았다.

"그랬다가 정말 겐신이 움직이면 어쩌려고 그러십니까? 그야말로 큰일입니다."

"물론이다. 겐신과 가쓰요리가 일어나고 나가시마와 오사카의 혼 간 사가 여기에 가담하면 노부나가는 그것으로 끝장이야."

"대장님! 농담을 하실 때가 아닙니다. 만에 하나라도 겐신이 일어 났을 때는 어떻게 하시겠습니까?"

"도리가 없지. 나도 호쿠리쿠에 나가 싸울 수밖에."

"승산이 있습니까?"

"승산은 없어. 신겐조차도 어떻게 하지 못한 예봉을 어떻게 내가 피할 수 있겠나. 그런 싸움은 패하기 마련이지."

"마님!"

드디어 히데요시는 옆에서 웃으며 듣고 있는 노히메에게 물었다.

"마님은 대장님의 작전을 알고 계십니까?"

"호호호호."

노히메는 소매로 입을 가리고 웃었다.

"주군이 그렇게 말씀하시니 지쿠젠 님은 염려치 마시고 아와지를 선동하십시오. 주군도 때로는 패하는 싸움을 하실 필요가 있어요."

"으음."

"쇼군은 다시 한 번 자기 세상이 오게 되었다고 기뻐하면서 우에스기, 다케다와의 제휴를 시도할 거예요. 죽을 때까지 무언가를 꾀하지 않고는 못 견디는 사람이니까요."

히데요시는 혀를 찼다.

노히메 역시 자신만만한데도 히데요시는 아직 노부나가의 생각을 이해하지 못하고 있다.

"어떤가, 모르겠나?"

"안타깝습니다. 마님까지 이렇게 웃고 계신데도 저는."

"하하하하, 이것으로 됐어. 그대 정도나 되는 사람이 모르겠다면 이 작전은 틀림없이 성공할 거야."

"주군! 저는 손을 들었습니다. 도쿠가와 님이 가쓰요리의 공격을 받고 도움을 청하고 있을 때 어째서 굳이 겐신의 출병을 촉구하는지, 이에 대한 설명을."

"하하하하. 오노, 지쿠젠이 손을 들었어. 그대의 생각을 설명해주 도록."

노히메는 천천히 고개를 저었다.

"지쿠젠 님은 딴전을 부리시는 거예요. 어찌 모르실 리가 있겠습 니까? 우에스기의 전법에 대해서는 너무나 잘 아시는 분이에요. 그 렇지 않은가요, 지쿠젠 님?"

"아니, 우에스기의 전법을?"

"그래요. 여러 차례 가와나카지마와 가가, 노토까지 나왔다가도 겨울이 가까워지면 얼른 에치고로 철수한다. 그리고 봄이 오면 다시 나타난다, 그렇게 십여 년이 지났는데도 다케다와는 승부가 나지 않 았어요."

이 말을 듣고 비로소 히데요시는 무릎을 탁 쳤다.

"알겠습니다! 납득이 되었습니다! 참으로 놀라운 계략이십니다."

"하하하하."

노부나가가 웃기 시작하자 노히메도 다시 한 번 소매로 입을 가리 고 웃었다.

"놀랐습니다. 과연 우에스기와 싸워 계속 지면서 겨울을 기다리면 되겠군요. 그에게는 상경하여 천하를 손에 넣으려는 야심이 없기 때 문에."

히데요시는 이마를 치면서 몸을 앞으로 내밀었다.

하나를 알면 열을 깨닫는 날카로운 지혜가 그의 두 눈에 깃들여 있 다.

"그러니까 대장님은 도쿠가와 님에게 당장은 원군을 보내시지 않 겠군요."

"쉿, 목소리가 너무 크다, 지쿠젠."

"알겠습니다. 즉시 보낼 필요는 없겠습니다. 다카텐진 성 같은 것 하나 둘쯤은 가쓰요리에게 빼앗기는 것도 좋겠습니다."

"그대도 아는군. 방심할 수 없는 녀석이야."

"예. 오히려 그렇게 하면 도쿠가와 님은 더 강해집니다. 미카와의 무사는 끈기의 덩어리니까요."

"그럼, 나의 수순을 그대도 알겠다는 말이지."

"어찌 모르겠습니까!"

히데요시는 목소리를 낮추고 싱긋 웃었다.

"우선 가까운 나가시마부터겠지요."

"쉿!"

"아사이와 아사쿠라 다음이 나가시마의 혼간 사. 그 다음은 도쿠가와 군과의 전투에서 약간의 승리를 거두고 우에스기의 궐기로 힘을 얻어 진출할 다케다 가쓰요리. 또 그 무렵이면 철포도 충분히 마련될 것이니…… 많은 생각을 하셨군요, 대장님."

히데요시는 자기 일인 양 실눈을 뜨고 계속 무릎을 쳤다.

"바로 그것입니다! 철포가 준비될 때까지 무엇을 해야 할 것인가 하는 순서를 가쓰요리 놈이 스스로 가르쳐주었습니다. 과연 이쪽에서 아와지의 대장을 부추겨 놓는 일이 우선이겠습니다. 그러면 이쪽에서 준비가 끝날 때쯤이면 가쓰요리가 어슬렁어슬렁 동부 미카와까지 두들겨 맞으러 나오겠군요."

"거기까지 알았다면 좋아. 자, 한 잔 줄 테니 마시거라, 지쿠젠!"

"예, 마시겠습니다. 마시기는 하겠으나 이대로는 안주가 부족합니다. 저도 안주를 하나 내놓겠습니다."

"뭐, 그대가 안주를?"

"예. 아와지에 대한 일은 분명히 이 지쿠젠이 맡겠습니다. 그러나 또 한 사람 중신 중에서 다케다 쪽에도 내통자를."

이번에는 노부나가가 무릎을 세게 쳤다.

"더 이상 말하지 마라. 그대의 안주는 잘 받겠다."

노히메는 생긋생긋 웃으면서 두 사람에게 술을 따랐다.

나가시마 공략

마침내 노부나가는 행동을 개시했다.

도쿠가와 이에야스가 보낸 사자 오구리 다이로쿠 시게쓰네에게는, "원군에 관해서는 잘 알았다고 전하라"하고 말한 뒤 돌려보내고 즉시 출진 준비에 착수했으나 좀처럼 기후를 떠나지 않고 대기하였다.

아와지로 내보낸 첩자의 보고를 기다렸던 것이다.

드디어 아와지로부터 요시아키의 사자로 진언종眞言宗의 승려인 지코인 요리요시智光院賴慶가 다케다 가쓰요리, 미즈노 노부모토, 우에스기 겐신에게 보내는 세 통의 밀서를 가지고 유라에서 출발했다는 보고가 들어왔다.

모든 것이 노부나가의 예상대로였다. 상경을 재촉하는 서신이 도착하면 제일 먼저 흥분할 사람은 분명 가쓰요리일 것이다.

아버지인 신겐이 웅지를 품고 상경하던 도중에 쓰러진 만큼 아와지 섬에 있는 요시아키가, 동쪽의 우에스기 겐신과 서쪽의 모리 일족이 궐기하여 아시카가 바쿠후의 재기를 도모하도록 촉구하였으므로 그대도 곧 상경하도록…… 이렇게 말하면 가만히 있지 않을 것은 뻔한 일이었다.

누가 뭐라 해도 가이는 사면이 산악으로 둘러싸인 거대한 요새로, 농성을 하면서 공격해나오지 않으면 문자 그대로 난공불락의 땅이다. 그러기에 신라 사부로新羅三郎 이후 다케다 가문이 줄곧 이곳에서 번영을 누려온 것인데, 신겐이 죽은 뒤 다케다 가문의 중신들은 가쓰요리에게 "영지의 확장보다는 우선 수비에 치중하십시오"라고 간하며 계속 정책 변환을 촉구했다고 한다.

이렇게 되면 가장 난처해지는 사람은 노부나가였다. 아직은 다케다 정벌에 매달려 있을 때가 아니다.

따라서 이번의 포석은 참으로 깊은 의미가 있다.

우선 가쓰요리로 하여금 수세에서 공세를 취하도록 만든 뒤 언제든지 유인해내어 싸울 수 있는 태세를 갖추고 작전을 펴고 싶었다. 그러기 위해서는 히데요시의 말처럼 다카텐진 성 같은 곳 한두 군데는 빼앗기는 편이 노부나가에게는 도리어 유리했다.

도쿠가와 쪽에서 두번째 사자가 왔다.

"서둘러 원군을 보내시지 않으면 다카텐진 성은 앞으로 며칠밖에 지탱하지 못합니다."

"알겠다. 곧 보낼 것이다."

노부나가는 그 사자에게도 이렇게 대답만 했을 뿐 얼마 동안은 움직이지 않았다. 그리고 드디어 장남인 노부타다와 함께 미카와의 요시다 성吉田城까지 가서 하마나 호浜名湖의 나루터에 도착했을 때는 다카텐진 성이 이미 함락된 6월 14일이었다.

이때 노부나가의 술책을 따져보면 너무나 교활하다.

"아버님, 이렇게 되면 도쿠가와 가문에 대한 신의가 서지 않습니다."

장남인 노부타다까지도 고개를 갸웃하며 아버지를 탓했다.

그러나 노부나가는 코웃음을 치며 말했다.

"나는 천하의 일을 생각하는 것뿐이야. 나중에 두고보아라!"

그러고는 이에야스와 밀담을 나누어 도쿠가와 가문의 가신들에게 늦게 도착한 것을 사과하고 수많은 황금을 기증한 뒤 곧 군사를 되돌렸다.

다카텐진 성을 빼앗겼다 해도 도쿠가와의 영지는 겨우 몇 십분의 일이 줄었을 뿐이지만 그 가신들은 더욱 적개심을 불태울 테고, 가쓰요리는 가쓰요리대로 아버지가 죽고 나서의 첫 승리에 도취하여 수세를 공세로 전환시키는 작전을 쓸 것이 분명하다.

군사를 돌린 노부나가는 기후로 돌아가지 않고 그대로 오와리의 쓰시마津島에 대군을 집결시켰다.

"이게 어떻게 된 일인가? 도쿠가와에게 가는 원군이 아니라 나가시마 정벌을 위해 출진한 거였군."

"다카텐진 성에 늦게 갔으므로 그 분풀이를 하려는 게지."

"분풀이로 나가시마를 공격하다니 크게 다칠 거야. 아무튼 상대는 광신자의 무리들이니까."

이 출진은 하타모토들까지도 아연실색할 정도로 교묘하게 위장한 나가시마 공격작전이었다.

그런 만큼 사람들은 풍부한 수량水量을 가지고 이세 만伊勢灣으로 흘러가는 기소 강과 나가라 강이 그물처럼 펼쳐진 혼간 사의 영지 앞에서 수륙양용으로 엄중하게 진을 칠 때까지 노부나가가 무엇을 생각하고 있는지 좀처럼 알지 못했다.

노부나가가 쓰시마에 도착하자 기후에서도 속속 새로운 군사가 가담해왔다.

그 총수는 약 8만!

"드디어 이 노부나가의 체내에 있는 암을 도려낼 때가 왔다. 인정 따위는 깨끗이 버리고 공격하라!"

노부나가의 호령에 비로소 장수들은 이 전투가 에이잔을 불태운 이후 최대의 싸움이라는 점을 깨달았다.

"새삼스럽게 말할 필요조차 없을 것이다. 나의 영지 안에서 부처의 이름으로 치외법권의 땅을 만들어 법도를 무시해온 흉악한 무리들의 소굴이다. 히코시치로의 목숨을 빼앗고 오늘날까지 이 노부나가에게 고통을 주었다. 부처의 벌이 무서운지 노부나가가 무서운지 이번에 분명히 일깨워주겠다!"

아마도 노부나가의 이 거사를 예측할 수 있었다면 혼간 사도 여기에 전력을 집중했을 것이다.

잇코 종 신도들이 노부나가에게 증오를 불태우는 것과 마찬가지로 혼간 사의 신도들 또한 노부나가를 '용서할 수 없는 부처님의 적'으로 철저히 저주하고 증오하고 있었다.

노부나가는 뙤약볕 밑에서 즉시 군사 배치에 들어갔다.

우선 좌익의 강 하구에는 장남인 노부타다를 총대장으로 하고 부장副將은 노부나가의 동생 고즈케노스케 노부카네上野介信包, 전투의 주력은 이케다 가쓰사부로 노부테루池田勝三郎信輝와 야나다 데와노카미, 모리 가쓰조 나가요시, 사카이 엣추노카미 등의 맹장들 외에 쓰다 이치노스케 노부나리津田市之助信成, 쓰다 마고주로 노부쓰구와 오다 한자에몬 히데나리織田半左衛門秀成, 오다 마타주로 나카토시 등의 일족을 포함하여 그 수는 이만 가까이 되었다.

이들만으로도 큰 세력이 형성되었기에 준비가 충분했으나 또한 그 우익의 가토리賀取 하구에는 시바타 가쓰이에를 총대장, 사쿠마 노부모리를 부장으로 하고, 이나바 이요노카미와 이나바 우쿄노스케, 하치야 효고노카미 등 역전의 용사가 가담한 약 이만의 군사가 포진해 있었다.

하야오부尾 하구의 중군中軍은 말할 나위도 없이 노부나가가 직접 지휘했다. 부장은 노부나가의 이복형인 오다 오스미노카미 노부히로大隅守信廣가 맡았으며, 그 밑에 니와 나가히데, 삿사 나리마사, 마에다 도시이에, 우지이에 사쿄스케氏家左京助, 아사이 신파치로와 이가 이가노카미, 이누마 간페이, 기노시타 히데나가와 가와지리 요베에, 후와 가와치노카미, 마루모 사부로베에丸毛三郎兵衛, 가나모리 고로하치金森五郎八, 이치하시 구로자에몬市橋九郎左衛門 등 약 삼만의 군사가 진격했다.

그리고 물위에서는 다키가와, 구키九鬼, 이토, 미즈노, 하야시, 시마다 등의 수군이 강변을 하타사시모노로 메우고 대군을 건너게 하자 순식간에 나가시마 본당과 이를 둘러싼 사방의 작은 성에서 함성이 울렸다.

때는 7월 12일.

"이번 싸움은 예사 싸움이 아니다. 신도들의 미신이 이기느냐 노부나가의 힘이 이기느냐의 결전이다. 성에 대한 공격은 금한다. 모든 길을 차단하고 한 사람도 놓치지 말고 죽여라!"

증오의 불기둥

원래 싸움처럼 잔인한 것은 없다. 그러나 싸움에도 그 밑바닥에는 역시 어떻게 하면 아군의 손상을 최소한으로 줄일 것인가 하는 계산에서 나온 배려가 있다.

바로 그런 배려가 있기에 노부나가는 지금까지 자기 영지 안에 있는 이 나가시마를 멸망시킬 수 없다고 생각한 것이다.

더구나 상대는 평민이 아니라 심신을 바쳐 불도를 닦음으로써 정토淨土로의 영광을 지향하는 광신도들이다.

노부나가가 또한 보통 사람이 아니기에 이 양자의 충돌은 처음부터 세상에서 흔히 보는 전투와는 다른 규모의 잔혹성을 띨 가능성이 충분히 있었다.

"물러가면 지옥, 전진하면 광명이 찾아온다. 지금이야말로 부처님의 적 노부나가를 쓰러뜨릴 때다!"

이렇듯 한편에서는 신앙의 불길이 되어 항전하는 데 반해 다른 한

편은 희대의 혁명아로서 전투를 개시했기에 싸우는 첫날부터 그 처절함은 말로 형용할 수 없을 정도였다.

"이번에야말로 몰살시켜야 한다! 한 사람도 놓치지 마라."

증오와 증오, 저주와 저주가 도처에서 피비린내를 풍긴다.

게다가 이 싸움이 시작되는 동시에 노부나가의 엉덩이를 때리듯이 "에치고의 우에스기 군이 엣추와 가가를 향해 움직이기 시작했다"는 보고가 들어왔다.

이것이야말로 노부나가가 가슴 깊이 숨겨두었던 배수의 진이었다.

"모두 들었을 것이다. 여기서 지체하면 호쿠리쿠가 위험해진다. 때를 넘기지 말고 공격하라."

우에스기 군이 아무리 서둘러 온다 해도 교토까지는 발이 미치지 못하기 때문에 10월로 접어들면 눈이 두려워 반드시 에치고로 되돌아갈 것이라고 노부나가는 계산하고 있었으나 장수들은 그렇지 않았다.

"시일을 늦추면 안 된다. 배후의 적은 소문난 명장 겐신이다."

"나가시마를 치려다가 북쪽을 모두 잃으면 그야말로 사오 년 전으로 후퇴하는 것이나 다름없다. 그러니 서둘러야 한다."

한결같이 강을 건너면서 머릿속으로 처절한 싸움을 그리고 있다. 선발대가 거점인, 본당에 딸린 성 시노하시篠橋, 오토리이大鳥居, 나카에中江, 오시마大島, 가로토에 상륙하기 시작했을 때 이미 혼간 사쪽에서도 각개격파를 시도하여 '사람은 한 번 죽는 것'이라는 각오로 반격을 개시했다.

아무튼 칠만 이상의 대군이 강을 건너게 하는 것조차 일찍이 없었던 어려운 일인데, 상대는 전혀 목숨을 아까워하지 않으므로 오다 군이 아무리 악귀가 된다고 해도 결코 쉽게 무너뜨리기 힘들었다.

7월 12일부터 시작한 싸움은 매일같이 격전을 반복하면서 8월 2일 밤에 이르러서야 겨우 오토리이 성 하나를 함락할 정도로 고전했다.

이날 밤은 남쪽 바다에서 불어온 태풍으로 맹렬한 폭우가 이 삼각주 지대를 휩쓸어 무섭게 울부짖어댔다.

그런 가운데 드디어 오토리이 성 한 모서리에 '항복'을 나타내는 백기가 꽂혔으나 노부나가는 말 위에서 전신에 비를 뒤집어쓰고 껄껄 웃었다.

"항복 따위는 받아들일 수 없다. 자비와 인욕忍辱을 모르고 무력으로 속된 짓을 마음대로 자행한 가짜 신도들에게는 후세를 위해 본보기를 남겨야 한다. 남녀노소를 불문하고 한 사람도 용서치 마라."

사람이 달라지기라도 한 듯 오다니 성 공격 때와는 달리 단호한 태도로 한꺼번에 성안으로 난입했다.

백기를 꽂았다는 것은 전의를 잃었다는 증거이다. 따라서 성안은 순식간에 폭우 속에 아비규환의 비명이 섞였다.

그리고 이튿날인 3일, 태풍이 멎고 진흙탕이 된 성은 높이 갠 가을 하늘 아래 첩첩이 쌓인 시체의 산으로 화했다.

"좋아, 이것으로 승리의 기틀을 잡았다! 다음은 오토리이를 짓밟아라."

이미 그때는 전군을 모두 건너보낸 수군과, 이세에서 크고 작은 배를 무수히 징발하여 새로 가세한 차남 기타바타케 노부오와 삼남 간베 노부타카가 거느린 수군으로 나가시마 주변은 완전히 봉쇄되어 있었다.

그리하여 오토리이 성이 함락된 때는 8월 4일이었다. 이어서 오시마, 가로토 섬, 시노하시가 함락되고 8월 13일에는 본진이 있는 본당 외에 나카에의 작은 성 하나가 남았을 뿐이었다.

그동안에도 북쪽에서 겐신의 진격은 꾸준히 계속되고 있었다.

아직도 도쿠가와 군은 더더욱 기세를 올리고 있는 가쓰요리와 도토미, 동부 미카와 등지에서 고전을 거듭하였고, 오사카의 혼간 사도 나가시마를 도우려고 주고쿠의 모리와 열심히 절충을 벌이고 있었다.

"지금이 바로 고비다! 여기서 공격을 멈추면 지금까지의 노력이 물거품이 되고 만다. 광신도가 강한가 노부나가가 강한가 겨뤄보자! 한 발짝도 물러서지 마라!"

오다 군이 나카에의 작은 성을 함락하고 나가시마의 본성을 포위한 것은 가을이 깊어진 9월 28일이었다.

노부나가는 참다못해 공격을 명했다.

"외각과 내성을 모두 육탄전으로 돌파하라!"

아마 이때도 노부나가는 철포의 부족을 한탄했을 것이 분명하다. 어쩌면 이 싸움이 마지막 육탄 공격이라고 이를 갈면서 명령을 내렸을지도 모른다.

아무튼 어느 성에서도 단 한 사람의 항복도 받아들이지 않고 문자 그대로 '몰살' 했다. 그러므로 상호간의 증오는 극에 달했다.

살아남을 길이 전혀 없는 싸움!

이렇게 체념한 가운데 벌이는 백병전인 만큼 29일 새벽부터 시작한 총공격은 오다 군으로서도 상상 이상의 희생을 치렀다.

말하자면 이것은 악귀와 악귀, 살육자와 살육자의 대전인 것이다.

노부나가의 본지에는 잇따라 아군이 전사했다는 보고가 들어왔다.

"부장인 오스미 노부히로 님이 전사하셨습니다."

"뭣이, 형이 죽었어? 그 시체를 밟고 공격하라!"

"오다 한자에몬 님도 전사하셨습니다!"

"으음. 일족의 죽음 같은 것은 개의치 마라."

"쓰다 이치노스케 노부나리 님도 분전 끝에 혁혁한 공을."

"적을 완전히 소탕하기 전에는 전공을 입에 올리지 마라. 노부나리가 죽었다는 말이냐!"

쓰다 이치노스케 노부나리는 노부나가의 사촌 동생인 동시에 매제이기도 했다.

"예. 장렬하게 전사하셨습니다."

"알겠다. 그 죽음을 승리로써 장사지내라고 해라."

"사카이 시치로자에몬 님 전사!"

"미야지 스케조 님 전몰戰歿."

"후쿠시마 만조 님도 장렬하게."

잇따라 보고되는 대장급 무사의 죽음에 노부나가도 그만 일일이 대답하지 않았다.

말 위에서 눈을 부릅뜨고 오직 나가시마 본당의 지붕을 노려보기만 할 뿐……

부처님의 적 노부나가

　새벽녘에 시작된 나가시마 본당의 총공격은 날이 저물 때까지 계속되었으나 그 치열함이 전혀 누그러지지 않았다.

　사방으로 포위되어 공격을 받는 본당 안의 혼란은 말할 것도 없고, 공격자인 오다 군도 이날 하루 만에 칠백 명에 가까운 전사자를 내었으므로 그 격전이 어느 정도였는지는 상상하고도 남을 것이다.

　더구나 이 전투는 무장과 무장의 싸움이 아니라 흔히 말하는 '봉기蜂起'에 지나지 않는 것이다.

　노부나가는 이 점이 참을 수 없이 미웠다.

　원래 불교도의 목적은 중생의 제도가 아닌가. 그 불교도가 어째서 불제자들을 죽이고도 후회하지 않는가!

　물론 신도들 뒤에는 승병僧兵이라는 전문적인 전투 요원이 섞여들어 그들이 교묘히 지휘하고 선동하기 때문이기도 하다. 그러나저러나 불제자가 전문적인 전투 요원보다 싸움에 강하다는 사실은 얼마나 잘못된 일인가.

그들에게 이러한 적개심을 심어준 것은 "부처님의 적 노부나가!"라는 선동자들의 표어였다.

과연 노부나가는 부처님의 적일까?

그는 결코 사찰을 보면 불태워버리고 불상을 보면 지체없이 파기를 명하는 사람이 아니다. 그 증거로 히라테 마사히데를 위해 일부러 세이슈 사政秀寺를 세운 일을 들 수 있다.

노부나가의 생각은 '일본의 통일'이라는, 종교와는 무관한 일인 것이다.

그런데 뜻하지 않게 이러한 노부나가의 앞을 가로막은 자들이 히에이잔의 승병이고 잇코 종의 신도들이었다.

만약 쌍방이 냉정하게 생각했다면 이 살육의 응수가 무의미하다는 점을 깨달았을 텐데, 지금은 이미 그와 같은 이성이 작용할 여지가 사라지고 말았다.

불교를 싫어하지 않는 노부나가와 싸움이 목적이 아닌 신도가 어찌 된 일인지 쌍방 모두 철천지원수가 되어 이를 악물고 맞서게 되었다.

감정과 감정!

증오와 증오!

무릇 '싸움'이란 이름이 붙는 일에는 반드시 이 같은 이성 상실의 부조리가 따르기 마련이지만, 그렇다 해도 이 얼마나 슬픈, 인간들의 어리석음이고 결함이란 말인가.

이 경우 굳이 양자의 옳고 그름을 가린다면 말할 나위도 없이 노부나가의 손을 들어주어야 할 것이다.

노부나가는 '일본의 통일'을 방해하는 자를 치기 위해서이고, 나가시마 쪽은 '부처님의 적'이 아닌 자를 '부처님의 적'으로 믿게 하여 반항케 하고 있기 때문이다.

서쪽 평야로 해가 지기 시작하자 하루 종일 계속된 처참한 살육에 양쪽 모두 피로한 기색이 역력히 드러났다.

29일이므로 달은 뜨지 않았다.

따라서 당시의 일반적인 습관으로 보아 당연히 결전은 이튿날로 미루고 일단 쌍방은 무기에서 손을 떼는 것이 보통이었다.

사쿠마 노부모리를 선두로 시바타 가쓰이에, 니와 나가히데와 이케다 노부테루, 가나모리 고로하치, 마에다 도시이에 등이 지시를 받기 위해 노부나가 주위에 속속 모여들었다.

그들은 노부나가의 얼굴을 보자 미리 입을 맞추기라도 한 듯이 오스미 노부히로와 쓰다 노부나리의 전사를 애도했다.

노부나가는 처음에 그 전갈을 말 위에서 아무 말 없이 듣고만 있었다.

그러나 여전히 시선은 저물기 시작한 나가시마 혼간 사의 지붕에서 떠나지 않고 있다.

"오스미 님, 쓰다 님 등 여러 형제분들이 전사하셔서 참으로……"

삿사 나리마사가 와서 다른 사람들과 마찬가지로 애도의 뜻을 표했다.

"듣기 싫다!"

노부나가는 드디어 찢어질 듯한 목소리로 말을 막았다.

"그대들은 누구의 명령으로 자기 위치를 벗어나 여기로 왔느냐!"

"그게 무슨 말씀입니까? 이미 날이 어두워 활이나 철포는 겨냥을 할 수 없으므로."

"잘 들어, 곤로쿠!"

시바타 가쓰이에가 불만이라는 듯 입을 열자 노부나가는 말 위에서 부르르 몸을 떨었다.

"이런 싸움은 오늘 하루로도 충분하다!"

"무슨 말씀입니까?"

"잘 기억해두거라! 자비와 인욕의 길을 잊어버리고 흉기를 들고 횡포를 자행하는 나가시마 혼간 사의 못된 중놈들은 덴쇼 2년(1574) 9월 29일 밤에 이르러 노부나가에 의해 철저히 불타 죽었노라고."

"예? 그러면 이대로 야전夜戰을?"

"야전이 아니야, 불태워 죽이는 거야!"

"그…… 그것은……"

당황하며 앞으로 나선 사람은 사쿠마 노부모리였다.

나가시마 혼간 사의 궤멸

순간 장수들은 조용해졌다.

'덴쇼 2년 9월 29일 밤에 이르러……' 라는 노부나가의 그 말이 무엇을 의미하는지 확실히 깨달았기 때문이다.

사쿠마 노부모리는 자기만이라도 사실을 일깨워야 한다는 심경으로 말을 계속했다.

"그, 그것은 지나친 폭거가 아닐까요?"

"뭣이, 폭거는 못된 중놈들이 하고 있어!"

"그러나 아직 본당 안에는 남녀노소를 포함하여 이만 남짓한 사람들이……"

"그러기에 이런 싸움은 오늘 하루만으로도 충분하다고 했어."

"그러나 주군은 신도들을 오늘 밤 안으로 불태워 죽이겠다고 하셨습니다. 이런 일은 너무나…… 에이잔 사건 때에도 세상 사람들은 주군을 그토록 비난했습니다."

"우에몬!"

"예."

"이 본당을 불태우지 않고 그냥 두면 에이잔을 불태운 속죄가 되기라도 한다는 말이냐."

노부모리는 움찔 놀라며 숨을 죽였다.

"그러나…… 오늘 하루의 싸움에 혼비백산하여 그들은 틀림없이 내일에는 항복할 것으로."

"항복한다고 용서해주면 오사카에 가서 다시 싸우려 할 것이다. 그대도 이 점을 잘 알고 있을 테니 잔소리하지 마라!"

이 말에 노부모리는 입을 다물 수밖에 없었다.

그 역시 오사카에서 오랫동안 이시야마 혼간 사와 싸웠기 때문에 신도들이 완강하다는 점을 잘 알고 있다. 아니, 그보다도 이 이상 간언을 하면 '너는 그런 마음을 가졌기 때문에 이시야마 공격에 전력을 기울이지 않았구나' 하고 매도를 당할지도 모른다.

"알겠느냐, 이왕 불태우려면 밤이 좋다. 불길이 높이 치솟을수록 멀리 보일수록 사람들은 두려워할 것이다. 그래서 일부러 밤을 기다려왔다."

이 얼마나 격렬한 기질인가. 시바타도 그만 사쿠마의 소매를 잡아당기고 더 이상 반대하지 말라며 고개를 흔들었다.

"나리미시!"

"예."

"너는 전군에게 모든 철포에 탄환을 장전하고 대기하라는 포고를 내리고 오너라."

"모든 철포에 탄환을 장전하라고 하셨습니까?"

"그렇다. 각 포대에서 본당 중심부로 총구를 겨누라고 했다."

"알겠습니다!"

"그리고 본당에서 불길이 솟으면 이것을 신호로 일제히 공격에 들어간다. 자 그럼 어서 가거라!"

"예."

"스가야 구로에몬!"

"예."

"그대는 부하에게 서쪽 문으로 침입해 불을 지르라고 하라!"

"하지만 지금 당장은……"

"내 말을 끝까지 들어라. 반각(1시간) 가량 지나면 적들은 오늘의 싸움이 끝난 줄 알고 안도할 것이다. 그 무렵부터야, 불길이 볼 만해지는 시점은."

"알겠습니다."

"알지 않으면 어떻게 하겠느냐. 그대도 오늘 싸움에서 친형인 오세를 잃었다. 반드시 오늘 중으로 나가시마를 궤멸해야 한다. 그리고 곤로쿠!"

"예."

"그대는 사쿠마와 둘이서 각 진영에 야전 격멸을 포고하라. 알겠나, 한 사람도 놓쳐서는 안 된다. 만약 강으로 도주하는 자가 있거든 가차 없이 죽이라고 수군에게 엄히 지시하라!"

"잘 알겠습니다"

"알겠느냐, 비록 내일은 해가 서산에서 뜬다고 해도 덴쇼 2년 9월 29일에 나가시마 혼간 사의 멸망만은 반드시 성사시켜야 한다고 엄명을 내려라!"

"알겠습니다."

"모두 들었느냐. 내일 30일의 날이 밝았을 때 이 나가시마에 쥐새

끼 한 마리라도 살아 있으면 용서치 않을 것이다. 앞으로 반각이다. 모두 제 위치로 돌아가도록!"

이렇게 되자 노부나가는 이미 악귀로 변해 있었다.

그 역시 많은 혈육이 전사하여 완전히 흥분한 걸까? 아니, 흥분한 것이 아니라 이것은 어디까지나 노부나가 나름대로 계산한 오사카 혼간 사에 대한 위협인지도 모른다.

여기서 조금이라도 사정을 보아주면 본거지인 이시야마에서 얼마나 많은 희생이 따를지 모른다. 노부나가는 본능적으로 이 점을 계산하는 사람이었다.

사람들은 날이 저물어 별이 뜬 하늘 아래서 다시 피로한 몸에 채찍을 가하면서 각자 자기 위치로 돌아갔다.

일찍이 없던 사상 최고의 대학살!

아무리 노부나가를 감싼다 해도 여기서만은 눈을 감고 싶을 정도로 참혹한 지옥도地獄圖가 전개된 때는 정확히 그로부터 반각 뒤인 다섯 점(오후 8시) 무렵부터였다.

먼저 본당 뒤쪽에서 한 줄기 불길이 하늘에 치솟았다. 그러자 이 불기둥이 삽시간에 사방의 강물에 비쳐 두 개가 되고 세 개가 되어 퍼져나갔다. 동시에 천지를 뒤흔드는 총성과 불의의 공격을 받은 사람들의 아우성이 그 뒤를 이었다.

장내함을 자랑하던 일곱 채의 가람이 문자 그대로 불길로 화한 것은 다섯 점 반 무렵이었다.

사방의 출구가 봉쇄된 성채 안에서 불길에 쫓기며 우왕좌왕하는 사람들의 모습은 비참하기 이를 데 없고, 이것을 집요하게 추격하는 총성과 불길과 칼과……

이윽고 사람도 가람도, 성곽도 거리도, 창고도 가로수도 모두 불길에 휩쓸리고, 또 사방의 강도 하늘도 타올랐다.

　에이잔 때와는 비교도 되지 않는다. 나가시마의 신도 모두가……
사람도 물건도 모두 탁탁 소리를 내며 타들어간다.

　노부나가는 그 광경을 싸늘하게 바라보았다.

　어쩌면 그는 이 '업화業火'와 자신이 치른 희생을 마음속에서 조
용히 비교하고 있는지도 모른다.

　이리하여 나가시마 혼간 사는 9월 29일에 무엇 하나 남지 않고 완
전히 지상에서 사라져버렸다.

나가시노로 가는 길

　노부나가가 나가시마의 땅을 다키가와 가즈마스에게 맡기고 기후성으로 돌아온 것은 10월 5일이었다.

　그때 우에스기 겐신은 엣추에서 가가로 출병시켰던 군사를 여느 때와 마찬가지로 얼른 에치고로 철수시키고 말았다.

　노부나가는 빙긋이 웃고 곧바로 도카이東海와 도잔東山의 도로를 수리하기 시작했다.

　도로의 폭을 각각 두 간間 이상 넓히고 다리를 놓았다. 또 나룻배를 갖추고 수레와 역마驛馬를 정비하는 등 민정民政에 힘쓰면서 다음 목표인 다케다 가쓰요리의 동정을 은밀히 살폈다.

　곧 덴쇼 3년(1575)이 되었다.

　노부나가는 2월이 다 지나도록 여전히 싸움을 잊기라도 한 듯 도로 정비를 계속하면서 그가 구상하는 새 전술을 위해 철포가 축적되기를 기다렸다.

그리고 3월 3일에 이르러 정비가 이루어진 도로를 점검하면서 상경하자 유유히 쇼코구 사에 들어가 이마가와 요시모토의 아들 우지자네를 불러 공차기를 시켜 구경하는가 하면, 또한 공경들의 궁핍을 구제하기 위해 생활을 유지할 수 있을 정도의 영지를 분배했다.

가난에 쪼들리던 공경들이 노부나가에게 얼마나 감사했을지는 상상하기 어려운 일이 아니다.

노부나가의 도움으로 그들은 겨우 교토에 돌아와 궁전 근처에서 안주할 수 있었던 것이다.

노부나가는 이들 공경들에게 둘러싸여 교토에서 꽃놀이 행사를 벌였다.

"주군도 올해는 싸움을 중지하시려는 모양이다."

"그래. 올해는 마흔두 살로 액년厄年일세. 그래서 서민을 위해 도로를 정비하고 공경을 위해서는 생계를 도우시면서 덕을 베푸시는 거라네."

"역시 주군도 액년에는 조심하시는 것 같군."

4월 28일, 이런 소문을 들으면서 노부나가는 느긋한 표정으로 기후에 돌아갔다.

그는 돌아오자마자 곧바로 사쿠마 우에몬 노부모리를 오사카에서 불러들였다.

"우에몬, 이리 가까이 오게."

"예."

느닷없이 불려온 노부모리는 무언가 또 잔소리를 할 모양이라며 떨떠름한 표정으로 노부나가 앞으로 다가갔다.

양쪽에는 근시와 고쇼 외에 시녀들이 대령해 있고, 활짝 열어놓은 센조다이 앞의 정원에는 동풍이 불어 푸른 나뭇잎들이 흔들렸다.

"그대는 이시야마 혼간 사를 어떻게 할 생각인가?"

"어떻게 생각하냐니 무슨 말씀이십니까? 이시야마는 혼간 사의 본거지로 양쪽의 병력 차이는 주군도 잘 알고 계실 텐데요?"

"닥쳐, 우에몬! 그대는 나가시마 때도 나에게 세상의 비난을 두려워할 줄 알아야 한다고 했어. 그대는 이시야마도 그런 생각으로 대하고 있겠지?"

"당, 당…… 당치도 않으신 말씀입니다. 단지 적이 생각했던 것보다는 강하다…… 라기보다도 엄중하게 포위하여 외부와의 연락을 단절시키면 결국은 그들도 생각을 바꿀 것이므로, 무익한 희생을 막을 수 있다고 생각했습니다."

"그래, 알겠다!"

"예?"

"더구나 그대는 올해는 나의 액년이므로 살생을 하지 않는 편이 좋겠다고 했다지? 노부나가의 가신이 그렇게 얼이 빠져서야 되겠느냐, 멍청한 놈!"

꾸짖는다기보다 거의 분노를 터뜨리듯 호화로운 방의 천장이 떠나갈 것처럼 호통을 쳤다. 이에 방에 있던 사람들은 새파랗게 질려버렸다.

"우에몬! 그대는 목숨이 아까워 공격하지 못하는 거야. 겁쟁이 같은 놈! 아니, 단지 그것뿐이라면 일부러 이곳까지 불러들이지는 않아. 그대가 그런 심보를 가지고 있기 때문에 세상에는 차마 들을 수 없는 소문이 나돌고 있는 거야. 사쿠마 노부모리는 혼간 사의 중들과 내통하여 주고쿠의 모리와 접선하면서 노부나가를 배신할 작정이라는 소문이야."

노부모리는 깜짝 놀라 눈을 크게 떴다.

"주군!"

"아직 가만히 있거라. 이번에 부른 것은 내가 직접 그 사실을 확인하기 위해서야. 신참자라면 또 몰라도 대대로 중신을 지낸 가문……참, 그대에게도 체면이 있을 테지. 모두 물러가거라. 나 혼자 그대의 해명을 듣겠다. 납득이 될 때까지 말이다. 무엇을 꾸물거리고 있느냐, 모두 물러가라고 했는데도!"

호통을 듣고 근시들은 숨을 죽이며 각각 사방으로 흩어졌다.

사쿠마 노부모리는 터질 듯이 입술을 꼭 깨물고 노부나가를 노려보았다.

다른 일과는 다르다. 혼간 사 고사光佐와 내통하다니 이 철저 일변도인 사쿠마의 마음이 뒤틀리지는 것도 무리가 아니다.

"주군!"

두 사람만 남자 노부모리가 먼저 대들듯이 입을 열었다.

"주군의 눈에는 이 노부모리가 배신할 사나이로 보이십니까?"

"하하하, 화는 내지 말게. 이야기는 지금부터야."

노부나가는 별안간 어조를 바꾸고 말을 이었다.

"시녀들 중에 다케다의 첩자가 섞여 있어. 그래서 연극을 했네."

"예? 그렇더라도 말씀이 너무 심하십니다. 배신이니 내통이니 하는 말씀은 이 노부모리가 가장 싫어하는……"

"듣기 싫다, 우에몬!"

"뭐, 뭐라고 하셨습니까?"

"너무 큰 소리는 내지 말라고 했어. 지금까지 이시야마를 함락시키지 못한 것은 역시 그대 책임이야. 배신이니 내통이니 하는 소문이 났다는 것은 거짓말이지만, 그대가 우물거리는 모습을 보고 노부나가가 화를 냈을 거라는 소문은 분명히 교토에 나돌고 있어."

"그것은 혼간 사가 얼마나 강한지 모르는 교토 사람들의……"

"아무튼 좋아. 모처럼 그런 소문이 났으니 그 소문을 헛되이 해서는 안 되지 않겠나?"

"속을 뒤집히게 만드는 소문입니다!"

"하하하, 잘 듣게. 드디어 동부 미카와에서는 다케다 가쓰요리가 나와서 나가시노 성을 포위할 기색이 보이네."

"그것이 혼간 사 공격과 무슨 관계가 있습니까?"

"실은 말이지, 우에몬."

노부나가는 노부모리의 감정 같은 것은 개의치 않고 목소리를 낮추면서 주위를 둘러보았다.

물론 어디에도 듣는 사람이 있을 리 없고, 썰렁하기만 한 넓은 방에는 상쾌한 5월의 바람이 불어올 뿐이었다.

"그대도 알다시피 앞서 다카텐진 성 싸움 때는 우리 원군이 이에야스에게 도움을 주지 못했어."

"그 일은 저도 나가시마를 정벌한 뒤에야 알았습니다."

"이것 보게, 이번 일도 다카텐진 성 싸움의 연속이야. 나와 이에야스 사이에는 자세한 상의가 되어 있네. 다카텐진 성을 함락한 다케다 가쓰요리는 반드시 여세를 몰아 금년에도 동부 미카와로 나올 텐데, 그것을 어디서 제지할지 상의했다네."

"그럼, 주군도 드디어 가쓰요리와 결전을 벌일 생각이십니까?"

노부나가는 뻔한 일을 왜 묻느냐는 듯한 표정으로 대답했다.

"장소는 나가시노 성일세. 이에야스는 나가시노 성에 오쿠다이라 구하치로奧平九八郎를 들여보냈어. 그는 한때 가쓰요리 쪽에 가담했다가 이에야스에게로 돌아선 사나이일세. 따라서 가쓰요리는 오기로라도 구하치로가 지키는 나가시노 성을 치려고 할 것이 분명해. 또 위치상 나가시노 성을 함락하지 않고는 아버지 신겐의 뜻을 이어 상경 작전을 펼 수 없을 테니까."

"그, 그래서 어떻게 하시렵니까?"

"이 모두가 나와 이에야스가 상의하여 결정할 일이라 생각하게. 나가시노 성이 포위되면 지난번과 마찬가지로 이에야스가 내게 원군을 청하기로 되어 있어. 이번에는 나도 때를 놓치지 않고 출병할 것일세."

"그러면 이 노부모리도 그 원군에 포함되는 겁니까?"

"당연하지!"

노부나가는 싱긋 웃고 말을 이었다.

"일부러 가쓰요리를 가이에서 유인해내기 위해 얼마나 고심했는지 알겠나? 그건 그렇고, 이 일에 그대에 대한 소문을 활용하려고 하네."

"예? 그 불쾌하기 짝이 없는 소문을……"

"그래. 그대가 혼간 사 공격을 주저하고 있기 때문에 노부나가는 머리끝까지 화가 났…… 이것은 그럴듯한 말이 아닌가! 그대는 노부나가의 눈총을 받아 오다 가문에 있기가 어렵게 됐다. 그렇게 될 거야. 그렇지 않은가?"

"그야 그럴 수도 있겠지요."

"따라서 싸움터에 나가거든 부하들을 데리고 그대로 다케다 가문에 투항하고 싶은데, 이 뜻을 전하려고 하니 가쓰요리 공에게 다리를 놓아달라고 하게."

"아니, 이 노부모리가 배신을?"

"이것도 중요한 전략이야. 상대로는 가쓰요리가 신임하는 나가사카 조칸長坂釣閑이나 아토베 가쓰스케跡部勝資를 택하는 것이 좋아.

금은을 많이 가지고 가게."

"그러나……"

"못 하겠다는 말인가, 우에몬?"

"아니, 못 하겠다는 뜻은 아닙니다."

"좋아, 그럼 결정됐어! 모처럼의 소문을 헛되이 해서야 어디 쓰겠나. 오다의 중신이 싸움터에서 내응한다…… 이렇게 되면 비록 중신들이 반대한다고 해도 가쓰요리는 가이로 철수할 수 없겠지. 만약에 돌아간다면 다시 끌어내기가 여간 어렵지 않아. 알겠나?"

노부나가의 단호한 말에 사쿠마 노부모리는 그만 울상이 되어 고개를 끄덕였다.

주종의 책략

"자, 이야기가 끝났다. 모두 들어와도 좋다."

노부나가는 큰 소리로 근시를 불렀다.

"노부모리가 다른 일을 원하기에 오사카에는 돌아가지 않기로 하고 이야기를 끝냈다. 오사카로 돌아가지 않으면 혼간 사와도 연락이 닿지 않을 것이다. 좋아, 술을 가져오너라. 불쾌한 일은 술로 씻어버려야 해."

이런 상황에 술상이 나왔으므로 노부모리는 표정이 밝을 리 없다.

'혼간 사 공격이 지연되는 바람에 엉뚱한 일을 맡게 되었다.'

그런 불만이 마음속에 있었던 것이다.

"자, 모든 것을 물에 흘려보내는 뜻으로 잔을 건네겠다. 마셔라, 노부모리."

노부나가가 건네는 잔을 받은 우에몬의 표정은 자못 모반이라도 꾀하는 듯 그늘져 침울한 모습 그 자체였다.

노부나가가 또한 마지못해 분노를 억누르고 있는 듯한 태도를 취해 보는 사람으로 하여금 실감을 느끼도록 주종 사이의 멋진 연극을 하고 있었다.

그때 노부나가가 예언했던 대로 이에야스로부터 급히 사자가 달려 왔다.

이번에도 사자는 오구리 다이로쿠 시게쓰네였다. 지난해 다카텐진 성 싸움 때는 원군이 늦어졌으므로 이번에는 처음부터 강경하게 나왔다.

"오다 님과 우리 주군은 서로 돕기로 약속하고 서약서까지 교환한 사이입니다. 그러므로 우리 주군은 고슈江州의 미노쓰쿠리 성箕作城을 공략할 때와 에치고의 와카사 전투 때, 또 아네가와 전투 때도 아낌없이 협력했습니다. 오다 님 정도나 되시는 분이 고슈 군을 두려워 하실 리 없으므로 필시 사정이 있기 때문이라고 생각하나, 이번만은 속히 가세해주십시오."

이 말은 듣고 노부나가는 시게쓰네에게 잔을 건넸다.

"난처할 일일세."

노부나가는 그토록 기다렸으면서도 전혀 모르는 사람처럼 고개를 갸웃하고는 노부모리와 얼굴을 마주보았다.

"어쨌거나 고슈 군은 용맹하기로 이름난 야전의 강자强者, 이에 비해 나의 가신은 비록 수는 많으나 모두 최근에 모인 신참자들뿐일세. 그렇다고 도쿠가와 님의 청을 거절할 수는 없으니 잘 알았다고 전하게."

"잘 아셨다는 말은 지난번에도 하신 말씀, 그러나 결국 때를 놓치고 말았으므로……"

"그것은 사실일세. 때를 맞추지 못해 참으로 미안하게 됐네. 그러나 이번에는 틀림없이 가겠네. 일단 여기저기서 인원을 융통해야 하므로 잠시만 더 기다려주게."

시게쓰네는 혀를 차려다 겨우 억제했다.

"이미 나가시노 성은 적의 대군이 포위했습니다."

"그래, 성장城將은 오쿠다이라 구하치로라는 말을 들었네. 구하치로는 용맹한 장수이니 잘 막아주었으면 좋으련만."

"오다 님!"

"그래, 너무 조급해 하지 말게. 참 노부모리 그대는 즉시 아군의 장수들에게 명령을 전하라. 중요한 일로 작전 회의를 열 것이므로 중신 일동은 엄히 경계하고 곧바로 이 성에 집합하라고 말이다."

모든 일이 다케다 군에게 알려질 것을 알고 하는 노부나가의 연극이었으나 이에야스의 사자 오구리 다이로쿠는 그것까지는 알지 못했다.

"작전 회의를 여시겠다는 말씀입니까?"

"그래. 상대는 소문난 고슈 군, 섣불리 나갔다가 패하면 도쿠가와 님에게까지 폐를 끼치게 되네. 회의를 끝내고 군사를 집결시킬 기간 동안 그쪽에서 버티도록 하게."

듣기에 따라서는 전혀 도움이 되지 못할 것 같은 무책임한 대답이었으므로, 다이로쿠는 원망스러운 듯이 노부나가를 노려보았으나 더 이상 추궁할 수는 없었다.

"이만 돌아가 주군에게 보고드리고 위급할 경우에는 다시 오겠습니다."

"오오, 그래. 도쿠가와 님에게 부디 조심하시라고 전하게."

이렇게 우물쭈물 대답하고 다이로쿠를 돌려보낸 뒤 노부나가는 아직도 씁쓸한 표정으로 연이어 술잔을 기울였다.

"노부모리, 명령은 내가 전하겠어. 아까 그 말은 사자가 들으라고 한 이야기일세. 재미없는 일들뿐. 자, 좀더 마시게."

사자의 급한 방문은 5월 3일 오후의 일이었다. 누가 보기에도 이번 역시 당장 출진할 것 같지는 않았다.

기후의 결론

다음 날도 노부나가는 새삼스럽게 출진을 명하지는 않았다.

그런데도 장수들은 여기저기서 군사를 거느리고 기후로 모여들었다. 아마도 교토에 있을 때 기후 성으로 집합하라고 명령했던 모양이다.

그러나저러나 잇따라 집결하는 군사가 저마다 상상도 하지 못했던 물건을 가지고 오는 것이 기이했다.

전에는 세 간이나 되는 손잡이가 달린 창을 둘러메게 하여 사이토 도산의 간담을 서늘하게 만든 노부나가가 이번에는 군사들에게 창도 아니고 총포도 아닌 열 자(3미터) 정도의 각재角材 하나씩을 모두 메게 했다.

사람들은 처음에 도로 공사를 하고 남은 것을 운반해 온 줄로 알았다. 그런데 이 각재는 서른 개나 쉰 개 정도가 아니었다.

'대관절 무엇 때문에 그런 재목을?'

고개를 갸웃거리는 동안 재목은 천 개가 되고 이천 개가 되어 순식간에 성 앞에 산더미를 이루었다.

"저 재목으로 무엇을 하려는 걸까?"

"글쎄, 아무튼 열 자짜리 각재를 하나씩 메고 오라는 명령을 내렸다는 거야."

"아무튼 싸움에 각재라니 묘한 일이야."

"설마 저것을 휘두르며 싸우라는 말은 아닐 테지."

"말도 안 되는 소리! 저런 것을 휘두를 수 있는 장사는 한 부대에 한 사람 있을까 말까 할 거야."

"나가시노 성은 산중에 있다고 들었는데 역시 다리를 놓으려는 생각인지도 몰라."

"아니면 장기전을 예상하고 각재로 성채나 진지를 구축하려는 계획인지도 모르지."

메고 온 사람 자신도 모르는 일이므로 사람들은 모두 산처럼 쌓아 올린 재목을 보고 눈만 휘둥글게 뜰 뿐 용도는 정확히 알지 못했다.

이때 또다시 도쿠가와의 사자가 왔다. 이번에는 오구리 다이로쿠만이 아니라 오쿠다이라 구하치로의 아버지 사다요시도 함께 왔다.

"이대로 가면 나가시노 성은 앞으로 며칠도 버티지 못합니다. 다카텐진 성에서는 그 때문에 오가사와라 나가요시小笠原長善가 적에게 항복하고 말았습니다. 그러나 이번 나가시노 성의 성장 오쿠다이라 사다마사는 수치를 아는 무사이므로 항복하지 않고 전사할 것입니다. 사다마사 정도나 되는 용사를 죽게 할 수는 없는 일, 만약 원군이 오지 않으면 도쿠가와 군만으로 나가시노에 가서 전멸도 불사할 생각입니다. 도쿠가와 군이 전멸하면 다케다 군은 곧바로 오와리로 밀려올 테니, 그 점을 이해하시기 바랍니다."

오지 않으면 그 다음 일은 알 바 없다는 협박조였다.

이에 노부나가는 비로소 입을 열었다.

"준비는 끝났어. 곧 출발할 테니 안심하게."

그런 뒤 즉시 세상 사람들이 말하는 이른바 '기후 회의'가 열렸다. 이 회의는 장수들의 의견을 묻는 단순한 작전 회의가 아니라, 노부나가가 개발한 새로운 전술의 단행을 전하는 연락 회의이자 명령의 전달이었다.

넓은 방에 모인 사람은 맏아들인 노부타다를 위시하여 시바타 가쓰이에, 삿사 나리마사, 사쿠마 노부모리와 마에다 도시이에, 모리 히데요리毛利秀賴, 야베 젠시치로, 노노무라 산주로, 하나와 구로자에몬과 후쿠토미 헤이자에몬福富平左衛門, 니와 나가히데, 다키가와 가즈마스, 하시바 히데요시 등이었다.

"이번 싸움은 완승이다."

노부나가는 입을 열자마자 평소의 어조대로 결론부터 말했다.

"이번의 주력 무기는 활도 창도 칼도 아닌 가까스로 수효를 채운 철포야."

좌중은 조용히 귀를 기울였다.

"지금부터 호명된 사람은 내 앞에 나와 왼쪽에 정렬하라. 삿사 나리마사."

"예."

"노노무라 산주로."

"예."

"마에다 도시이에."

"예."

"하나와 구로자에몬."

"저도 역시."

"후쿠토미 헤이자에몬. 모두 나왔느냐? 잘 보아두거라. 이 다섯 사람을 철포 대장에 명하고 각각 철포 팔백 자루와 1천 6백 명씩의 철포 아시가루를 배치한다."

이렇게 말하는 그의 표정에는 녹을 듯한 웃음이 묻어났다.

"새삼스럽게 말할 필요도 없으나, 이 주력은 단체로 행동하고 좋은 표적이 있다고 해서 개별적으로 발사하는 일은 용서치 않는다. 항상 탄환을 장전하고 기다렸다가 명령을 내리면 일제히 사격해야 한다. 알겠느냐?"

"알겠습니다."

"과거와 같은 싸움이라 생각지 마라. 장수 한 명을 겨냥하여 쏘지 말고, 어느 경우에나 단체를 사격하는 것이다! 이 말을 아시가루들에게 단단히 일러라. 다시 말하지만 산발散發은 안 된다!"

"예."

"팔백 자루를 각 이백 자루씩 4개 조로 나눌 것. 그리고 이 4개 조는 명령을 내리면 항상 규칙적으로 교대하여 1조, 2조, 3조, 4조 순으로 쏘고 나면 곧바로 1조, 2조가 이어서 총성이 끊이지 않도록 탄환을 장전하는 훈련을 하라. 총성이 중단되면 싸움이 끝나지 않는다."

"예."

"그 밖의 부대는 이 주력을 어떻게 보호하느냐에 전력을 다하라!"

노부나가의 목소리는 점점 더 열기를 띠어 우렁차게 천장에서 메아리쳤다.

"앞서 달리거나 선봉을 다투던 시대는 지났다. 이 작전은 내가 액년에 운명을 건 새로운 병법이다. 항상 부대 전체의 승리를 노려 움직여라. 마치 신체의 수족처럼 움직이지 않으면 안 된다."

노부나가는 이렇게 말하고 눈을 부릅뜬 채 일동을 둘러보았다.

이리하여 5월 13일, 노부나가와 노부타다가 이끄는 오다 군은 기후를 출발했다.

미카와의 요시다 성까지 나가 여기서 도쿠가와 군과 합류하여 일거에 나가시노를 포위하고 있는 다케다 군을 분쇄하려는 계획이었는데, 기후를 떠나는 노부나가 군의 대열을 보고 거리에 나왔던 사람들은 눈이 휘둥그레졌다.

도로는 마치 오늘의 진격에 대비했던 것처럼 완벽하게 수리되어 기요스에서 도카이도로 이어져 있다. 그 도로를 가득히 메운 군대는 어찌된 일인지 각재 하나씩을 메고 굵은 밧줄 한 다발씩을 허리에 찬 채 면면히 이어져 행진한다.

"아니, 싸우러 가는 것이 아니던가?"

"무슨 소리를 하는 거야. 엄청나게 많은 철포대가 섞여 있지 않은가!"

"철포와 재목과 밧줄이라니 뭐가 뭔지 모르겠어."

"그것이 바로 노부나가 님의 뛰어난 점이야."

"그럼 자네는 저것들이 어떤 관련이 있는지 안다는 말인가?"

"뭘 모르는 사나이로군. 노부나가 님은 자네나 내가 알 만한 싸움은 하지 않아. 그것이 위대한 점이라고 한 말을 모르겠나."

저마다 멋대로 떠들어대면서도 아무도 이 상식을 초월한 군대의 용도는 알 리가 없었다.

알고 있는 것은 단지 다케다 군에 의해 겹겹이 포위된 나가시노 성이 오다 군의 도착을 기다리면서 시시각각 위기에 빠져들고 있다는 사실뿐이었다.

진군 도중에도 이에야스로부터 출진을 재촉해오는 사자가 한두 번

온 것이 아니었다. 사자들은 자기 눈으로 오다 군의 진행 속도를 확인하고는 곧바로 말에 채찍을 가하면서 미친 듯이 되돌아갔다.

나가시노 성의 곤경

나가시노 성은 신슈의 이나 군伊那郡에서 남하하여 미카와로 들어가는 도요 강豊川 상류에 있으며, 당시 동부 미카와와 도토미를 지키는 제일선에 위치한 요새였다.

또한 지금의 아이치 현愛智縣 시타라 군設樂郡 도요 강 상류의 오노 강大野川과 다키자와 강瀧澤川의 합류점에 높이 솟은 바위에 건립된 험준한 산성이다.

따라서 신겐이 살았을 때부터 다케다 쪽이 노리고 또 도쿠가와가 공격을 하던 숙명을 지닌 성이었다.

성의 구조는 견고하기 짝이 없다. 두 강이 합류하는 정면의 절벽에 야규몬野牛門이라는 문이 있고, 여기에는 언제라도 끊을 수 있는 가늘고 긴 다리가 놓여 있었다.

이 다리 서북쪽에 본성이 있고, 본성을 향해 왼쪽으로 단조彈正 성곽, 뒤에 오비帶 성곽, 도모에巴 성곽, 후쿠베瓢 성곽 등이 있는데,

이미 다리를 끊고 농성에 돌입한 지금으로서는 원군의 도착만을 기다리는 수밖에 없었다.

성안의 인원은 무사와 하인들을 합쳐서 약 오백 명 정도로 이들을 포위한 다케다 군은 무려 1만 5천의 대군이었다. 그들이 교대로 공격하면서 성에 들어오려 하기 때문에 스물세 살의 성장 오쿠다이라 구하치로 사다마사의 곤경은 이루 헤아릴 수 없었다.

물론 이 성은 삼면이 절벽과 격류로 둘러싸이고 한쪽만이 산으로 이어지는 유리한 지형 때문에 농성이 가능했으나, 그렇더라도 오늘까지 버틸 수 있었던 것은 기적이라 해도 좋았다.

5월 1일에 싸움을 시작한 다케다 군은 고작 삼일, 아무리 길어도 오륙 일이면 함락할 작정으로 습격했다.

그러나 오쿠다이라 구하치로는 이에야스의 눈에 들어 그의 맏딸 가메히메龜姬를 아내로 맞은 용장이었다.

"나는 다카텐진 성의 오가사와라와는 다르다"라며 하마마쓰에서 군감軍監으로 온 마쓰다이라 사부로지로 지카토시松平三郎次郎親俊, 마쓰다이라 야쿠로 가게타다彌九郎慶忠와 힘을 합쳐 지금까지 적의 공격에 훌륭히 맞서고 있다.

처음에 다케다 군은 정면의 야규몬으로 공격해 들어왔다. 이 부근의 강폭은 사십 간으로, 적이 이것을 메우고 밀려와 문 아래쪽으로 건너오는 모습을 구하치로는 웃으면서 바라보았다.

강가에 이르렀다고 해도 절벽의 높이가 이십 간 정도되므로, 그는 고함도 지르지 않고 침착하게 적의 움직임을 지켜보았다.

"염려하지 마라. 기어오르거든 두들겨 떨어뜨리면 된다."

적은 우선 갈고리를 걸거나 밧줄을 던지거나 하여 간신히 두 군데에 교두보를 마련했다. 그리고 이미 성안에 들어오기라도 한 듯 여기에 줄사다리를 달아매고 기어오르기 시작했을 때 두 발의 총성이 골짜기에 메아리쳤다.

다만 그것뿐이었다.

고정시키고 겨냥해놓았던 철포 두 자루가 정확하게 줄사다리를 끊었던 것이다. 다케다 군은 이를 갈면서 똑같은 동작을 되풀이했다. 그러나 이번에도 두 발로 끝장이 났다.

네 번, 다섯 번 반복하는 사이에 적군은 이 행동이 얼마나 많은 손해를 끼치는 무모한 짓이라는 점을 깨닫고 물러갈 수밖에 없었다.

뒤이어 적은 유일하게 땅으로 이어진 지점에서 식량 창고를 공격했다. 식량 창고를 공격한다는 뜻은 다케다 군이 '적의 식량이 고갈되는 것밖에 다른 방법이 없다'고 계산했기 때문이었으므로 구하치로서는 하나의 승리라 할 수 있었다.

식량 창고는 성의 북쪽 후쿠베 성곽 안에 있다. 이 방면의 적은 다이쓰지 산大通寺山에 진을 친 다케다 사마노스케 노부토요武田左馬助信豐였는데, 그는 뗏목을 이용하여 야규몬 쪽으로 대군을 건너게 하는 척 위장하면서 구하치로의 주의를 뺏고 나서 북쪽의 후쿠베 성곽을 공격하려는 신중한 계획을 세웠다.

그리고 위장한 뗏목을 수없이 앞면의 강에 띄우고 후쿠베 성곽으로 접근했다.

식량 창고를 불사르고 오는 것만으로도 목적은 달성된다면서 저녁 무렵을 택해 작전을 개시했으나, 다케다 군이 발소리를 죽여가며 담으로 접근하자 뜻밖에도 담이 안쪽으로 순식간에 쓰러지고 그 공간에서 마쓰다이라 야쿠로松平彌九郎 부자가 거느린 백오십 명의 군사가 창을 꽉 쥐고 함성을 지르며 공격해나왔다.

인간의 심리란 미묘한 것이다.

공격하려고 했는데 안에서 먼저 치고 나왔으므로 순간적으로 승패는 역전되었다. 그 무렵부터 다케다 군은 오쿠다이라 구하치로의 놀라운 담력에 간담이 서늘해지기 시작했다.

이어서 다케다 군은 땅속으로부터의 공략을 시도했다. 고슈에서 많은 광부들을 동원하여 성 서쪽에 진을 친 나이토 슈리노스케內藤修理亮와 오바타 가즈사노스케小幡上總介의 손으로 성문 남쪽 가신의 저택 땅속에서부터 단조 성곽 밖으로 나오도록 땅굴을 팠다.

그리고 이삼십 간만 더 파들어가면 성안으로 잠입해 들어갈 수 있을 때 갑자기 앞에서 뻥, 하고 구멍이 뚫렸다.

오쿠다이라 구하치로는 필시 이런 일이 생길 줄 알고 귀가 밝은 자들에게 지상에서 지하의 소리를 탐지케 하면서 성안에서도 은밀히 땅굴을 파기 시작했던 것이다.

쌍방의 땅굴이 마주친 곳에서 탕탕탕, 하고 땅 속으로 철포가 발사되었다. 물론 오쿠다이라 쪽의 철포 소리였다.

"앗, 땅속에도 적이 있다!"

고슈의 광부들은 앞 다투어 도망치기 시작했다. 이 작전 역시 실패하고 말았다.

그러나 적도 이처럼 우롱을 당하는 듯한 싸움은 오래 끌고 싶지 않았다.

"그렇다면 역시 군량을 고갈시키는 방법밖에 없다."

새삼스럽게 정략을 바꾼 모양이다. 지상에는 엄중하게 방책을 둘러쳐 일체의 출입을 단절하고, 강의 수면에는 방울을 단 밧줄을 몇 겹으로 쳐서 성 밖과의 연락을 끊은 뒤 군량 창고가 있는 후쿠베 성곽에 대해 총공격을 단행했던 것이다. 이 공격은 노부나가가 기후를 떠난 이튿날인 5월 14일에 시작되었다.

이번에는 수많은 불화살의 공격을 받아 군량 창고뿐만 아니라 후쿠베 성곽 일대가 불길에 휩싸여, 오쿠다이라 군은 성곽을 적에게 내주고 본성으로 철수할 수밖에 없었다.

"결국 군량 창고가 불에 탔군."

오쿠다이라 구하치로는 본성의 망루 한 모서리에서 마쓰다이라 지카토시와 얼굴을 마주 보며 쓴웃음을 지었다.

"본성에는 군량이 얼마나 있을까?"

"배불리 먹는다면 꼬박 하루, 하지만 사오 일은 버틸 수 있겠지."

"드디어 흙을 파먹고 싸워야겠군. 좋아, 지자에몬을 불러오라."

오쿠다이라 사다마사는 곁에 있던 병사를 돌아보고 아무렇지도 않다는 듯이 말했다.

오쿠다이라 지자에몬 가쓰요시는 구하치로의 일족 중에서도 명장으로 소문난 사나이로 나이도 이미 서른이었으며, 분별과 용기를 두루 갖춘 구하치로의 심복이었다.

"부르셨습니까?"

"그래, 드디어 군량 창고가 불탔어."

"성주님이 말씀하시기 전에 직접 제 눈으로 보았습니다. 이것은 모두 오다 님이 원군을 보내오지 않았기 때문입니다."

"푸념을 하면 안 돼."

"푸념이 아니라, 오다 님은 태도가 분명치 못합니다."

"더 이상 말하지 말게…… 자네는 오늘 밤 이 성에서 탈출하여 주군한테로 가게."

"이제 와서 무엇 때문에?"

"원군을 보내라는 말은 할 필요 없어. 앞으로 사오 일은 더 견딜 수 있다는 말만 하게."

"거절하겠습니다."

"뭣이, 거절한다고?"

"예. 단호히 거절하겠습니다."

"참으로 이상한 말을 하는군, 지자에몬. 자네는 날개라도 있어야 나갈 수 있다는 말인가. 그렇다면 방법이 없는 것도 아닐세. 동북쪽 성문 밖의 절벽을 타고 내려가 물속으로 잠수하면 돼. 수면에는 방울이 달린 밧줄이 쳐져 있으므로 적에게 발견되겠지만 물속에 들어가 헤엄치면 건널 수 있어. 자네는 수영에 익숙하지 않은가?"

"거절하겠습니다!"

"허어, 헤엄치는 방법을 잊기라도 했다는 말인가. 설마 적을 무서워하는 건 아닐 테지?"

이렇게 말하자 지자에몬은 어린아이처럼 고개를 저었다.

"어찌 적을 무서워하겠습니까. 무서워하지 않기에 거절한 겁니다. 이미 성의 운명은 사오 일밖에 남지 않은 듯하고, 주군을 비롯하여 모두가 전사할 각오인 줄 알고 있습니다. 이런 때에 제가 성 밖에 나가 살아 있다면 세상 사람들이 무어라 하겠습니까. 지자에몬 녀석, 평소에는 큰소리를 치더니 막상 성이 함락되자 목숨이 아까워 사자가 되어 나갔다, 살아남고 싶어 사자로 나갔다고 비웃을 겁니다. 그러므로 이 일은 분명히 거절하겠습니다."

순간 본성의 망루에는 이상한 긴장이 감돌았다.

성의 운명은 앞으로 길어야 사오 일뿐이라는 것을 직감했을 뿐만 아니라, 구하치로를 위시한 모든 장수가 전사할 것을 각오하고 있다…… 이 말은 곧 그대로 이곳에 남아 있는 모든 사람의 운명이라는 사실을 알았기 때문이다.

"알겠네, 자네는 싫다는 말이지."

과연 구하치로가 지자에몬의 거절에 대해 무어라 말할지 궁금해하며 마른침을 삼키고 있을 때 구하치로는 담담하게 고개를 끄덕였다.

"자네가 싫다면 다른 사람에게 부탁하겠네. 여봐라, 도리이 스네에몬은 없느냐. 스네에몬을."

그러자 판자로 된 칸막이 그늘에서 굵은 목소리가 들려왔다.

"스네에몬이라면 여기 있습니다."

뚱뚱한 몸집의 사나이가 구하치로 앞으로 나왔다.

"스네에몬, 듣고 있었느냐?"

"예. 아니, 잠시 졸고 있었습니다마는."

"하하하, 졸고 있었다는 말이지? 좋아, 그대가 가거라."

"예."

"어디로 갈지 알고 있느냐?"

"아니, 아직."

"강 밑바닥으로 걸어가는 거야. 그대가 수영을 할 줄 아는지는 모르지만."

이렇게 말하자 스네에몬은 행선지도 묻지 않고 대답했다.

"알겠습니다. 강 밑바닥으로 걸어가라는 말씀이군요."

모두 긴장을 잊고 킬킬 웃었다.

"강 밑바닥으로 걸어 대관절 어디로 가야 합니까?"

아직 스네에몬은 잠이 덜 깬 모양이었다.

스네에몬의 출발

　성의 운명이 눈앞에 닥친 날 졸고 있었다는 태평스러움도 놀라웠으나, 행선지도 묻지 않고 강바닥을 걸어가겠다는 도리이 스네에몬의 대답은 뜻밖에도 모두의 긴장을 풀어주었다.

　더구나 그 대답은 일부러 꾸며서 하는 말이 아니라 평소 스네에몬이 지녔던 마음과 몸에서 자연스럽게 우러난 것이었다.

　원래 미카와 무사는 완고하고 무뚝뚝하며 참을성이 강하기로 알려져 있다. 그중에서도 특히 북부 미카와의 산악 지방 태생인 사람에게 이런 면이 강하다. 도리이 스네에몬도 예외가 아니어서 일단 마음을 결정하면 요지부동하는 철저한 기질을 지녔다.

　"그대는 어디에 가는지도 모르고 승낙하겠다는 말인가?"

　구하치로 사다마사가 웃으면서 물었다.

　"예. 어디든지 가겠습니다. 그런데 강바닥을 걸어 어디로 가야 하는 겁니까?"

"강바닥으로 걸어가면 건너편 기슭에 도착할 것 아닌가?"

"아, 그렇겠군요."

"도착하거든 적의 눈에 띄지 않도록 포위를 뚫고 우선 간포 산雁峰山으로 가라."

"간포 산 말씀입니까, 문제없습니다."

"그리고 무사히 성에서 탈출했다는 신호로 봉화를 올려 우리에게 알려라. 그런 뒤 주군에게 가도록 하라."

그 무렵이 되어서야 겨우 스네에몬은 잠에서 깬 얼굴이 되었다. 간포 산이라는 말을 듣고 문득 중요한 사명이라는 것을 깨달은 모양이다.

"그러면 겹겹이 포위된 성에서 빠져나가 주군에게 사자로 가라는 말씀이군요?"

다시 사람들은 킥킥 웃었으나 스네에몬은 아주 진지했다.

"거절하겠다는 말이냐, 그대는?"

"아닙니다. 그런 말씀을 드리려는 게 아닙니다. 강바닥으로 걸어가 건너편 기슭에 도착하여 우선 간포 산에서 봉화를 올리고 주군에게 가면 되는 것 아닙니까?"

"그래, 요점은 단지 그것뿐이다."

"문제없습니다."

스네에몬은 고개를 끄덕였다.

"그리고 주군을 뵙고 무어라 말씀드릴까요?"

"오늘은 5월 14일이야. 오늘부터 세어 만 4일, 18일이면 성안의 식량이 떨어진다는 말씀만 드리거라. 주군은 주군대로 생각이 있으실 것이므로 그 이상의 말을 해서 주군의 판단을 그르치게 하면 안 돼."

"알겠습니다."

"18일이면 식량은 떨어지지만 그렇다고 성문을 열어 항복하는 것은 아니고 싸움을 중단하지도 않을 것이다. 이 오쿠다이라 구하치로 사다마사도 약간은 미카와 무사의 기질을 가진 사나이야. 흙을 파먹는 한이 있어도 싸울 테니, 성안에 있는 사람들의 사기가 떨어졌다는 말은 하지 마라."

"물론입니다. 아무도 사기가 떨어지지 않았으니까요!"

"그럼, 서둘러 준비하라. 강바닥이라고 한 말의 의미는 잘 알고 있겠지? 수면에는 그대도 알다시피 방울이 달린 밧줄이 종횡으로 쳐져 있다. 그것을 건드리면 적에게 탐지되어 그대의 생명은 없어지는 거야."

그래도 걱정이 되어 다시 한 번 다짐하자 스네에몬은 황소와 같은 머리를 저으며 혀를 찼다.

"염려하실 것 없습니다. 스네에몬은 어린아이가 아닙니다. 간다고 하면 반드시 갑니다."

"알겠다. 부디 조심하거라. 달이 떨어지는 순간을 노려 물속에 들어가거라."

"알겠습니다. 그럼, 다녀오겠습니다."

스네에몬은 천천히 일어나 뒤로 돌아걸어갔다. 그러고는 다시는 돌아보지 않았다. 어둑어둑한 실내에서 14일의 달빛이 던지는 밝음 속에 그대로 모습을 감추어버렸다.

이미 아무도 웃지 않았다.

스네에몬이 무사히 이 사태를 이에야스에게 알릴 수 있을 것인가? 아무도 약한 소리는 하지 않았으나 모두의 운명은 오직 여기에 달려 있다.

"그렇군, 무사히 강을 건넜는지 확인하고 와야겠어."

한 사람이 이렇게 말하며 일어나자 구하치로 사다마사가 엄한 소리로 꾸짖었다.

"닥쳐라! 누군가가 조금이라도 움직이면 발각되기 쉽다. 적에게 발견되면 그만큼 스네에몬은 강을 건너기가 어려워진다. 잠자코 내일 아침의 신호를 기다려라."

"예. 그럼, 분부대로 하겠습니다."

이리하여 일동은 다시 모든 소리에 귀를 기울이며, 긴장 속에서 침묵에 빠져들었다.

간포 산의 봉화

이튿날 아침이 되었다.

스네에몬의 모습은 완전히 성안에서 사라졌으나 간포 산에서는 좀처럼 봉화가 오르지 않았다.

구하치로 사다마사는 이미 스네에몬의 일을 잊은 듯 가장하였으나 내심으로는 그가 무사하기를 애타게 기원했다.

과연 이에야스의 원군은 이 성이 함락되기 전에 도착할 것인가?

만약에 도착한다면 이에야스도 때를 놓치지 않고 전군을 동원하여 다케다 군에게 공세를 취할 것이 분명하다. 그 이유는 분명 여기서 오다 군의 힘만으로 승리했다는 말을 들으면 나중에 도쿠가와 가문의 발언권이 약해지기 때문이다.

그렇다고 오다의 원군이 도착하기 전에 결전을 벌이면 도쿠가와 군에게는 승산이 없다. 설령 승리한다고 해도 수많은 희생을 치르고 치명적인 상처를 입으면 그것이 화근이 되어 멸망할지도 모른다.

이러한 사정을 소상히 알고 있는 구하치로 사다마사인 만큼 한층 더 스네에몬의 안부가 마음에 걸렸다.

스네에몬이 무사히 이에야스에게 간다면 이에야스는 반드시 오다의 원군이 오는지 여부를 알려줄 것이다. 그 여부에 따라 구하치로 또한 나름대로 각오를 할 수 있다.

때맞춰 오지 않는다는 것이 확실하면 더 늦기 전에 이쪽에서 공격해 나가 용감하게 싸우다 죽을 것이며, 때맞춰 온다면 자중하여 조금이라도 더 버티면서 아군의 도착을 기다려야 한다.

'용케 포위를 뚫고 탈출했으면 좋겠는데.'

구하치로가 아침 햇빛 속에서 다키자와 강가의 절벽 근처까지 와서 적진을 바라보고 있을 때였다.

"성주님! 이것이 이 소나무 가지에 묶여 있었습니다."

"뭣이, 그것은 손수건이 아닌가."

"예. 스네에몬이 여기서 내려가 강물에 잠수한 것이 분명합니다."

"아, 무언가 씌어 있군. 신기한 일이야. 이 글은 스네에몬이 쓴 시로군."

아군의 파수병에게서 손수건을 받아들고 구하치로는 큰 소리로 읽었다.

주군의 생명을 대신할 이 목숨
어찌 아낄 것인가, 무사의 길이거늘

"허어!"

구하치로는 탄복했다.

"녀석은 말주변이 없어 하고 싶은 말도 못 하더니 손수건에 각오를 써서 남긴 모양이군."

"세상을 떠나면서 감개를 읊은 시일까요?"

"과연 스네에몬다워. 시는 그리 훌륭하진 않지만 나를 위해 목숨을 아끼지 않겠다고 썼어. 지금쯤 포로로 잡힌 건 아닌지 모르겠어."

이렇게 말하면서 이마에 손을 얹고 다시 전진을 내려다보았을 때였다.

강가에 무수히 피워놓은 모닥불 뒤의 망대 너머 스이란 산翠巒山 골짜기에서 한줄기 허연 연기가 꼬리를 끌며 하늘로 치솟았다.

봉화였다!

순간 구하치로 사다마사도 그만 가슴이 뭉클하여 말이 나오지 않았다.

'녀석, 드디어 물속으로 걸어갔구나. 걸어갔어!'

성안의 여기저기서도 연기를 확인하고 함성을 올렸다.

"아아, 주군! 봉화가 올라갔습니다. 스네에몬이 무사히 포위를 뚫고 간포 산에 도착했습니다. 그곳까지 가면 적의 손이 닿지 못합니다. 드디어 해냈습니다!"

뛸 듯이 기뻐하며 외치는 파수병을 구하치로는 부드럽게 나무랐다.

"떠들지 마라. 떠들면 적이 눈치 챈다. 조용히 해. 이제부터 스네에몬은 주군에게 가야 한다."

"위급을 고하면 원군이 올 겁니다, 그렇지 않습니까?"

"그렇다. 앞으로 며칠이면 식량이 바닥난다…… 이 사실을 아시면 주군은 우리를 그냥 두시지 않을 것이다."

이렇게 말하고 구하치로는 얼른 그 자리를 떴다.

스네에몬이 무사히 이에야스에게 갔다고 해도 오다 군이 도착하지 않으면 이 성의 안전은 기대할 수 없다는 점을 알고 있기에 사기를 고무하기 위해서이기는 하나 부하를 속인 자기 말이 불결하게 생각되었다.

'용서하라, 모두…… 이것이 싸움이란 것이다. 싸움이란 인내를 겨루는 일이다. 괴로운 거야. 용서하라.'

간포 산에 오른 봉화는 이러한 성안의 환호에 대답이라도 하듯 산보다 더 높이 치솟았다가 이윽고 서늘한 아침 바람을 받아 서서히 북쪽으로 사라져갔다.

그 봉화 밑에서 황소와 같은 스네에몬이 혼자 중얼거리는 소리가 구하치로에게는 들리는 것 같았다.

'성주님! 저는 한다면 반드시 하는 자입니다. 잘 보십시오. 이제부터 주군에게 달려가겠습니다!'

"말씀드립니다!"

그때 뒤에서 젊은이의 목소리가 들렸다.

"마님께서 직접 죽을 준비하셨습니다. 이만 안으로 들어가시지요."

마님이란 이에야스의 맏딸 가메히메를 말한다. 가메히메 역시 이 성에서 남편과 생사를 같이하기 위해 선두에 서서 모두를 격려하면서 부엌일을 돕고 있었다.

"알겠다. 곧 가겠다고 마님에게 일러라."

"예."

"간포 산에 봉화가 올랐다. 장인과 연락할 수 있게 되었다고 전하거라. 이렇게 말하면 알 수 있을 것이다."

"알겠습니다."

젊은이가 달려가자 구하치로 사다마사는 다시 한 번 간포 산을 바라보고 나서 천천히 본성의 안뜰을 향해 걸었다.

'과연 오다의 원군이 올 것인가.'

오카자키의 작전 회의

노부나가는 15일에 오카자키 성으로 들어가 이에야스의 마중을 받고 그날 밤은 본성의 넓은 방에서 묵었다.

그리고 이튿날은 아침부터 양군의 장수들을 불러 작전 회의를 열었다.

서기의 손으로 작성된 여러 장의 적군 배치도를 하나씩 앞에 놓고 각자가 진을 치게 될 지점을 정확히 결정했다. 어느 부대가 어떻게 움직이면 다른 부대는 어떻게 움직일지를…… 물론 실전은 탁상에서 예상한 대로는 되지 않는다. 그러나 도쿠가와 군과의 합동 작진이므로 아군끼리 서로 공격하지 않도록 충분히 협의해둘 필요가 있다.

노부나가는 우선 나가시노 서쪽 고쿠라쿠지 산極樂寺山에 진을 치고 이에야스는 그 북쪽 자우스 산茶磨山에 진출하기로 했다.

"18일 중으로 이대로 배치를 끝낸다. 그러고 나서."

노부나가의 이 '그러고 나서'라는 말에는 무한한 의미가 담겨 있다. 노부나가는 각자가 가져오게 한 각재와 밧줄로, 본진과 나가시노 성 사이에 있는 시타라가하라 들판에 '위대한 덫'을 놓아 다케다 군을 꼼짝 못하게 하려는 것이다.

그러나 이 덫에 대한 말은 아직 하지 않았다.

"그리고 나서 전투 태세를 갖추고 다케다 군에게 치명상을 가한다. 싸움이 시작되면 나는 다카마쓰 산高松山으로 본진을 옮길 테니 도쿠가와 님은 단조 산彈正山에 진출하도록 하시오. 그때 적이 누구를 선봉으로 내세울지는 알 수 없으나 십중팔구 승리는 우리의 것이 될 거요."

오다 군의 장수들은 말할 것도 없고 도쿠가와의 중신들도 일일이 지도에 표시를 하면서 기침 소리 한 번 내지 않는다.

결국 나가시노 성을 포위한 다케다 군을, 다시 그 바깥에서 에워싸고 서쪽에 진을 친 오다·도쿠가와 양군 쪽으로 유인하여 결전을 벌이자는 계획이었다.

따라서 적의 동쪽에 지리에 밝은 도쿠가와 쪽의 사카이 다다쓰구를 배치하기로 하고, 거기서부터 싸움을 시작하여 적을 시타라가하라 중앙으로 내몰자는 것이다.

"말하자면 사냥감을 모는 몰이꾼의 역할이군요."

다다쓰구의 말에 노부나가는 손을 저으면서 웃었다.

"그래. 고슈 군에는 신겐 시대부터 숨바꼭질 전술이라고 말하는 퇴각 방법이 있었지. 그 전술을 이용하여 철수하면 큰일이므로 동쪽으로 돌아갈 퇴각로는 없다고 위협하자는 말일세. 그러면 상대는 반드시 서쪽으로 돌아서서 이 노부나가와 도쿠가와 님의 본진을 공격하겠지. 도전한다면 더 바랄 것이 없어. 오직 승리만이 있을 뿐일세!"

작전 회의는 여섯 점 반(오전 7시)에 시작되어 아홉 점 반(오후 1시)까지 계속되었다. 그리고 각자 물에 만 밥을 먹고 물러가려 할 때 이에야스의 근시가 와서 그의 귀에 무어라 속삭였다.

"뭣이, 나가시노 성에서 사자가 급히 달려왔어?"

그 사자는 바로 도리이 스네에몬이었다. 스네에몬은 그로부터 이틀에 걸쳐 이에야스를 찾던 끝에 하마마쓰, 요시다, 오카자키 등을 거쳐 겨우 여기까지 왔던 것이다.

이에야스는 노부나가에게 양해를 구하고 자리를 떴다. 그리고 곧 돌아올 줄 알았는데 좀처럼 나타나지 않는다.

약 4반각(30분) 가량 지난 뒤에 돌아온 이에야스가 이번에는 노부나가의 귀에 속삭였다. 노부나가는 일일이 고개를 끄덕이며 듣고 있다가 말했다.

"좋아, 그럼 나도 만나겠네. 실제로 나는 여기 와 있으니 내 얼굴을 보면 그도 안심하겠지."

노부나가는 이렇게 말한 뒤 기다릴 필요 없이 먼저 식사하라고 부하에게 명하고 이에야스와 함께 스네에몬이 기다리는 이에야스의 거실로 향했다. 그리고 정원에 쭈그리고 앉아 이쪽을 쳐다보고 있는 스네에몬을 보자 사내는 저도 모르게 마루 끝으로 나왔다.

스네에몬은 농부 차림을 하고 있었다. 얼굴과 손발에는 온통 진흙이 말라붙어 있었는데, 그 눈은 생기를 잃고 쑥 들어가 있었다.

피로에 지친 정도가 아니다. 눈만 살이 있다는 느낌이었으나, 그 눈으로 잔뜩 노부나가를 노려보았다.

노부나가는 한눈에 상대가 얼마나 쓰라린 고초를 겪었는지 금세 알 수 있었다. 소박한 충정과 불굴의 의지가 스네에몬의 육체를 떠받치고 있다. 아마도 미카와 무사 중의 무사일 것이라는 생각을 하니 가슴이 뭉클했다.

"그대가 도리이 스네에몬인가?"

"예."

상대는 올빼미 같은 소리로 대답했다.

"어르신이 오다의 주군이십니까?"

"그래, 내가 노부나가야. 노부나가가 온 이상 나가시노 성의 장병은 반드시 구출할 것이다."

"예."

스네에몬의 눈에 별안간 그늘이 지는가 싶더니 곧 그 더러운 얼굴에 주르르 한줄기 눈물이 흘러내렸다.

미카와의 기질

"오다 님이 그대에게 묻고 싶은 일이 있으시단다. 아는 그대로 말씀드려라."

이에야스가 이렇게 말하자 스네에몬은 고개를 크게 끄덕였다. 스스로도 자기 눈물을 깨닫지 못할 정도로 노부나가의 도착을 기뻐하고 있음을 노부나가는 뼈저리게 느꼈다.

"식량은 앞으로 이틀분 정도 남았으니 18일까지는 걱정 없다고 했지?"

"예. 그러나 식량이 없어도 싸움을 중지할 수는 없다, 끝까지 버티겠다고 말씀하셨습니다."

"식량도 없이 어떻게 버틴다는 말이냐. 구하치로도 고집이 여간 아니로군."

"식량이 떨어져도 진흙이 있고 풀이 있습니다. 유사시에는 허벅지 살을 베어먹으면서도 싸울 겁니다. 성주님은 그런 분입니다."

"오오, 말 잘했다! 두 번 다시 얻기 어려운 대장을 어찌 이 노부나가가 그대로 두겠는가. 염려하지 말고 이제는 안심하거라."

"안심해도 되겠습니까?"

"이렇게 내가 여기 와 있지 않느냐."

그러자 스네에몬은 얼굴을 일그러뜨리고 비웃었다.

"여기 와 계시다고 해서 믿을 수는 없습니다. 노부나가라는 대장은 좀처럼 약속을 지키지 않는 분이라고 다카텐진 성 싸움 때부터 소문이 났습니다."

"하하하, 미안하게 됐다. 그러나 거기에는 이유가 있어."

"내막은 모릅니다. 그런 것으로는 요기가 되지 않으니까요."

노부나가는 저도 모르게 쓴웃음을 지었다. 순박하기는 하나 어리석지는 않다. 노부나가를 향해 이처럼 과감한 말을 할 수 있는 기백과 정직함이 마음에 들었다.

"좋아, 그렇다면 말해주지. 노부나가가 구하치로를 비롯하여 모두에게 고통을 준 것은 중요한 전략이었어."

"아니, 아군에게 고통을 주는 일이 전략이란 말씀입니까?"

"그래. 곧바로 구원하러 가면 다케다 군을 놓칠 우려가 있어. 그들이 고슈로 되돌아간다면 다시 나오기를 기다릴 수밖에 없는 거야."

"과연, 그렇기는 하지만."

"그러므로 구하치로와 그대들의 끈기를 믿고 오늘까지 일부러 나가지 않았어."

"허어……"

"그래서 적도 내가 오지 않는 줄 알고 느긋하게 오랫동안 진을 치고 있는 거야. 전투가 예상보다 길어져서 아까워서라도 이대로는 돌아가지 않으리라는 생각이 들기 마련이야. 이때 공격하는 것이 훌륭한 싸움이라는 말이다."

"그럴듯한 말씀입니다. 말씀을 듣고보니 납득이 되는군요. 예, 이제 알겠습니다. 그러시면 곧 저희를 구출해주시겠습니까?"

"내일 아침에 출발할 테니 모레면 시타라가하라에 도착할 수 있다. 걱정하지 마라."

"감사합니다. 그럼."

"이봐, 그 몸으로 어떻게 하겠다는 말이냐?"

"곧바로 돌아가 아군에게 그 뜻을 전하렵니다."

그러자 이에야스가 당황하며 입을 열었다.

"그것은 무리야. 그대는 나와 같이 여기 있으면 된다. 식사를 준비하라고 명했으니 먹고 오늘은 푹 쉬도록 하라."

스네에몬의 눈에서 다시 눈물이 흘렀다.

"고, 고, 고마우신 말씀이지만 그럴 수 없습니다."

"어째서냐, 내가 허락한다고 하지 않았느냐?"

"아니, 그럴 수 없습니다. 그렇게 하면 이 스네에몬은 무사의 체면이 서지 않습니다."

"그건 또 어째서냐?"

"이 스네에몬은 목숨이 아까워서 사자로 온 것이 아닙니다. 아군에게 도움이 되기 위해 목숨을 버리고 온 겁니다."

"그 점은 잘 알고 있다. 노부나가 님도 이처럼 감동하시고 그대를 칭찬하고 계시지 않느냐."

"그러기에 돌아가야 합니다. 돌아가서 생사를 같이하겠습니다. 그렇지 않으면 스네에몬 녀석은 농성의 고통을 이기지 못해 사자로 나갔다, 성에 남아 있으면 십중팔구는 죽었을 테지만 사자로 가면 반쯤은 살아남을 가능성이 있다고 계산한 뒤 사자가 되었다는 말을 들으면 변명할 여지가 없습니다. 고마우신 말씀이오나 이대로 돌아가겠습니다."

이 말을 듣는 동안 노부나가도 눈시울이 붉어졌다.

말은 몹시 서툴렀으나 그 마음은 얼마나 맑은지 모른다. 이런 사람이야말로 노부나가의 마음을 가장 깊이 흔들어놓는 존재였다.

"알겠다!"

노부나가는 외친 뒤에 말을 이었다.

"도쿠가와 님, 원하는 대로 내버려두게. 이 사람이야말로 무사! 참다운 무사란 그래야 하는 법이지. 스네에몬, 어서 돌아가 노부나가의 대군이 눈앞에 와 있다고 동료들에게 고하게."

"예, 감사합니다."

이렇게 말하고 스네에몬은 땅에 두 손을 짚고 나서 일어섰다.

"거기 누구 없느냐, 스네에몬에게 주먹밥을 들려주거라."

스네에몬은 이에야스의 목소리를 등 뒤로 들으면서 비틀거리는 걸음걸이로 사립문 쪽을 향해 걸어갔다.

주전론의 이면

    이튿날인 17일, 다케다 가문의 중신 아나야마 겐바노카미穴山玄蕃
頭(바이세쓰梅雪)는 이오 산醫王山에 있던 다케다 가쓰요리의 본진에
서 나와 다케다 쇼요켄의 오른편에 있는 자기 진지로 급히 말을 몰았
다.

    다케다 쪽 역시 오랫동안의 공격에도 불구하고 나가시노 성이 함
락되지 않아 초조해진 나머지 연일 회의를 거듭하고 있었다.

    여기서도 노부나가의 원군이 올 것인지 아닌지에 논의가 집중되었
고, 의견은 완전히 둘로 갈라졌다.

    "반드시 온다. 오지 않을 수 없다."

    "지금까지 오지 않은 것을 보면 그럴 이유가 있음이 틀림없다."

    만일 원군이 온다면 다케다 쪽에서는 일단 군대를 고슈甲州로 철수
시켜야 한다고 결론을 내릴 테고, 오지 않으리라는 전망이 보이면
"모처럼 지금까지 고생했으므로 여기서 나가시노 성을 함락시켜 이

에야스를 쳐부숴야 한다!"는 주전론이 우세해진다.

일단 철수해야 한다는 자중파自重派에는 아나야마 겐바노카미를 비롯하여 야마가타 사부로베에, 바바 미노노카미馬場美濃守와 나이토 슈리노스케 등의 중신이 있고, 주전론자로는 아토베 오이노스케 가쓰스케跡部大炊助勝資, 나가사카 조칸 등이 있었다. 이들 주전론자들은 혈기 넘치는 가쓰요리를 자기 쪽으로 끌어들여 결전을 강경하게 바라고 있었다.

그리고 어젯밤에 드디어 그 여부를 결정하는 회의가 가쓰요리의 본진에서 열렸다.

오다 군에 잠입시켰던 첩자인 아마리 신고로라는 자로부터 노부나가가 기후岐阜에서 떠났다는 보고가 들어왔기 때문에 이제는 노부나가의 원군이 오느냐 여부는 논쟁의 중심에서 사라졌다.

그런 의미에서는 자중파 중신들의 견해가 옳았다.

그러나 가쓰요리가 철수할 뜻을 전혀 비치지 않고 있을 때, 아토베 가쓰스케의 뜻하지 않은 비밀 정보로 "노부나가가 오더라도 싸워야 한다"는 강경론이 관철되었다.

아토베 가쓰스케는 철수를 주장하는 중신들 앞에서 가슴을 떡 펴고 말했다.

"다케다 가문은 선조이신 신라 사부로 요시미쓰 공 이후 선대의 신겐 공에 이르기까지 스무 대에 걸쳐 아직 한 번도 적을 보고 퇴각한 일이 없습니다. 그런데 지금에 이르러 한 번도 싸우지 않고 물러간다면 가쓰요리 공 때에 와서 다케다 가문의 무력이 쇠해졌다는 평을 듣게 될 겁니다."

그렇지 않아도 피가 끓어오르는 가쓰요리는 이 말에 몸을 앞으로 내밀고 동의했다.

"옳은 말이야. 노부나가가 온다는 소문만 듣고도 퇴각한다면 말도 안 돼."

이에 바바 미노노카미 노부후사는 당황하면서 절충안을 내놓았다.

"그렇다면 오다 · 도쿠가와 군과의 결전은 피하고 어떻게 해서라도 나가시노 성을 함락하여, 주군이 성에 들어가셔서 이번에는 우리가 농성하며 적이 장기전에 지치도록 꾀하는 것이 어떻겠습니까?"

그러나 이 의견도 받아들여지지 않았다.

이 작전은 적을 너무 두려워하는 처사라는 것이다.

"이제 와서 말씀드립니다마는, 실은 아마리 신고로를 통해 오다군이 결코 두려운 상대가 아니라는 증거가 저에게 들어와 있습니다."

아토베 가쓰스케는 품속에서 천천히 밀서 한 통을 꺼내 여러 사람 앞에 내놓았다.

"우리는 이시야마 혼간 사 공격 때 미처 시간에 대지 못하여 노부나가의 분노를 사서 많은 사람들 앞에서 심한 모욕을 당해 이미 참을 수 없게 되었다. 아무리 참는다 해도 언젠가는 파멸을 당할 것이므로 오다 가문을 떠나 명문으로 이름난 가쓰요리 공에게 귀순하려고 하니 추천을 부탁한다. 촌지를 곁들여 보내니 의향을 알고 싶다…… 고 되어 있습니다. 이것이 첫번째 서신인데, 이쪽에서 상대하지 않고 묵살했더니 이번에는 황금 열 장과 함께 이런 서신을 보내왔습니다."

"지난번 부탁에 대해 회답이 없는 이유는 이 사쿠마 우에몬 노부모리가 선물이 될 만한 아무런 공도 세우지 않았기 때문인 줄 알고 있다. 그러므로 이번 미카와 출병에서 귀하의 군사를 공격할 때 나는 노부나가의 후방에서 귀하의 군사와 호응하여 일거에 노부나가의 본진을 궤멸하고 노부나가의 목을 선물로 삼아 귀하의 진지로 달려갈 테니 그때는 조언하고 추천해주기 바란다…… 고 되어 있습니다. 물론 이번에는 잘 알았다는 답신을 보냈습니다. 사쿠마로 말하면 오다 가문에서는 중신 중에서도 중신입니다. 또 그 말에 거짓이 없다는 사실도 확인했습니다. 지난번 기후에서 노부모리가 노부나가에게 크게 모욕당했다는 것을 알았으므로 참고로 말씀드립니다."

이 말을 듣고 가쓰요리는 의기양양하여 무릎을 치고 그것으로 회의를 끝냈다.

"가쓰스케의 말이 모두 옳다! 미하타御旗와 다테나시循無도 굽어 보시니 우리는 오다 군과 시타라가하라에서 단번에 승부를 결정 지을 생각이다."

다케다 가문에서는 관례상 미하타와 다테나시 이야기가 나오면 아무도 이의를 제기하기 못했다. 미하타라는 것은 하치만타로 요시이에八幡太郎義家 때부터 전해 내려오는 겐지源氏의 흰 깃발이며, 다테나시는 신라 사부로 요시미쓰가 입던 갑옷을 말한다. 이 두 가지 가보 앞에서 맹세하면 결코 좋고 나쁨을 따지지 못한다는 것이 다케다 가문의 불문율이었다.

"그렇게 하기로 결정하셨다면 어쩔 수 없습니다. 우리 모두 주군 앞에서 전사할 각오로 싸우도록 합시다."

주군인 가쓰요리가 결정한 일이므로 중신들은 할 수 없이 동의하기는 했으나 표정은 밝지 않았다.

아니야마 겐바노카미는 '자칫하면 이것이 다케다 가문이 멸망하는 원인이 될지도 모른다'는 불길한 예감이 뇌리를 스쳤다. 그러므로 이오 산의 본진을 나와 자기 진지에 도착할 때까지 거의 한마디도 하지 않았다.

겐바노카미는 자기 진지 앞에 이르러 말에서 내려 고삐를 근시에게 건넸다.

"철저히 성을 살펴라. 오다 군이 미카와에 들어온 듯한데 적이 이 점을 깨닫게 해서는 안 된다. 깨닫지 못했다면 곧 항복할 때가 됐다. 성안에는 이제 쌀 한 톨도 남지 않았을 테니까."

이렇게 말하고 장막 안으로 들어가려 할 때였다.

겐바노카미의 말고삐를 받아든 가와하라 야로쿠로라는 무사가 엄한 목소리로 물었다.

"아니, 너는 못 보던 자인데 어디 사는 농부냐?"

겐바노카미도 걸음을 멈추고 돌아보았다. 그러자 어깨가 떡 벌어진 농부 하나가 대나무 묶음을 어깨에 메고 꾸벅 인사했다.

"예, 저는 아루미有海 마을의 농부로 시게베에라고 합니다."

그러나 이때 벌써 야로쿠로는 말고삐를 병졸에게 넘겨주고 농부의 멱살을 잡았다.

"수상한 자가 침투했다. 체포했으니 밧줄을 가져오너라."

이 말이 채 끝나기도 전에 무사 대여섯 명이 재빨리 그 농부에게 덤벼들었다.

"앗!"

겐바노카미는 저도 모르게 몸을 옆으로 피하며 소리 질렀다.

농부의 몸놀림이 그 얼마나 기민하단 말인가. 멱살을 잡았던 야로쿠로의 손을 재빨리 비틀고 빠져나오는가 싶더니, 다음 순간에는 덤벼드는 무사 둘을 공중에 날려버리고 겐바노카미에게 돌진했다.

손에는 예리한 단검을 들고 있다.

"괴한이다! 놓치지 마라."

"포위하라. 포위하여 사로잡아라."

무사들은 일제히 칼을 뽑거나 창을 겨누고 농부를 에워쌌다.

허를 찔렸던 야로쿠로가 어깨를 들먹거리면서 껄껄 웃었다.

"멍청한 놈아! 이런 일이 있을 줄 알고 우리 인부들에게는 모두 똑같은 감청색 각반을 두르게 했다. 네놈의 각반만 누런 색이 아니냐."

"아······."

농부는 발을 굴렀다.

"아뿔싸!"

"이미 늦었어. 자, 단념하고 순순히 밧줄을 받아라. 네놈의 눈을 보니 농부가 아니다. 싸움터에서 무수히 사람을 벤 자의 눈이다."

그러자 농부는 자신을 포위한 무사들을 휙 둘러보고는 느닷없이 땅에 털썩 주저앉았다.

"그렇다, 과연 나는 무사다."

"잘 각오했다. 단검을 버리고 순순히 밧줄에 묶여라."

"도리가 없군. 배가 고파서 아무 일도 못하겠어."

"대관절 어느 놈의 부하냐?"

"나 말이냐. 나는 오쿠다이라 구하치로 사다마사의 가신 도리이 스네에몬이다. 배만 고프지 않았다면 너희들에게 잡힐 내가 아니지만."

말하자마자 얼른 단검을 던지고 스스로 손을 뒤로 돌려 대담하게 눈을 감았다.

사로잡힌 스네에몬

아나야마 겐바노카미는 상대가 결박당하는 동안 시선을 떼지 않고 스네에몬을 바라보았다.

이미 해는 기울어져 아군의 진지도 강 건너에 있는 나가시노 성도 석양 속에 물들어 있다.

"너는 배가 고프다고 했지?"

"그래서 어쨌다는 말이냐."

"이름은 도리이 스네에몬, 오쿠다이라 구하치로의 부하라고 했어. 너는 어떻게 그 엄중한 경계망을 뚫고 성에서 나왔느냐?"

겐바노카미가 이렇게 묻자 스네에몬은 석양이 이마에 비춰 악귀를 연상케 하는 얼굴로 웃었다.

"나는 성에서 나온 것이 아니라, 성에 돌아가려다 잡힌 것이다."

"뭣이, 성에 돌아가려다가?"

"그렇다. 성에서 나온 것은 오래 전의 일. 성에서 나오지 못하게 하려면 강바닥까지 그물을 쳤어야지."

겐바노카미는 저도 모르게 쓴웃음을 지으며 말했다.

"그래, 돌아가려 했다는 말이지. 그러나 앞으로 하루 이틀이면 함락될 성에 무엇 때문에 돌아가려 했느냐?"

"흐흐흐……"

"무엇이 우스우냐. 체포된 이상 순순히 대답하는 편이 신상에 좋다고 생각지 않느냐?"

"당신은 아나야마라는 대장이겠지?"

"그렇다, 아나야마 바이세쓰다."

"아나야마 정도나 되는 대장이 하루 이틀에 함락될 성인지 아닌지도 모르다니 어이가 없군. 이 성은 함락되지 않아. 그러기 전에 오다와 도쿠가와의 대군이 오기로 되어 있어."

아나야마 겐바노카미는 섬뜩했다.

"바로 너였구나, 15일 아침 간포 산에 수상한 봉화를 올린 사람이."

"하하하, 그때가 성에서 탈출한 때라는 것을 이제야 안 모양이군."

"그럼, 너는 원군을 청하러 다녀오는 길이란 말이냐?"

"비슷하기는 하나 약간 달라. 원군을 청하러 간 것이 아니라 원군이 어디까지 왔는지 알아보러 갔어."

"으음."

"알고 싶을 테지, 대장. 나는 오다 님도 만났고 우리 영주님도 만났어. 오늘은 이미 양쪽 대군이 진격해 오고 있어. 그러니 이 성이 함락될 리가 없어."

그 말을 듣자 아나야마 겐바노카미는 몸을 떨면서 소리 질렀다.

"야로쿠로, 다시 한 번 이오 산의 본진으로 돌아가겠다. 물론 이놈을 끌고 말이다. 어서 이놈을 말에 태워라."

"알겠습니다."

이리하여 스네에몬은 아시가루의 손으로 안장도 없는 말에 태워져 겐바노카미를 따라 가쓰요리의 본진으로 끌려갔다. 스네에몬은 전혀 겁먹은 기색도 없이 모든 감정으로부터 초탈한 태연함 그 자체의 표정으로 말을 타고 있다.

'드디어 잡히고 말았구나.'

이런 감회조차 없는 모양이다. 해야 할 일은 다 한 것이다. 그리고 도중에 식사를 할 수 있는 방법이 몇 차례나 있었는데도, '성안에서는 모두 굶고 있을 텐데……' 하는 생각이 들어 자기 혼자 민가에 들어가 포식한다면 미안하다는 생각 때문에 공복인 채로 지금까지 버틴 스네에몬이었다.

뜻대로 된다면 여기서 대나무 묶음을 메고 강가에 나가 밤이 되기를 기다렸다가 다시 강 밑바닥을 걸어 돌아갈 생각이었으나, 붙잡혔다고 해서 별로 크게 놀라지는 않았다.

'임무는 완수했다. 이제 원군이 오게 된 것이다.'

그러한 안도감이 이 고지식한 사나이를 보통 사람이라면 도달하지 못할 깨달음의 길로 인도했다.

가쓰요리는 스네에몬을 본진으로 끌고와서 직접 문초했다.

스네에몬으로서는 이미 아무것도 숨길 필요가 없었다. 그는 나쁜 장난을 하다 들킨 어린아이만큼도 겁을 먹지 않고 담담하게 대답했다.

"당당한 놈이로군. 도리이 스네에몬이라고 했지?"

"그렇소."

"도리이 모토타다와는 같은 핏줄이냐?"

"먼 조상은 알 수 없으나 지금의 모토타다 님과는 관련이 없는 도리이요."

"이런 삼엄한 포위를 뚫고 와서 임무를 완수하고 더구나 성에 돌아가 다른 자들과 생사를 같이하겠다는 그 마음만은 갸륵하다."

"대장님."

"왜?"

"나는 적으로부터 칭찬을 받는다고 해서 좋아할 사람이 아니오. 칭찬을 해서 대장님 편으로 끌어들이려 했다면 헛수고일 뿐이오. 어서 죽이는 편이 양쪽을 위해 모두 좋을 것 같소."

"참으로 대담한 놈이군. 좋아, 너를 겐바노카미에게 맡기겠다. 그와 잘 이야기해보거라."

그리하여 스네에몬은 다시 겐바노카미에게 맡겨져, 이번에는 성과 가장 가까운 강가의 작은 언덕으로 끌려갔다.

아직 해는 완전히 지지 않아 여기저기의 산들만이 거뭇거뭇해졌을 뿐 강가의 돌에는 아직 햇빛이 비추고 있다.

'옳지, 아군이 잘 보이는 강가에서 죽일 모양이군.'

스네에몬은 이렇게 생각했다. 그렇다면 자기로서는 더욱 다행한 일이다.

'도망치거나 숨은 것이 아니라, 돌아오다가 잡혀 죽었다는 사실을 알게 될 테니까.'

끌려오는 동안 건너편 기슭에서 사람들이 움직이는 모습을 어렴풋이 바라보았다.

성안에서도 이미 스네에몬의 모습을 발견한 모양이다.

물론 스네에몬의 얼굴까지는 확인하지 못했겠지만, 그러나 뒤로 손이 묶인 채 안장도 없는 말에 태워져 끌려왔다는 자신의 상황이 알려지는 것만으로도 스네에몬으로서는 큰 만족이었다.

"됐다, 여기가 좋겠다."

겐바노카미도 성안의 시선이 이쪽으로 집중되었다는 점을 알고 말에서 내렸다.

"스네에몬, 여기서 너를 처형하겠다."

"경치가 좋으니 기분이 나쁘지 않군."

"스네에몬."

"왜 그러나, 대장?"

"혹시 남길 말이라도 있느냐?"

"아무것도 없다. 붙잡히면 처형된다는 것쯤은 처음부터 알고 있었으니까."

"가쓰요리 공은 너를 아깝게 여기고 계신다."

"가쓰요리만 그런 것은 아니야. 우리 대장 구하치로 님도 아까워하실 거야."

"재미있는 말을 하는군. 나도 사실 너를 죽이고 싶지 않다. 그러나 군율을 어길 수는 없다. 지금부터 시가지에 매달아 처형하겠다."

"마음대로 하라. 어차피 목이 베이느냐 찔려 죽느냐의 차이일 뿐, 갈 곳이 황천인 것은 마찬가지니까."

"말 잘했다. 여봐라, 스네에몬을 십자가에 매달아라!"

말하고 나서 겐바노카미도 그만 눈이 휘둥그레졌다. 십자가라는 것은 알고 있었으나 그 길이가 이렇게 길 줄이야…… 길이가 3간間은 될 듯한 4각 기둥 위의 횡목橫木이 까마득하게 보인다.

십자가에 묶였을 때 다시 겐바노카미가 말했다.

"스네에몬."

"왜?"

"나는 네가 아깝다."

"그럴지도 모르지."

"어떠냐, 여기서 성안에 있는 군사 오백 명의 목숨을 구할 생각은 없느냐?"

"무슨 소리를 하는 거야. 성병城兵의 목숨은 이미 구한 것이나 다름없다."

"그렇지 않아. 네 마음 하나로 구할 수도 있고 전멸시킬 수도 있다. 왜냐하면 이미 아군은 원군이 오더라도 이 성에는 접근하지 않고 성을 깡그리 불태우기로 결정했으니까."

"하하하, 그렇게는 되지 않는다. 그럴 수 있다면 벌써 불태웠을 테니까 말이다."

"스네에몬!"

"왜 그래, 그런 겁먹은 소리로?"

"내일 아침 일찍 성을 공격하기로 결정했다."

"으음."

"원군이 도착하기 전에 말이다. 너는 알 수 있을 테지. 그러므로 십자가 위에서 고하거라, 원군은 오지 않는다는 말 한마디만으로 충분하다. 그러면 우리도 너와 같은 용사를 죽이지 않아도 된다."

"허어!"

스네에몬은 십자가에 묶인 채 다시 한 번 눈이 휘둥그레졌다.

아나야마 겐바노카미는 진지했다.

"내 본심을 말하겠다, 스네에몬. 나는 네가 여간 아깝지 않아. 동시에 너의 주인 오쿠다이라 구하치로도 아까워. 그 젊은 나이로 지금까지 훌륭하게 버텼어. 그런 용장을 잃는다면 아까운 일이야. 네가 원군은 오지 않는다, 라고만 말하면 나는 내일 아침의 총공격을 중지하겠다. 그리고 새로 성을 열게 할 방법을 강구하겠다. 어떠냐, 너를 위해서만 하는 말이 아니다. 네 주인 오쿠다이라 구하치로와 그 가신 오백 명의 생명과 관계되는 일이다."

순간 스네에몬은 조용해졌다. 분명히 무언가를 생각하고 있다. 겐바노카미는 이때라 여기고 다짐을 했다.

"오쿠다이라 구하치로 사다마사는 살아 있기만 하면 반드시 크게 성공할 대장이야. 그 대장을 아낄 생각이 없느냐?"

"으음."

스네에몬은 한숨을 크게 쉬었다.

"주군의, 주군의 생명은 나도 아깝소."

"그래, 네 결단 하나에 달려 있다."

"좋아, 하겠소. 나를 일으켜주시오."

"말하겠느냐, 스네에몬?"

"내가 졌소. 말하겠소."

"좋아, 십자가를 일으켜 세워라."

벌써 그때 성안의 구경꾼은 점점 더 불어나 건너편 기슭을 가득 메웠다. 이들 중에는 무어라고 열심히 외치며 손을 흔드는 사람도 있었다. 어쩌면 그 소리가 강가에서 좀 떨어진 곳에서는 도리어 잘 들릴지도 모른다.

"자, 일으켜 세웠다. 스네에몬, 큰 소리로 외쳐라."

"알겠소."

강바람이 강하여 땀으로 더러워진 스네에몬의 머리카락이 낡은 걸레처럼 뺨을 때리면서 나부꼈다.

"아군 여러분! 도리이 스네에몬이오."

스네에몬이 십자가 위에서 소리쳤다.

"결코 항복하지 마시오. 오만의 원군이 오고 있소. 내일이면 싸움 터에 도착할 것이오. 절대로 적에게 속지 마시오!"

"앗!"

겐바노카미가 외쳤다.

"내려놓아라! 이놈이 나를 속였다."

"아군 여러분! 가도는 오다 군으로 가득 메워져 있소. 하루나 이틀 만 더 참으시오."

이것은 그야말로 막 기울어져 가는 석양 속에서 외치는, 귀신을 연 상시키는 부르짖음이었다.

"와아!"

건너편 기슭에서 환호성이 올랐다.

그 소리를 들으면서 스네에몬은 다시 한 번 외쳤다.

"여러분, 힘을 내시오!"

번개같이 창이 휘둘러졌다. 두 번, 세 번 계속해서 스네에몬의 옆 구리에 창이 찔리고 여기서 쏟아져 나온 피가 뱀처럼 흰 기둥을 타고 흘러내렸다.

"이놈, 감히 우리를 속이다니!"

"왓핫핫하, 이것이 미카와…… 이것이 미카와 무사의 기질……"

스네에몬은 만족한 듯이 무언가 말하려 했다. 그러나 이미 소리는 나오지 않고 잇따라 찌르는 창으로 인해 저린 듯한 아픔만이 의식에 남았다.

"왓핫핫하……"

스네에몬은 다시 한 번 웃었다. 이미 죽음이 모든 것을 잿빛 손에 움켜쥐려 하고 있다. 오직 눈만이 크게 떠져 번쩍번쩍 석양을 반사하 며 살아 있었다.

결전 전야

스네에몬의 죽음으로 나가시노 성안의 사기가 대번에 드높아졌다.

"원군이 가까이 왔다고 했어."

"늦어도 내일이면 도착한다고 하더군. 스네에몬의 죽음을 헛되이 하면 안 돼."

"그래, 진흙을 파먹고라도 견뎌야 해. 그렇지 않으면 영원히 스네에몬의 조롱을 받게 될 거야."

"스네에몬만이 미카와 무사는 아니야. 우리 몸속에도 똑같은 피가 흐르고 있어."

"옳은 말이야. 허리띠를 졸라매고 망을 보러 가세. 적을 한 발짝도 성안에 들여놓으면 안 되니까."

한편 스네에몬의 죽음은 다케다 쪽에도 큰 충격을 주었다.

노부나가의 원군이 올지도 모른다는 생각은 하고 있었으나, 그들이 이미 스네에몬의 뒤를 쫓기라도 하듯이 싸움터에 가까이 왔다는 사실이 전군에 알려졌던 것이다.

그렇다면 이 작은 성 하나에 총공격을 가하고 있다가 만약 배후를 찔리기라도 한다면 그야말로 돌이킬 수 없는 후회를 남기게 된다.

문제는 즉시 산개散開하여 적을 맞아 싸울 준비를 하느냐, 아니면 군사를 거두어 고슈로 철수하느냐 하는 두 가지 중의 하나이다.

그러나 이 문제에 대해서는 이미 가쓰요리가 단안을 내렸다.

따라서 나가시노 성에 대한 총공격은 일단 보류하고 시급히 오다·도쿠가와 연합군을 맞아 싸울 준비를 하지 않으면 안 된다.

이렇게 되면 아토베 가쓰스케에게 전해진 사쿠마 우에몬 노부모리의 밀서가 큰 의미를 지니게 된다.

"염려할 것 없어. 일단 싸움이 벌어지면 노부모리가 내응하여 노부나가의 본진을 습격하기로 했어. 잘만 하면 노부나가의 목을 베고 합류하게 될지도 몰라."

"아니, 이런 상황에서는 별로 기대할 일이 못 돼. 비록 그 마음이 노부모리의 진심이라 해도 적에게 빈틈이 없으면 성공하기 어려워. 그보다는 적의 진용을 잘 파악하여 어떤 경우에도 대응할 수 있는 아군의 포진이 중요해."

"그야 물론 당연한 일이지. 그러나 노부모리가 노부나가의 배후에서 내응하기 쉽도록 해야 한다는 말일세."

"옳은 말이야. 포진은 어디까지나 신중하게 해야 돼. 그리고 때가 되면 대응하기 쉽도록 작용한다, 이것으로 충분한 거야."

그날 밤 장수들은 다시 이오 산에 있는 가쓰요리의 본진에서 사방으로 내보낸 척후들의 보고를 기다리고 있었다.

곧 척후들이 잇따라 돌아와 전해준 보고를 종합한 결과, 사태는 그들이 생각한 것 이상으로 절박하다는 사실을 깨달았다.

스네에몬의 말대로 이에야스와 노부나가의 연합군은 이미 오카자키를 출발하여 우시쿠보牛久保를 지나 그 선두가 시타라가하라로 향하고 있다.

아마도 18일 정오까지는 주력이 완전히 싸움터에 도착할 것이 분명하다.

"어디에 본진을 둘 것인가 하는 점까지는 아직 확실히 알 수 없습니다. 그러나 여기서 서쪽에 있는 고쿠라쿠지 산極樂寺山, 자우스 산茶磨山 등에 선발대가 들어간 모양이므로 틀림없이 그 부근이 본진이 될 것이라 여겨집니다."

"알겠다. 고쿠라쿠지 산에서 자우스 산 일대라면…… 적도 우리의 기마전을 몹시 경계하고 있는 모양이군."

"경계할 수밖에 없습니다. 산악 지대에서 펼치는 다케다 군의 기마전은 전국적으로 용맹을 떨치고 있으니까요. 더구나 척후들의 보고를 종합해보면 적은 거의가 보병인 듯합니다. 말발굽에 짓밟히면 한 놈도 살아남지 못할 겁니다."

가쓰요리는 만족스러운 표정이었다.

이 산악 지대에 보병을 거느리고 오는 노부나가의 어리석음이 가쓰요리로서는 가소로웠던 것이다.

"역시 노부나가는 가와치, 오와리 등 평지에서 주로 싸웠기 때문에 산악전을 모르는 모양이야. 좋아, 적이 고쿠라쿠지 산에 올라가거든 즉시 이를 포위하는 형태로 포진하라."

출진해오는 노부나가도 자신만만했으나 가쓰요리 또한 야심과 투지의 귀신이었다. 여기서 운 좋게 오다·도쿠가와의 연합군을 무찌를 수 있다면 그야말로 다케다 군은 단숨에 미노에서 오미까지 밀고 나갈 수 있는 것이다.

'돌아가신 주군이 품었던 상경의 꿈을 이룰 수 있는 절호의 기회.'

중신들은 아직 가쓰요리를 아버지처럼 믿고 있지는 않다. 어느 정도인가 하면 말끝마다 신겐의 이름을 내세우며 공세를 수세로 바꾸려고 견제한다. 이것이 가쓰요리에게는 여간 불만이 아니었다.

'나라고 아버지만 못할 줄 아느냐. 어디 두고보아라, 이 가쓰요리의 작전을!'

이리하여 마침내 18일, 시타라가하라는 이슬이 많이 내린 아침을 맞이했다.

방책의 비계秘計

오다 · 도쿠가와 연합군은 다케다 군의 추측대로 18일 정오에 도착했다. 노부나가는 곧바로 고쿠라쿠지 산에 본진을 두고 이에야스는 그 북쪽 자우스 산에 임시로 진을 친 뒤 작전 회의를 열기로 했다.

이에야스는 사카키바라 고헤이타 야스마사와 도리이 히코에몬 모토타다를 데리고 자우스 산을 나와 서쪽으로 기울어진 햇살을 받아가며 고쿠라쿠지 산에 있는 노부나가의 본진으로 향했다.

여기서 나가시노 성까지는 약 십 리(4킬로미터).

도중에 말 머리를 단조 산彈正山으로 돌리고 바라보니 발 아래의 쓰레코 강連子川 너머로 나가시노 성의 지붕이 보인다.

싸움에 익숙한 이에야스의 눈에는 성안에서 고전하는 일은 그렇다 쳐도 그 주위에 감도는 활력으로 보아 아직 성이 함락될 분위기가 아니었다.

'때가 늦지는 않았다. 문제는 이제부터인데……'

성을 둘러싼 깊은 녹음 속에 점점이 드러난 다케다 군의 기치를 바라보면서 그 포진을 직접 그려 갑옷의 품속에 넣고 노부나가의 본진으로 들어갔다.

"주군!"

이에야스가 급조된 첫번째 책문으로 들어서자 도리이 모토타다가 이에야스의 소매를 힘껏 잡아당겼다.

"오늘은 오다 님에게 강경한 태도를 보이십시오."

이에야스는 빙긋이 웃기만 할 뿐이었다.

아마도 도쿠가와 가문에서는 중신들까지도 노부나가가 교활하여 좀처럼 원군을 보내려 하지 않았다고 판단하는 모양이다.

'그렇지는 않은데도……'

타이르고 싶었지만 과묵한 이에야스는 그렇게 하지 않았다.

이제부터 열릴 작전 회의에서 모두 판가름이 날 것이다.

'오다 님은 어떠한 비책을 가지고 나왔을까?'

노부나가는 장막 안에서 진홍색 융단을 깔고 그 위에 커다란 그림 지도를 펼친 채 이에야스를 기다리고 있었다.

이에야스는 가볍게 인사를 하고서 노부나가의 맞은편 의자에 앉았다.

"어떻게 생각하나, 우리가 이겼다고 보는데?"

"그렇습니다."

이에야스는 모토타다와 야스마사를 돌아보고 진지하게 대답했다.

"싸우기로 결정하면 아군의 승리가 틀림없습니다."

"알 수 있겠나, 이 노부나가의 작전을?"

"예. 모두에게 재목과 밧줄을 가지고 오도록 하셨다…… 처음에는 그 모습을 보고 깜짝 놀랐으나 이제는 겨우 납득이 되었습니다."

"도쿠가와 님."

"예."

"참고로 말해두겠는데, 가쓰요리는 자네에게 잊을 수 없는 숙적이니 지금 이 자리에서 숨통을 끊고 싶겠지?"

"사실입니다."

"그러나 너무 서두르면 안 돼."

"예?"

"세상에 둘도 없는 성급한 자라 일컫는 노부나가가 자네에게 말하는 것일세. 이 일전으로 적을 궤멸하겠다고 생각하면 작전에 무리가 따르기 마련이네. 자네도 그렇고 내 사위인 사부로도 말일세, 승세를 몰아 너무 깊이 들어가면 안 돼."

"으음."

"이긴다! 반드시 이기고야 만다는 마음이 커서 너무 깊이 들어갔다가 궁지에 몰린 쥐에게 물려 혹시 자네나 사부로가 전사라도 하는 경우에는 이 싸움은 이기고도 지는 것일세. 그 점을 깊이 명심하고 싸우기 바라네. 자네나 사부로가 전사한다면 이 노부나가가 일부러 기후에서 온 의미가 없어. 알겠지?"

다짐을 하는 바람에 이에야스는 다시 중신들을 돌아보았다.

에이잔에서도 나가시마에서도 벼락이 한꺼번에 떨어지는 기세로 적을 쳐부순 맹장 노부나가가 여기서는 이에야스 부자의 신변을 크게 걱정하며 자비로운 아버지처럼 주의를 주는 것이다.

그만 이에야스의 눈시울이 뜨거워지기 시작했다.

"충고의 말씀, 깊이 명심하겠습니다."

"이해하는군, 그렇다면 좋아. 여기서 자네는 불상佛像이라도 된 기분으로 이 노부나가의 작전을 보고 있기만 하면 되네. 자, 이 그림

지도를 보게. 쓰레코 강을 따라 점점이 붉은 표시가 되어 있네."

"그렇군요."

"이것이 무슨 표시인지 알겠나?"

"수없이 많이 가져온 재목을 이용하여 남북으로 길게 방책을 치려고 하심이 아닌가 합니다."

"과연 도쿠가와 님이라 다르군. 핫핫하, 잘 보았네. 바로 그것일세. 여기 이 쓰레코 다리에서 단조 산까지 길게 이중 삼중으로 방책을 쳐놓으면 가쓰요리는 배를 끌어안고 웃을 테지. 노부나가는 여간 겁쟁이가 아니로군, 다케다 군의 공격이 두려워 이처럼 보기 흉하게 거창한 방책을 치다니 하면서."

이에야스는 빙긋이 웃었다.

"하하하하. 어떤가, 우리가 이긴 것이나 다름없지 않나?"

"그러나……"

이에야스는 어디까지나 신중했다.

"아군은 쌍방을 합쳐 2만 8천 명인 데다, 아직도 충분히 대비할 수 있는 여지가 있습니다."

"으음."

"제 가신 중에 사카이 다다쓰구라는 역전의 용사가 있는데, 그를 불러 상대가 반드시 이 방책으로 쳐들어오게끔 하는 편이 좋겠습니다."

노부나가가 무릎을 쳤다.

"좋아, 다다쓰구를 부르게."

"예. 그리고 이 방책 전방에 제 가신인 오쿠보 형제를 선봉에 내세워 미끼로 삼을 생각입니다. 그렇지 않으면 오다 군에게 지나치게 의존하는 것 같아 마음이 편치 않습니다."

노부나가는 이 말에 대해서도 웃으면서 고개를 끄덕였다.

"확실히 하나의 급소라 할 수 있겠군. 오쿠보 형제라면 다다요와 다다스케忠佐를 말하는 것이겠지?"

"그렇습니다. 이들 형제에게 선봉을 맡도록 명해주십시오. 그러면 반드시 앞으로의 싸움이 유리하게 전개될 겁니다."

"하하하, 알겠네. 그럼, 오쿠보 형제가 고전할 경우에는 이 북쪽에서 나의 가신인 시바타, 니와, 하시바 장수 들에게 방책 밖으로 공격해 나가 구원할 수 있도록 조치하겠네. 이 노부나가의 전략에 자네의 신중함이 더해지면 그야말로 금상첨화일 걸세."

이때 부르러 보냈던 사카이 다다쓰구가 왔다.

다다쓰구는 몹시 못마땅한 표정이었다. 왜냐하면 그는 자우스 산에 도착하는 즉시 이에야스에게 한 가지 작전을 건의했다가 여러 사람 앞에서 질책을 받았기 때문이다.

다다쓰구의 작전이란 다른 것이 아니다.

상대가 드디어 아루미 들판으로 나와 싸우려는 것을 안 이상, 그 전날 밤에 적의 다케다 효고노스케 노부자네가 진을 치고 있는 나가시노 성 북쪽 도비노스 산鳶の巣山의 성채를 야습하여 점령하자는 계획이었다.

그러면 적은 퇴로가 차단되므로 고슈로의 철수를 단념하고 어쩔 수 없이 서쪽으로 진격할 테니, 연합군이 이때 적을 철지히 궤멸하자는 생각이었다.

이에야스는 이것을 꾸짖었다.

"퇴로가 차단되면 적은 필사적으로 저항할 텐데, 그 전략은 아군의 손상을 가중할 뿐 도움이 되지 않는다."

이러한 다다쓰구가 새삼스럽게 이에야스와 노부나가 앞에 불려왔으므로 표정이 어두울 수밖에 없었다.

"다다쓰구."

이에야스가 말했다.

"그대가 오늘 아침에 말한 작전을 오다 님에게 말씀드려라."

"그러나 이 작전은 어리석은 일이라고 주군이 심히 꾸짖지 않으셨니까?"

"다다쓰구!"

"예."

"야습에 대한 계획은 남이 듣는 자리에서 말하는 것이 아니야. 꾸짖은 이유는 어리석은 책략이기 때문이 아니었어. 만에 하나라도 누설될 경우에는 그대들이 허를 찔려 전멸할 것을 염려하여 꾸짖었던 걸세."

그 말을 듣고 노부나가는 몸을 앞으로 내밀었다.

"좋아, 다다쓰구. 그대는 대관절 어디를 야습하자고 건의했었나?"

"결전하는 날 새벽에 도비노스 산의 성채를 점령할 수 있도록 그 전날 밤부터 행동하자고 말씀드렸습니다."

"바로 그거야!"

"예? 무슨 말씀이십니까?"

"이 노부나가의 생각과 완전히 일치했어! 도비노스 산을 점령하면 적은 반드시 이 노부나가가 쳐놓은 덫에 걸려든다. 다다쓰구, 참으로 묘안이다! 좋아, 그대에게 철포 오백 자루를 빌려주겠다. 그리고 나는 적이 그대의 움직임을 깨닫지 못하도록 방책의 병력을 늘려 적의 시선을 이쪽으로 집중시키겠어. 묘안이야, 차질이 없도록 하게!"

"예."

"이것으로 결정됐어. 이겼어! 이봐라, 가치구리勝栗를 곁들여 술상을 가져오너라. 다다쓰구! 우선 그대에게 잔을 건네겠다."

장막 안은 대번에 웃음과 활기가 넘쳐흘렀다.

이미 해는 서산으로 기울고, 심야의 시타라가하라에는 밥 짓는 연기가 천천히 저녁 하늘에 피어올랐다.

5월 21일

쓰레코 강 서쪽 기슭에 기묘한 방책이 설치되기 시작한 것은 그 이튿날부터였다.

"대관절 저것은 무엇일까?"

"기마대의 습격이 두려워서 설치하는 게 아닐까? 그러나저러나 여간 조심스럽지가 않군."

"아니, 저것은 조심성을 넘어 겁을 먹은 거야. 아마 고슈 군의 기마 무사가 노부나가의 꿈에 나타나기라도 한 모양이지. 저렇게나마 하지 않으면 잠이 안 오는지도 몰라."

"그러니까 산에 들어오면 노부나가도 맹장이기는커녕 토끼로군."

"결전의 날에는 볼 만하겠어."

동원된 인부들까지 이런 말을 나눌 정도로 그 기묘한 방책은 엄중하게 만들어졌다.

첫째 줄에는 군데군데 입구가 마련되고, 그 입구를 막듯이 둘째 줄

260

이 만들어졌으며, 또 그 입구를 막듯이 셋째 줄이 만들어졌다.

그것은 분명히 토끼나 멧돼지를 몰아넣기에 적합한 장치처럼 보였다.

그런데 20일 오후가 되자 이 일에 더 많은 인원을 투입하여 구령 소리와 함께 쓰레코 다리에서 단조 산까지 방책을 쳐서 적과 아군을 완전히 차단시켰다.

"대관절 노부나가는 무슨 생각을 하는 걸까?"

"여기까지 나와서 방책을 치는 모습을 보니 공격할 생각이 없는 것 같아. 이런 상황에서 장기전에 대비한다는 것 자체가 이상해. 혹시 이에야스에 대한 의리 때문에 마지못해 원군을 데려 오기는 했지만 싸울 생각이 없는 건지도 몰라."

"싸울 생각이 없다면 어떻게 하려는 걸까?"

"고슈 군이 싸움을 피하고 철수하기만을 기다리는지도 모르지."

"으음, 그렇게 생각하면 이치에 닿는군. 그런데 노부나가의 원군이 이정도라면 믿을 것이 못 돼. 이미 성안에는 쌀이 한 톨도 없을 텐데."

고슈 군까지도 고개를 갸웃거리며 이 기묘한 방책 전면에 군사를 출동시켰을 때, 사카이 다다쓰구의 일대는 은밀히 남동쪽에서 행동을 개시했다.

해가 졌을 때에도 방책을 치는 곳에서는 수많은 모닥불을 피우고 여전히 주의를 끌고 있었다.

그리하여 드디어 예로부터 내려오는 일본의 전술을 변화시킨 이른바 나가시노 전투는 이튿날 새벽에 그 막을 올렸다.

고슈 군도 20일 중에 쓰레코 강 동쪽 기슭으로 나와 포진을 완료했다.

고슈 군쪽에서 보면 오다·도쿠가와 연합군이 진지를 완전히 구축하기 전에 먼저 공격하려는 계획은 자연스러운 일이었고, 방책을 만드는 것을 보니 상대는 아직 공격할 낌새가 없었다.

그래서 하루 이틀 안에 총공격을 감행할 생각이었다.

제1진은 야마가타 사부로베에가 거느린 붉은 갑옷의 2천 기騎, 제2진은 다케다 쇼요켄과 나이토 슈리가 거느린 군사 3천 2백 명, 제3진은 오바타 노부사다가 거느린 붉은 갑옷의 군사 이천 명 그리고 제4진은 다케다 사마노스케 노부토요가 거느린 검은 갑옷의 2천 5백 명이 포진해 있었다.

마지막으로 제5진은 바바 노부후사와 사나다 형제가 거느린 군사 2천 3백 명이 포진했다.

스스로 선두에 나가 싸우겠다는 고집을 꺾지 않았던 가쓰요리는 가신들의 만류에 못 이겨 그대로 이오 산의 본진에 머물렀다.

바바 노부후사와 야마가타 사부로베에가 만일의 경우를 위해 가쓰요리를 억지로 일선에 서지 못하게 했던 것이다.

덴쇼 3년(1575) 5월 21일.

이날은 새벽부터 남동풍이 불어 밝아오는 하늘에는 무섭게 구름이 움직이고 있었다.

다케다 군의 야마가타 사부로베에는 아침 일찍 일어나 아군의 진지를 둘러보려고 막사를 나왔다. 다케다 군에서 야마가타와 바바 두 사람은 중신 중의 중신이며 군사軍師 중의 군사였다.

어떤 계기로 싸움이 시작될지 모른다고 생각하며 쓰레코 다리 쪽으로 말을 몰다가 저도 모르게 말고삐를 당겼다.

"아니?"

그 거창한 방책 이쪽에서 아직 안개가 낀 가운데 사람이 움직이는 모습이 보였다.

"저런 곳에 아군이 나갔을 리는 없는데?"

이렇게 중얼거렸을 때 후방의 도비노스 산에서 우레와 같은 총성이 들렸다.

탕탕, 탕탕탕!

다섯 자루나 열 자루가 쏘는 총포가 아니다. 이런 생각을 하며 돌아보는 순간 방책 앞에 나와 있던 도쿠가와 군의 선봉 오쿠보 형제가 함성을 지르는 것이 아닌가!

사부로베에는 정신없이 말 머리를 돌렸다.

도비노스 산이 습격당하고 있다. 그렇다면 이것은 퇴로가 차단되었다는 의미이고, 전면의 함성은 적이 싸움을 걸어왔다는 증거이다.

"적이다. 적이 공격해왔다. 소라고둥을 불어라, 어서!"

그 소리와 함께 다시 탕탕탕, 하고 천지를 뒤흔드는 도비노스 산의 총성이 들렸다.

이어서 등 뒤에서 허둥지둥 보고하는 소리가 들렸다.

"아룁니다. 효고노스케 노부자네 님의 도비노스 산 성채가 새벽에 적의 손에 함락되었습니다."

"뭣이! 상대는 누구냐? 누가 우회해 왔느냐?"

다그쳐 묻는 야마가타 사부로베에에게 무사가 숨을 몰아쉬며 대답했다.

"도쿠가와의 가신 사카이 사에몬노조 다다쓰구입니다. 이 때문에 퇴로가 차단되었습니다."

"알겠다. 즉시 이 소식을 장수들에게 알려라."

이렇게 말하고 야마가타 사부로베에는 저도 모르게 말 위에서 눈을 감았다. 결전을 피하고 있다고 생각했던 적이 느닷없이 퇴로를 차단하고 공격해온다는 것은 예사로운 일이 아니다. 백전노장의 장수인 사부로베에는 순간적으로 이 점을 깨달았다.

'그렇다면 전면에 나타난 보병의 의도는 무엇일까?'

이 상황은 도저히 해석이 불가능했다. 더할 나위 없이 엄중하게 쳐놓은 방책 앞에서 보병들은 계속 함성을 질렀다.

빚어놓은 종달새

사부로베에는 이미 생각하고 있을 틈이 없었다.

엄선된 다케다 군의 기마 무사에게 보병으로 맞서겠다는 생각은 얼마나 무모한가.

깃발로 보아 도쿠가와 군의 오쿠보 형제인 것 같다.

"좋아, 공격하라! 공격하여 대번에 짓밟아라."

명령을 내리면서 문득 한 가지 의혹에 부딪쳤다.

'이것은 아군을 방책 안으로 유인하려는 함정이 아닐까.'

그러나 이때 벌써 조급한 아군은 흙먼지를 일으키며 오쿠보 형제에게 덤벼들고 있었고, 이어서 오쿠보 형제 쪽에서는 칠팔십자루쯤 되는 철포가 불을 뿜고 있었다.

이 총성은 일단 떠올랐던 사부로베에의 의혹과 망설임을 대번에 날려보냈다.

'아, 적은 총포를 믿고 공격해 나왔구나.'

그렇다면 겁을 먹고 정지할 경우 더할 나위 없이 좋은 표적이 될 뿐…… 게다가 배후의 도비노스 산에서 쏘아대는 총성도 더욱 심해졌다.

"돌격하라. 뒤돌아보지 마라. 지체 없이 방책 안으로 들어가 일거에 고쿠라쿠지 산에 있는 적의 본진을 공격하라!"

그 무렵에는 벌써 고쿠라쿠지 산, 자우스 산과 마쓰오 산 등에서 아침 바람에 휘날리는 오다와 도쿠가와 두 가문의 깃발이 완연하게 보였다.

아토베 오이노스케가 말한 사쿠마 우에몬 노부모리의 내용이 사실이라면, 여기서 아군이 적의 본진으로 공격해 들어갈 경우 사쿠마 군도 호응할 것이다.

커다란 함성과 함께 야마가타 군 이천여 기는 대번에 노도로 변하여 쓰레코 강으로 뛰어들었다.

그 노도 앞에 오쿠보 군의 말은 단 두 마리뿐이었다. 오쿠보 다다요와 다다스케 두 사람만으로는 이 노도에 맞설 수 있을 리가 없다.

아니나 다를까 형제는 보기 흉하게 말을 돌리고 자기들이 먼저 당황하며 방책 안으로 도망쳐 들어간다.

"철수하라! 방책 안으로 철수하라!"

야마가타 군은 이긴 줄로 알았다. 이대로 방책을 돌파하고 쳐들어가면 보병 따위는 문제가 되지 않는다.

"돌진하라, 때는 지금이다!"

당황하며 안에서 문을 닫으려는 방책으로 쇄도한 기마대는 그대로 말을 몰아 마구 방책을 무너뜨리기 시작했다.

뜻하지 않게 방책 밖은 사람과 말로 메워졌다

그 순간이었다.

방책 앞에 밀집해 있는 이천여 기마대를 향해 노부나가가 매복시켰던 철포대의 총구가 일제히 천지를 진동시키며 작렬하기 시작했다.

탕탕탕!

일단 멎었는가 싶더니 다시 곧바로 총성이 네 번 이어졌다. 약 이천 발 이상의 총탄이 밀집 부대를 쑥밭으로 만들어놓았던 것이다.

주위가 조용해졌다. 불과 삼십 초도 안 되는 단시간에 방책 앞은 문자 그대로 시체의 산이 되었다. 주인을 잃은 말이 멍하니 그 자리에 서 있을 뿐 시체 사이에 깔려 살아 있는 인원은 이백 명도 되지 않았다.

아마도 분명 너나 할 것 없이 악몽을 꾸는 듯한 마음이었을 것이다.

칼이나 창, 활을 이용하는 싸움으로는 상상도 하지 못했던 사태가 고슈 군을 엄습해왔다. 무엇 때문에 이런 방책이 만들어졌는지 알았을 때는 이미 죽음이 코앞에 바싹 다가왔을 때였다.

"지금이다, 한 놈도 놓치지 마라."

야마가타 사부로베에는 그때까지 아직 죽지 않고 있었다. 망연하게 서서 살아남은 자를 세고 있을 때 이번에는 창을 꽉 쥔 오쿠보 형제의 공격을 만났다.

살아 있던 사람들은 소스라치게 놀라며 칼을 뽑아들었다.

"분하다!"

누군가가 외쳤다. 아니, 이번에는 모두가 불찰을 깨닫고 있었음이 틀림없다.

사부로베에도 말에서 떨어져 그대로 풀을 움켜잡고 있었다. 유난히 체구가 작은 사나이지만 다케다 가문에서 가장 무용이 뛰어난 맹장이었다. 그러나 이러한 사부로베에도 철포라는 신무기와, 한 사람이 한 사람을 저격하는 것이 아니라 집단을 겨냥하는 노부나가의 새로운 전술 앞에는 속수무책일 수밖에 없었다. 결국 그는 시타라가하라의 아침 이슬 속에 화려한 전력을 가진 작은 시체로 드러눕고 말았다.

살아남은 사람은 불과 오륙십 명뿐이었다. 그러나 이들 역시 부상을 입어, 이제야 겨우 해가 떠오른 풀밭은 보기에도 참혹한 피바다가 되었다.

노부후사의 최후

아마도 이와 같은 제1진의 참상이 그대로 다케다 군에게 전해졌다면 제2진은 군사를 거두고 철수했을 것이다.

그러나 이 상황을 보고한 자는 단지 제1진이 패했다는 사실만을 고했을 뿐 그 참상은 자세히 전하지 않았다.

제2진의 대장은 죽은 신겐과 꼭 닮은 그의 동생 쇼요켄 노부카도였다. 그는 신겐과 마찬가지로 어떤 경우에도 감정의 동요를 남에게 드러내지 않는 사람이다.

"뭣이, 사부로베에가 당했어? 좋아, 그럼 공격하라!"

호탕하게 말하고 북을 치게 하면서 야마가타 군 북쪽으로 진격하여 방책 앞에 이르렀다.

이번에도 그들이 완전히 책문 밖에 밀집했을 때 일제히 총성이 터져 나왔다.

"두고보라. 이번에야말로 다케다 군을 빚어놓은 종달새처럼 만들어놓겠다."

노부나가가 이렇게 호언장담했는데 정말 그의 말처럼 되고 말았다.

다만 쇼요켄만은 저격을 면해 살아남은 약간의 군사를 수습하여 물러갔으나, 그 무렵에는 이미 승패가 완전히 결정된 것이나 다름없었다.

그런데 안타깝게도 인간에게는 고집과 감정이라는 것이 있다. 이렇게 되자 제3진인 오바타 노부사다도 제4진인 다케다 사마노스케 노부토요도 그대로 물러설 수 없었다.

아니, 그들만이 아니라 이오 산에 있는 가쓰요리도 자기가 직접 현장을 목격하지 않았기 때문에 납득이 가지 않았다.

오바타 군이 궤멸되고 사마노스케의 검은 갑옷 부대도 당하고 말았다. 노부나가 한 사람에게 농락되어 아무도 방책 안에 침입할 수 없는 것이다.

사마노스케 부대가 전멸하자 가장 우익의 바바 미노노카미 노부후사는 비로소 간포 산 기슭에서 북을 치며 움직이기 시작했다.

그는 벌써 오늘의 싸움이 다케다 가문에 있어 어떤 의미를 갖는 싸움인지 확실히 깨달았다.

이 전투는 단순한 패전에만 그치지 않는다.

다게다 겐지의 기보였던 하치만 다로의 흰 깃발과 다테나시 갑옷 따위는 우습기 짝이 없는 한낱 걸레에 지나지 않게 되어, 아무도 자기 이름을 밝히지 않고 상대가 누구인지도 모른 채 서로 죽이기만 한다.

'드디어 노부나가는 싸움의 성격까지도 바꾸어놓고 말았다.'

그 자신이 치고 있는 북마저도 생각해보면 참으로 웃기는 시위 아

270

닌 시위일 뿐이었다.

노부후사가 움직이기 시작하자 오다 군에서도 다시 아시가루 부대가 나타났으나, 노부후사는 이들을 보고는 얼른 진격을 중지시켰다.

그래도 여전히 싸움을 그치지 않았는데, 아마도 이오 산의 가쓰요리로부터 심한 재촉이 있었기 때문일 것이다. 제5진 중에서는 사나다 형제와 쓰치야 나오무라土屋直村의 일대가 멋도 모르고 방책에 들어갔다가 사살되었다.

맨 먼저 사나다 겐타 사에몬이 말에서 떨어지고 이어서 쓰치야 나오무라가 전사했다. 또 그 직후 사나다 마사테루도 모습을 감추었다.

"아룁니다. 마침내 대장님이 이오 산을 출발하여 이리 오시고 있습니다. 미노노카미 님도 즉시 적을 공격하라는 명령을 내리셨습니다."

전령이 와서 가쓰요리의 명을 전하자 비로소 노부후사는 큰 소리로 웃었다.

"하하하, 주군은 불운한 분이시다. 급히 돌아가 이렇게 전하라, 싸움은 이미 끝났다고."

"무, 무어라 하셨습니까?"

"싸움은 끝났다고 말했어! 이 노부후사가 여기서 후미를 맡아 적을 저지할 테니, 그동안에 급히 철수하시라고 전하라."

"아니, 대장님을?"

"그렇다, 싸움은 끝났어! 알겠느냐. 노부후사도 이미 이승에서는 뵙지 못할 것이다. 부디 몸조심 하시라고 전하라."

"그럼, 이대로……?"

"서둘러라! 서두르지 않으면 적에게 퇴로가 끊긴다. 그리고 대장님이 철수하는 모습을 확인하면 그대는 이리 돌아오너라. 보거라, 적은 벌써 총공격을 가하려고 책문 밖으로 나오고 있다."

그 말을 듣고 바라보니 과연 책문 저쪽의 깃발이 차차 이쪽을 향해 움직이기 시작했다.

전령은 깜짝 놀라 달려갔다.

'아먀다카는 죽었다. 나도 이러고 있을 때가 아니다.'

신겐으로부터 거듭 가쓰요리를 잘 보필하라는 말을 들었으나, 결국 이번에는 가쓰요리의 젊은 혈기에 눌려 작전을 그르치고 말았다. 이 사실이 노부후사에게는 견딜 수 없을 정도로 분했다.

'사쿠마 노부모리가 내응할 것이라는 헛소리를 믿다가 그만.'

지금 생각해보면 그 말 역시 방책으로 유인하기 위한 책략이었다는 것을 잘 알 수 있다.

'돌아가신 신겐 공에게 면목이 없다.'

조금 전진하다가는 멈추고, 멈추었다가는 다시 좌우로 사행蛇行했다. 방책에 접근하지 않고 철포의 과녁이 되지 않게, 그러면서도 진격하는 듯이 보여야 하는 후미의 작전은 여간 어렵지 않았다.

전령이 돌아온 것은 그로부터 4반각(30분) 정도 지나서였다.

"알겠다고 하시면서 지금 이오 산에서 시나노 가도로 철수하고 계십니다."

"그러냐, 순순히 받아들이시더냐?"

"당장에는 받아들이시지 않았습니다. 그러나 아나야마 뉴도(바이세쓰) 님이 갑옷의 소매를 붙잡고, 다케다 가문의 존망이 달린 때라고 강력하게 간하셨기 때문에 겨우 납득하셨습니다."

"그래. 참으로 다행한 일이다. 이것으로 신겐 공에 대한 사죄가 될 것이다. 좋아, 그대는 급히 주군의 뒤를 따르라! 절대로 도중에 되돌아오시지 않도록 하라. 이것이 노부후사의 마지막 부탁이라고 말씀드려라."

　"알겠습니다."

　"어서 서둘러라. 그대는 다시 돌아올 필요가 없다."

　어느새 해는 머리 위에 떠올라 여덟 점이 가까워진 느낌이었다.

전사戰史를 바꾸는 자

　　바바 노부후사의 최후를 나가시노 성의 오쿠다이라 구하치로에게
보고한 사람은 혼다 헤이하치로 다다카쓰의 가신으로 가장 먼저 군
량을 성안으로 운반해온 하라다 야노스케原田彌之助였다.

　　노부후사는 그 뒤 추격전으로 전환한 아군을 상대로 네 번이나 되
돌아 나와 싸웠다고 한다.

　　첫번째 반격으로 천이백 명 정도의 군사가 팔백으로 줄고, 두번째
에는 육백 명으로 감소했다.

　　그리고 세번째에는 이백 명으로 줄고, 네번째에는 스무 명이 될 때
까지 후퇴했다가는 다시 나오고 나왔다가는 물러나면서 드디어 가쓰
요리를 무사히 피신시켰다고 한다.

　　"그러나 난전 중에는 목숨을 잃지 않고 후퇴와 전진을 계속하며 가
쓰요리의 퇴각을 돕다가 데자와出澤 언덕에서 당당하게 할복했습니
다. 마침 그 자리에 있던 하나와 나오마사의 가신 오카 사부로자에몬

岡三郎左衛門이 목을 베어왔습니다. 오카, 너는 운이 좋은 녀석이다. 자, 목을 줄 터이니 가이샤쿠라고 웃으면서 목을 내밀었다고 합니다. 적이기는 하나 참으로 훌륭한 분이라고 생각합니다."

하라다 야노스케는 이렇게 말하고 가쓰요리를 심하게 매도했다.

구하치로 사다마사는 그것을 나무라고 나서 야노스케의 부하가 메고 있는 기묘한 깃발을 쳐다보았다.

"그 깃발은 어떻게 된 것이냐? 그것은 다케다 가문에 대대로 전해져 온 겐지의 백기가 아니더냐?"

"예, 그렇습니다. 이 기를 야노스케 님이 주워왔습니다."

"뭣이, 그 깃발을 주웠어?"

"예. 그러기에 제가 가쓰요리는 하찮은 무장이라고 말씀드린 겁니다."

"으음, 그 깃발까지 버리고 갔다는 말이구나!"

"이것을 주웠을 때 동료인 가지 긴페이梶金平가 적에게 이렇게 말했습니다. 야! 가쓰요리, 아무리 목숨이 아까워 도망친다고 해도 조상 대대로 내려오는 깃발을 적에게 건네다니 말이 되느냐고. 그러자 적도 그만 부끄러웠는지 멍청한 놈아, 그 깃발은 너무 낡아서 버렸다, 새것은 여기 있다면서."

구하치로는 낯을 찌푸리고 고개를 돌렸다. 대답하기에는 너무도 처참한 패주…… 그러자 야노스케는 더욱 의기양양하여 떠들어댔다.

"그래서 저도 소리질렀습니다. 그러니까 다케다 가문에서는 고물을 모두 버린다는 말이구나. 바바, 야마가타, 나이토 등의 노신도 고물이기 때문에 모두 싸움터에 버리고 도주하느냐고."

"그만 됐다! 그 깃발은 주군에게 보내도록 하라."

성안에서는 군량이 들어왔기 때문에 대번에 생기를 되찾고 모두 전승을 축하하였으나 구하치로는 왠지 그럴 기분이 아니었다.

이긴 자와 패한 자, 멸망하는 자와 흥하는 자, 인생의 그 엄연한 현실이 심하게 가슴을 때리고 있다.

어제까지만 해도 이 성의 보급로를 차단하여 의기양양하던 가쓰요리가 지금은 용장인 부하 대부분을 잃고 주린 배를 움켜쥐고 패주를 계속하고 있다. 이 상황이 믿을 수 없는 꿈만 같았다.

'스네에몬! 성안 사람들은 구출되었다.'

구하치로 사다마사가 아군의 승리를 실감한 것은 그 이튿날, 다카마쓰 성으로 본진을 옮긴 노부나가로부터 부름을 받았을 때였다.

노부나가는 자신이 창안한 새로운 전술에 대해 새삼스럽게 자세히 검토하고 베어 온 적의 목을 점검하고 있었는데, 나가시노 성을 끝까지 사수한 구하치로를 꼭 만나야겠다면서 사람을 보냈던 것이다.

구하치로는 말을 타고 다카마쓰 성에 이르러 장인인 이에야스의 안내로 노부나가 앞에 섰다.

노부나가는 똑바로 구하치로를 바라본 채 잠시 동안 입을 열지 못했다.

구하치로는 완전히 초췌해져 있었다. 광대뼈가 튀어나오고 눈이 축 쳐져 스물세 살의 젊은이다운 면은 찾아볼 수 없었다. 이 모습이 분명 노부나가를 크게 놀라게 했을 것이다.

"그대가 오쿠다이라 구하치로인가?"

구하치로는 쉰 목소리로 "예"라고 대답했다. 그로서는 노부나가와의 첫 대면이었다.

'이 사람이 단숨에 다케다 군을 전멸시킨 귀신 같은 장수란 말인가.'

눈은 주위를 꿰뚫어보듯이 예리했으나 피부는 생각했던 것보다 희고 얼굴과 몸은 화사하여 이에야스나 신겐의 풍모와는 비교도 안 될 정도로 우아했다.

"구하치로, 오늘부터 그대에게 이 노부나가의 이름 중에서 '노부'란 글자를 쓰도록 하겠다. 오쿠다이라 구하치로 노부마사信昌라 부르도록 하라."

"예."

"보아하니 피로가 너무 심한 것 같다. 이 자리에서 노부나가의 근성도 함께 줄 테니 받도록 하라."

그러자 구하치로는 고개를 갸웃했다. 근성을 주겠다는 의미를 잘 알 수 없었던 것이다.

"나가시노의 작은 성 하나를 지켰다고 해서 그대의 생애가 끝난 것은 아니다. 일단 유사시에는 하마마쓰 성도 오카자키 성도 훌륭하게 지킬 수 있어야 도쿠가와 님의 사위라 할 수 있다. 이 노부나가의 근성은 일본을 지켜나가는 데 있어 어떤 경우에도 미동조차 하지 않는다."

"예."

"이 근성을 상으로 주겠다는 말이다. 알겠는가?"

"알겠습니다."

"좋아, 이 말에 그대의 눈빛이 달라져 보인다. 입술의 혈색도 되살아났어. 그것이 없으면 대장부라 할 수 없어, 구하치로!"

"대장님의 교훈 깊이 명심하겠습니다."

"좋아. 앞으로 더욱 담력과 전법을 연마하여 도쿠가와 가문의 초석으로서 이 난세를 이겨나가야 한다. 게 누구 없느냐, 준비한 것을 가져오너라."

잠시 후 눈앞에 아오에 지키치青江次吉가 만든 노부나가의 애검愛劍과 황금 열 장이 놓이자 구하치로는 그만 몸이 떨렸다. 노부나가에 대한 두려움과 그의 강함을 깨닫고 몸을 떨었으나, 동시에 피로에 지친 그의 몸에서 다시 무서운 투지가 솟은 데 대한 떨림이기도 했다.

'과연 이 세상에는 고수 위에 또 고수가 있기 마련이구나.'

이에야스 앞에 나올 때마다 구하치로는 그 둔중한 행동 뒤에 숨어 있는 엄청난 담력에 압도되곤 했다.

그런데 지금 눈앞에 보는 노부나가는 이에야스와는 전혀 달리 명검에 서린 활력과 전기電氣를 느끼게 한다. 더구나 일단 그 전기에 닿으면 마음속의 나태한 기분이 대번에 사라지고 투지가 맥맥이 치솟는 것이 아닌가.

'무서운 대장이다!'

"구하치로!"

"예."

"얼굴에 생기가 돌았어. 받아들였구나, 노부나가의 근성을."

"예. 분명히 받았습니다."

"가쓰요리는 겨우 목숨을 건지고 도주했으나 아직 다케다 가문은 망하지 않았다. 여기서 그대와 같은 젊은이가 방심해도 좋을 때는 아니야."

"그렇습니다."

"나는 이제부터 긴키近畿를 되찾고 곧바로 혼간 사本願寺를 공격할 것이다. 혼간 사를 공략한 뒤에는 고슈까지 쳐들어가지 않으면 안 돼. 그때는 맹세코 공을 세우도록 하라."

"예."

"천하가 통일될 때까지는 절대로 쉬려고 하지 마라. 쉬려 한다면 도리이 스네에몬이 저승에서 비웃을 것이다."

"예…… 예."

"좋아, 잔을 건네겠다. 자, 받거라."

그러면서 노부나가는 빙긋이 웃고는 말을 이었다.

"그대의 끈질긴 농성과 노부나가의 새로운 전법이 성공을 거뒀으니, 이 나가시노 전투는 후세에까지 무장들의 이야깃거리로 남게 될 것이다. 어떤가, 그대를 꾸짖은 노부나가의 마음을 알겠느냐?"

오쿠다이라 구하치로는 저도 모르게 머리를 조아렸다.

기뻤다! 고마웠다!

아군이 도착할 때까지 성을 지켜냈다는 안도감이 필요 이상으로 구하치로를 지치게 만들었던 것이다.

이대로 있었다면 병으로 드러누웠을지도 모른다. 이것을 한눈에 꿰뚫어본 노부나가의 칭찬이요 꾸짖음이었고, 그러한 애정이 가슴 깊이 스며들었다.

"얼굴을 들라. 축배를 올리자, 구하치로!"

"예…… 예."

"울지 마라. 그대는 이겼어."

"예…… 예."

참지 못하고 울음을 터뜨리는 구하치로를 바라보는 노부나가의 눈도 붉어져 있다.

이에야스는 가만히 고개를 돌렸다.

머리 위로 불어 지나가는 바람은 오늘도 짙은 나뭇잎의 향기를 머금고 있었다.

혼간 사의 전법

이곳은 요도 강淀川의 물줄기가 내려다보이는 이시야마 혼간 사의 본당이다.

여기 모인 사람은 주지인 고사光佐(겐뇨顯如)와 그 아들 고슈光壽(교뇨敎如)를 위시하여 에치젠에서 몰래 찾아온 시모쓰마 이즈미下間和泉, 현재 주고쿠로 도주하여 모리 씨에게 의탁하고 있는 아시카가 요시아키의 밀사 시치리 요리카네와 후조인富藏院 그리고 여기에 기이紀伊의 사이가雜賀에서 온 스즈키 마고이치와 아사쿠라 가문의 잔당 나카가와 요시쓰라中河義連 등에 혼간 사의 중신들을 포함한 십여 명이 이럭저럭 2각(4시간) 가까이 밀담을 나누고 있다.

이세의 나가시마를 잃은 혼간 사에 또다시 다케다 가쓰요리가 미카와에서 패퇴했다는 소식이 들려왔으므로 무리가 아니었다.

다케다 가쓰요리가 패퇴했다면 노부나가의 대군이 다음에 노릴 대상은 이시야마 혼간 사임이 분명했기 때문이다.

다행히 모리 데루모토毛利輝元는 혼간 사를 돕겠다고 했으나 이것만으로는 승산이 없다. 아마도 오다 군이 대거 오사카로 들어오면 분명 곧바로 혼간 사를 포위하여 외부와의 연락을 차단하는 봉쇄 작전을 펼 텐데, 그렇게 되면 모든 것이 끝나고 만다.

"드디어 혼간 사도 생사의 기로에 놓이게 되었소."

고사가 심각하게 말한 이 한마디가 모두의 뇌리에 깊이 스며들었으나 아직도 확실히 '살아남을 길'을 찾아내지 못했다.

노부나가의 요구대로 굴복할 것인가? 아니면 다시 한 번 건곤일척의 큰 모험을 감행해야 할까?

"이대로 굴복한다면 나가시마의 신도들에게 면목이 없소."

이 말에 대해서는 모두의 의견이 일치했다. 그러나 이 시점에서 어느 정도의 '승산'을 찾아내지 못한다면 그것은 무의미한 감정의 공전空轉에 지나지 않는다.

"여기서는 아무래도 우리 주군인 쇼군 님의 의견에 따를 수밖에 없을 것 같습니다."

요리카네가 말했다.

"보통의 방법으로는 이길 수 없습니다. 비상시에는 비상한 대책이 필요합니다."

"그 점은 알고 있소. 그러나 과연 우에스기 님이 숙적인 다케다를 용서하고 노부나가를 공격할 것 같습니까?"

이렇게 말한 사람은 시모쓰마 이즈미였다.

"그러므로 우리가 고슈에 사자를 보내겠다고 한 것이오. 가쓰요리 님 쪽에서 머리를 숙이고 부탁하면 우에스기 겐신은 거절하지 못할 의협심을 가진 분…… 아니, 가쓰요리 님이 혼자 제의하는 화목이라면 응하지 않을 테지만 여기에 모리 가문과 혼간 사, 또 쇼군 님이 함께 청을 드리면 문제가 달라집니다."

"그러나 지금까지 겐신도 가가加賀나 노토能登와는 종교상의 적이
었는데."

"그렇더라도 우에스기를 아군으로 끌어들이지 않는 한 오다 군을
막을 길이 없소. 오다 군을 저지할 수 있는 실력을 가진 무장은 다케
다 신겐과 우에스기 겐신, 그런데 신겐은 이미 죽었고 그 아들 가쓰
요리는 패퇴했어요. 그러므로 역시 겐신 말고는 의지할 수 있는 무장
이 없어요."

요리카네가 이렇게 말하자 나카가와 요시쓰라가 입을 열었다.

"여기서 된다, 안 된다 논의하는 것보다 우선 접촉해보는 것이 선
결문제가 아니겠습니까?"

"그렇기는 하지만……"

"그렇다면 우에스기, 모리, 아시카가와 혼간 사의 동맹은 성립된
것으로 보고 우리는 곧 에치젠으로 돌아가 봉기를 시도하겠소. 스즈
키 님도 같은 취지로 기슈에서 궐기하도록 하시면……"

"과연 그렇게 하는 편이 좋겠소."
하고 스즈키 마고이치도 응했다.

"에치젠, 가가, 기슈에서 봉기하고 여기에 모리 군이 주고쿠에서
공격해 올라오고, 혼간 사는 이곳 오사카에서 호응한다. 이렇게 되면
사카이堺를 움직여 마쓰나가 히사히데松永久秀를 아군으로 끌어들
일 방법도 생길 것이오. 그에게 모리와 우에스기의 동맹이 이루어졌
다고 말하면 의외로 쉽게 성사될지도 모릅니다."

"그렇소! 그렇게 합시다. 그것 외에는 다른 방법이 없소."

"방법이 있고 없고는 문제가 아니오. 여기서는 어떤 방법이라도
강구하지 않으면 안 됩니다. 만약 계획을 실현시키지 않으면 막다른

골목이오. 그런 각오로 임해야 할 거요.”

목적은 서로 달랐다.

요리카네는 어떻게 해서라도 아시카가 요시아키를 쇼군으로 교토에 맞이하고 싶었고, 모리 데루모토는 그 무력한 쇼군을 옹립하여 천하를 손에 넣고 싶었던 것이다.

천하를 손에 넣으려 한 야욕은 다케다 가쓰요리나 우에스기 겐신도 마찬가지였을 텐데, 이들의 힘이 결집되면 원래 기회주의자인 마쓰나가 히사히데는 노부나가에게 반기를 들고 아군에 가담할 지도 모르는 일이었다.

혼간 사의 목적은 종문宗門의 존속이었는데, 노부나가와는 이미 양립할 수 있는 타협의 길이 막혀 있다. 그렇다면 여기서는 요리카네의 말대로 어떤 수단을 강구해서라도 겐신을 아군으로 끌어들여 노부나가를 타도하는 길을 택하고 이를 실현할 수밖에 없는 것이다.

“알겠소.”

시모쓰마 이즈미는 고사 부자를 돌아보았다.

“나는 즉시 에치젠으로 돌아가 봉기의 깃발을 들도록 하지요. 여기서는 무엇보다도 오다의 세력을 분산시켜 이시야마를 공격할 인원 수를 줄이는 것이 긴요합니다.”

“옳은 말씀이오.”

“스즈키 님도 곧 기슈에서 사이가 일파의 궐기를 촉구해주시오!”

“알겠습니다.”

“그리고 노부나가의 눈을 조금이라도 그쪽으로 돌리게 하여, 그 동안에 모리 군과 우에스기 군을 끌어들일 방법을 강구해야 할 것이오.”

불범不犯의 신장神將

비밀 회담이 끝났을 때에는 이미 동쪽 하늘이 훤히 밝아오기 시작했다. 장수들은 각각 더운물에 밥을 말아먹고 날이 새기 전에 북쪽 암벽에서 작은 배를 타고 요도 강에서 헤어졌다.

혼간 사로서는 그야말로 존망을 건 작전 회의였다. 그렇다 해도 이십 년 가까이 적대시하며 싸워 온 우에스기와 다케다의 양 가문을 화해시켜 혼간 사의 편이 되도록 꾀하려 한다니 얼마나 대담하고도 황당한 작전일까. 솔직히 말해 현재 일본에서 혼자 힘으로 노부나가에게 대항할 수 있는 무장은 우에스기 겐신을 빼고는 아무도 없을 것이다. 그러나 이 겐신이 과연 모리와 호응하여 다케다 가쓰요리를 엄호하면서 상경 작전을 감행할 것인가?

아무튼 시모쓰마 이즈미는 노부나가의 눈을 우선 북부로 돌리게 하려고 에치젠으로 밀행했고, 스즈키 마고이치는 반란을 선동하기 위해 기슈로 향했다.

다케다 가쓰요리에게 가는 사자로는 오다테 효부노쇼大館兵部少輔가 뽑히고, 겐신이 가쓰요리를 돕도록 청하기 위한 사자로는 야마토 아와지노카미大和淡路守를 보내 우선 다케다 노부토모의 손으로 가쓰요리를 설득하게 하도록 조치했다.

그 밖에 승려인 후조인은 요시아키의 사자로 겐신에게 밀행했고, 시치리 요리타카는 가가의 종도宗徒인 스자키 가게카쓰洲崎景勝에게 급히 달려가 스자키의 입으로 겐신에게 도움을 청하도록 했다.

혼간 사 쪽의 포진과 대처는 이렇게 해서 이루어졌는데, 돌이켜보면 여간 엉성하기 짝이 없었다.

다케다 신겐의 죽음과 그 아들 가쓰요리의 패퇴가 뜻하지 않은 곳에서 우에스기 겐신의 존재를 크게 재평가하여 천하에 알리도록 한 것이다.

이러한 정세 속에서 노부나가는 기후로 개선하자마자 곧바로 교토로 급행했다.

그리고 6월 13일에 우에스기 겐신으로부터 전승을 축하하는 사자가 교토에 올 때까지 다음 작전에 대한 것은 한 마디도 입 밖에 내지 않았다.

겐신과 노부나가는 다케다 신겐이 살아 있을 때부터 서로 동맹을 맺고 다케다 가문과 맞섰다. 따라서 나가시노 싸움의 전승을 축하하러 사자가 오는 것은 당연한 일이었다.

겐신의 사자는 노부나가와도 구면인 야마자키 센류사이山崎專柳齋였다. 노부나가는 센류사이를 니조二條의 저택에서 맞이하여 정중히 주효를 대접하며 은근히 탐색해보았다.

"어떻소, 이 기회에 우에스기 님이 고슈와 신슈를 일거에 공략해주실 의향이 없으신지? 지금이라면 가쓰요리는 전에 비해 전력이 5

분의 1도 안 되니까요."

그러자 센류사이는 잔을 놓고 천천히 노부나가를 바라보았다.

"그 뜻을 전하기는 하겠으나 아마도 가능성이 없을 거라고 생각합니다."

"허어, 어째서란 말이오? 지난해(덴쇼 2년 3월) 내가 간토關東의 진중으로 시바타 가쓰이에와 이나바 잇테쓰를 위문하러 보냈을 때 우에스기 님은 서쪽에서 우리가 가쓰요리를 공격하면 반드시 동쪽에게 호응하겠다고 말씀하셨는데."

"그런데, 사정이 좀 달라졌습니다."

"사정이 달라졌소. 분명히 달라졌소. 우리가 가쓰요리의 손발을 잘라놓았으니까 말이오."

"그런 뜻이 아닙니다."

센류사이는 손을 내저으며 당황하는 기색을 보였다.

"아시다시피 저희 주군 겐신 공은 평생 불범不犯°을 맹세하시고 해마다 엄동에 가스가 산春日山의 비샤몬도毘沙門堂에서 참선하시며 고승들도 따르지 못할 생활을 하십니다."

"잘 알고 있소."

"자신이 이 세상의 불의를 다스리기 위해 무기를 들고 태어난 비사문천毘沙門天°의 화신이라 확신하고 계십니다. 그러므로 한 번도 싸움에 패한 일이 없으십니다."

"그것도 알고 있소."

"그런 분이므로 신겐이 생존했을 때 이루지 못한 일을 그가 죽었다고 해서 그 연약한 아들을 얕보아 패전을 기회로 공격하는 일은 마음이 허락하지 않는다고 여러 번 저희에게 말씀하셨습니다."

"으음, 과연 우에스기 님답군요."

노부나가는 자못 감탄했다는 듯이 무릎을 치며 대답했으나 마음은 그 반대였다.

겐신의 심정이 깨끗하다는 점은 노부나가도 잘 알고 있다. 고승과도 같은 생활, 질풍과 같은 싸움터에서의 위력, 호주가豪酒家이면서도 불법의 계율을 어기지 않는 일상생활을 통해 그의 거취는 항상 늠름한 기골과 의협심으로 일관되어 있다.

'그러나 단지 이것만으로 난세는 종식되지 않는다.'

물론 사자에게 이 말을 한다고 해도 소용없는 일이다. 아니, 처음부터 노부나가는 겐신의 협력을 기대하고 사자에게 말을 꺼낸 것은 아니다.

도리어 사자의 표정을 통해 앞으로 겐신이 어떻게 움직일 거며, 어떤 세력이 그에게 작용하고 있는지를 알아내는 것이 목적이었다.

"그렇다면 가쓰요리는 아버지가 죽은 뒤 비사문천인 우에스기 님에게 참배를 한 모양이군요, 센류사이 님…… 아니, 무리가 아니지요. 신겐이 죽은 이상 가쓰요리는 우에스기 님의 적수가 되지 못하니까."

센류사이는 더욱 당황하는 빛을 띠고 말을 이었다.

"아니, 그런 일에 대해서는 저도 깊이 알지 못합니다."

"그럴 것이오. 머리를 숙이고 들어온다고 해서 용서하고, 무례한 일을 한다고 해서 용서하지 않는 그런 가당치도 않은 일을 하실 우에스기 님이 아닐 테니까. 그러나 우에스기 님께 비사문천 참배를 하려는 사람은 가쓰요리를 비롯하여 많았을 것이오."

"글쎄요, 과연 그럴까요?"

"그렇소. 요시아키의 애원을 받은 주고쿠의 모리로부터, 혼간 사 그리고 가쓰요리와 호조 등이 모두 기회만 닿으면 비사문천의 도움을 받으려고 할 거요. 당연한 일이오. 이 노부나가조차도 도움을 받고 싶을 정도인 우에스기 님이니까, 핫핫핫하."

센류사이는 깜짝 놀라 어깨를 떨면서 술잔을 엎었다.

"그만 하겠습니다. 이미 많이 마셨습니다."

"그렇다면 다행이오. 돌아가시거든 우에스기 님께 잘 말씀드려 주시오."

이리하여 센류사이가 자리에서 일어나자 노부나가는 큰 소리로 모리 나가요시를 불렀다.

"나가요시! 아사쿠라 가게아키라朝倉景鏡의 사자를 불러라."

아즈치安土의 설계

아사쿠라 가게아키라는 노부나가가 지난해 아사쿠라를 정벌할 때 항복한 이후 지금까지 에치젠을 맡고 있었다.

그 가게아키라가 급히 사자를 보냈다는 보고를 받고도 우에스기의 사자를 먼저 만났던 노부나가였다.

모리 나가요시를 따라 들어온 가게아키라의 젊은 사자는 창백한 표정으로 입구에서 머리를 조아렸다.

"그대 이름은?"

"고노 요자에몬河野與左衛門입니다."

"나이는?"

"스물 넷입니다."

"어쩌냐, 에치젠에서 반란이 일어났을 테지?"

잇따른 질문에 젊은 사자는 더욱 움츠러들어 이마가 다다미에 닿도록 엎드렸다.

"그렇습니다. 혼간 사의 시모쓰마 홋쿄下間法橋가 선동하여 수부 首府는 물론 이타도리虎杖, 기노메木ノ芽, 스기노杉野, 고노河野 등 지에서도 순식간에 봉기하여, 이대로 가면 저희 주인의 생사도 위험 한 상태입니다."

"멍청한 놈!"

노부나가가 큰 소리로 외쳤다.

"그 정도라면 가게아키라는 벌써 죽었을 것이다."

"예? 그것은 어째서?"

"아마 시모쓰마의 반란에는 가게아키라와 사이가 나쁜 아사쿠라 가게타케景健도 가담했을 텐데, 그대가 이리 달려오는 동안에 분명 결판이 났을 것이다. 알겠다, 물러가서 쉬거라."

거친 소리로 사자를 물러가게 한 노부나가도 그만 잔뜩 얼굴을 찌 푸리고 생각에 잠겼다.

예기치 못한 일은 아니었다.

다케다 가쓰요리의 패전을 알고도 혼간 사가 팔짱만 끼고 있을 리 는 없다. 그리고 아와지에서 주고쿠로 도주한 요시아키가 개입한다 면 사태는 더욱 복잡해진다.

'요시아키 놈, 혼간 사와 손잡고 모리, 우에스기와 동맹을 맺으려 고 하는구나.'

시대의 바람은 언제나 큰 나무에 강하게 불어오기 마련이다. 그런 의미에서 노부나가의 입장은 미묘했다. 가쓰요리를 철저히 분쇄한 탓에 도리어 우에스기라는 뜻하지 않은 강적을 불러들이게 될지도 모른다.

'시모쓰마 등이 에치젠에서 군사를 일으켰다는 것 자체가 벌써 심 상치 않다.'

이것은 사전에 우에스기 겐신과 묵계가 있었기 때문일까, 아니면 우에스기와 모리가 동맹하는 계기로 발전시키려는 계획일까?

각개격파를 꾀하는 노부나가에게 있어서 지금 우에스기, 모리와 혼간 사의 3대 세력이 단결하게 된다면, 그야말로 나가시노의 승리가 물거품이 될지도 모르는 중대사였다.

"미쓰히데를 불러라!"

잠시 후 노부나가는 성급하게 팔걸이를 두드리면서 말했다.

이 자리에는 모리 나가요시와 그 동생 란마루蘭丸만 있다. 교토의 여름은 바람도 불지 않고 정원석에 내리쬐는 뜨거운 햇살이 그대로 방 안에 반사되어 들어온다.

"부르셨습니까?"

"그래, 미쓰히데. 그 뒤로 에치젠에서는 아무런 보고도 없었나?"

"아직은 없습니다마는, 보고가 없다는 것 자체가 벌써 사태의 중대성을 말해주는 듯합니다."

"설교를 들으려는 것이 아니다. 서둘러!"

"예? 무엇을 말씀입니까?"

"나는 새로 성을 쌓겠어."

"새로운 성이라고 하시면, 언젠가 말씀하신 아즈치 성安土城 말씀입니까?"

"뻔한 일을 가지고 묻지 마라. 내년 봄에 눈이 녹을 때까지는 이주할 수 있도록 서두르라는 말이야."

"내년 봄에 눈이 녹을 때까지? 앞서 말씀하신 그런 거대한 성을……"

미쓰히데와 노부나가의 대화는 언제나 이처럼 박자가 맞지 않기에 노부나가는 지겹다는 듯이 혀를 찼다.

"말을 못 알아듣는군. 아즈치에 성을 쌓는다는 말은 겐신이 적으로 돌아섰다는 뜻이야. 겐신이 나오게 되면 모리도 동쪽으로 올라온다. 기후에 있으면 때를 놓치게 돼."

미쓰히데는 겨우 사태를 깨달은 모양이어서 머리를 조아렸다.

"알겠습니다."

"나는 알아듣도록 말하고 있는 거야. 니와 고로자에몬丹羽五郎左衛門에게 공사 책임을 맡겨도 좋아. 아즈치 성에서 에치젠으로의 출구만이라도 막아놓지 않으면 교토를 지키기가 어려워."

"알겠습니다."

"좋아, 알았으면 그대는 아라키 무라시게荒木村重, 호소카와 후지타카細川藤孝, 하라다 나오마사原田直政 등을 데리고 오사카에 가서 이시야마 혼간 사를 감시하도록."

"그럼, 성의 축조에 대한 일은?"

"전혀 머리가 돌지 않는 녀석이로군. 진중에서라도 축성에 대한 일을 생각할 수 있는 거야. 노부나가가 천하를 장악했다는 것을 한눈에 알 수 있도록 위용을 갖춘 성을 설계하라."

미쓰히데는 다시 한 번 천천히 고개를 숙였다.

과연 진중에서도 성의 설계를 하지 못하는 것은 아니다. 그러나저러나 나가시노에서 돌아오기가 바쁘게 이번에는 대번에 혼간 사를 칠 줄로 생각했던 노부나가는 정작 무얼 하려는 걸까?

"아직 납득하지 못한 일이라도 있나? 있거든 어서 말하라."

"황송합니다마는, 저희가 혼간 사를 감시하는 동안 대장님은 무엇을 하시렵니까?"

이번에는 노부나가가 꾸짖는 대신 큰 소리로 웃었다.

"왓핫핫하, 대머리는 아직 내 생각을 알지 못하는군. 정말 우스운 일이야, 왓핫핫하, 혼간 사에서는 말이지, 이번에야말로 오사카를 공격할 줄로 확신하고 굳게 지키고 있어. 그러므로 나는 그 의표를 찔러 에치젠과 가가를 먼저 칠 생각이다."

"에치젠과 가가를?"

"그래. 두 번 다시 반란 같은 것은 일으키지 못하게 철저히 부수겠어. 에이잔 이상, 나가시마 이상의 섬멸 작전. 이런 싸움에서 그대와 같이 소심한 자는 없는 편이 좋아."

"예."

"그렇게 하지 않으면 겐신은 무서운 적이 된다. 그가 나오기 전에 가가와 에치젠을 떨게 만들고 이를 굳게 지켜야 해. 아니, 그것만으로는 부족하기 때문에 거성을 아즈치로 옮겨 북쪽으로부터의 진로를 차단하려는 거야. 내 탓이 아니야. 그렇게 하지 않으면 언제까지라도 난세는 평정되지 않아. 더 이상 이의는 제기하지 마라! 당장 준비에 착수하라!"

미쓰히데는 등줄기에까지 진땀을 흘리며 노부나가를 빤히 쳐다보고 있었다.

제2의 피바람

노부나가의 에치젠 출병은 완전히 혼간 사의 의표를 찔렀다.

시모쓰마 이즈미 등 반란자들이 순식간에 에치젠 일대를 모두 손에 넣고 시모쓰마 지쿠고筑後 홋쿄가 직접 수호직守護職을 자청한 것은 노부나가 자신의 토벌을 촉구하기 위해서가 아니었다.

단지 오다의 세력을 분산시켜 오사카의 위기를 구하기 위해서일 뿐이었다.

그동안에 우에스기 군과의 연대도 이루어질 테고, 우에스기 군이 출병히면 에치젠, 가가와 노토 등 3개 지역을 혼간 사의 곡창으로 계속 확보할 수 있다는 원대하면서도 깊은 생각을 품고 있었다.

그런데 노부나가는 이 생각을 쉽게 간파했다. 아니 그보다도 노부나가가 두려워한 것은 역시 우에스기 겐신의 무력과 그의 뛰어난 전술이었다.

지금까지 겐신은 상경하겠다는 뜻을 별로 가지지 않았다. 그러므로 봄에는 원정을 시도했다가 늦가을이 되면 에치고로 철수하곤 했다. 야심보다는 싸움에 동반하는 공방의 전법 그 자체를 즐기는 예술가와도 같은 일면이 있었으나 이번에는 그렇지 않았다.

겐신은 신겐이 죽었으므로 약한 그의 아들을 칠 수 없다고 생각했다. 그런데 이러한 겐신에게 당사자인 가쓰요리를 비롯하여 몰락한 아시카가 쇼군의 후예와 위기에 직면한 혼간 사가 구원을 청하고 있다.

겐신은 천성적으로 약자의 부탁을 받으면 이를 거부하지 못한다. 물론 지난날 겐신이 노부나가와 손잡았던 일도 다분히 그런 면이 포함되어 있다. 노부나가와 신겐을 비교했을 때 젊은 노부나가를 신겐보다 약하다고 보았기 때문임이 틀림없다.

그런데 현재의 노부나가는 이미 약자의 강대한 적으로 성장해 있다. 역사의 흐름을 직시하려 하지 않는 겐신의 눈에 아마도 노부나가는 아시카가 요시아키를 속여 쇼군의 자리에서 몰아낸 무엄한 괴한으로 보였을 것이 분명하다.

그런 만큼 노부나가는 겐신을 몹시 경계했다.

앞서 시바타 가쓰이에와 이나바 잇테쓰 두 사람을 진중 위문이란 명목으로 겐신에게 보냈을 때에도 일부러 가노 에이토쿠狩野永德에게 교토 일대의 명소를 그리게 한 병풍을 가지고 가서 경의를 표하게 했다. 이 병풍은 지금도 우에스기 가문의 진품으로 소장되어 있는데, 그러한 겐신이 적으로 돌아선다면 우선 그 통로에 엄중한 경계를 펴는 것은 당연한 일이다. 아즈치 축성의 직접적인 목적도 바로 여기에 있었다.

그러나 반란자의 무리들은 이점을 간과하여 성급하게 에치젠에서 위세를 떨치려 했다.

혹시 그들이 시도한 반란이 좀더 미미한 것이었다면 노부나가도 에치젠에 가지 않고 아즈치의 축성도 연기시키면서 처음부터 오사카를 공격했다가 헤어나지 못할 수렁에 빠져들었을지도 모른다.

노부나가는 8월 초에 행동을 개시하여 눈 깜짝할 사이에 쓰루가를 공략하고 수륙양면으로 진격하여 반란군이 웅거해 있는 마을과 마을, 성과 성, 사찰과 사찰을 숨 돌릴 사이도 없이 공격했다.

노부나가는 이미 나가시마에서 그토록 많은 학살을 감행했다. 그런데도 잇코 종 신도들은 속권俗權에 대한 반항을 중지하려 하지 않는다. 아마도 노부나가나 오다 군에게 있어서 이처럼 가증스런 숙적도 없었을 것이다.

그러나 이곳 신도들은 나가시마의 무리보다 노부나가를 더 두려워하지 않았다. 설마 이 지상에 그처럼 무서운 맹호의 대군이 존재하리라고는 상상도 하지 못했을 것이다.

따라서 비극은 순식간에 에치젠 전체로 확대되었다. 접경의 이타도리 성은 시모쓰마 이즈미와 구스에久末의 쇼곤 사昭嚴寺, 우사카宇坂의 혼코 사本向寺 신도들이 지키고, 기노메 고개의 방어는 이시다石田의 사이코 사西光寺와 와다和田의 혼가쿠 사本覺寺가 담당했다. 또 하치후세鉢伏에는 스기우라 홋쿄와 아바가 사부로阿波賀三郎 형제 및 센슈 사專宗寺의 신도 그리고 이마조今庄와 히우치火打의 두 성에는 시모쓰마 홋쿄를 위시하여 후지시마藤島의 조쇼 사超照寺, 아라카와荒川의 고교 사興行寺 등의 문도가 웅거해 있었으나, 처음부터 이들은 미처 날뛰는 오다 군의 적수가 되지 못했다.

고노의 성이 함락되고 스기쓰杉津 어구가 공격당할 무렵에는 이미 에치젠의 모든 땅은 피바다로 변해 있었다.

여기서도 또한 문자 그대로 철저한 몰살 작전을 전개했던 것이 "신도들을 선동하여 야심을 펴려는 자에게 본보기를 보이기 위해!"라는 명목 하에 반란에 가담한 신도들뿐 아니라 그 가족과 사찰의 부녀자들까지 사정없이 살육했다.

이렇게 되자 이 반란에 가담하여 뒤에서 신도들을 선동하던 아사쿠라 가게타케는 더 이상 견디지 못해 시모쓰마 이즈미를 죽이고 항복을 제의했다.

물론 노부나가는 이것도 용서하지 않았다.

"할복을 명하라!"

가게타케가 죽은 뒤 총대장이 된 시모쓰마 지쿠고 홋쿄가 시모쓰케下野 마을의 어느 집 마루 밑에 숨어 있다가 발견되어 백성들에게 목이 잘려 시바타 가쓰이에에게 보내졌다. 이번 반란의 희생자는 승려 칠백여 명과 그 가족 삼천백 명 그리고 신도는 무려 천이백 명이라는 엄청난 숫자에 달했다.

아무리 신앙 때문이라고는 하나 이것은 너무도 비참하다. 그들은 얼마 뒤 공포에 떨면서 무기를 버렸고, 살아남은 약간의 선동자들은 목숨을 걸고 가가로 도주했다.

사라진 오다 군

에치젠의 반란을 평정한 오다 군은 곧바로 가가를 공격했다.

그런데 가가에는 이미 우에스기 군이 진출하여 만반의 준비를 갖추고 오다 군을 기다리고 있었다.

드디어 두 영웅은 북쪽 땅에서 자웅을 결할 수밖에 없게 된 걸까?

겐신이 잇코 종 신도들의 구원에 나선 것은 노부나가가 쓰루가에 진출한 직후였다.

이렇게 되기까지는 다케다 가쓰요리의 간청은 물론 혼간 사의 사자와 모리의 사자, 이시카가 요시아키의 사자 등 겐신을 찾아오는 자가 끊이지 않았음은 말할 나위도 없다.

겐신이 노부나가와 일전을 벌이기로 결심한 직접적인 동기는 가가의 잇코 종 신도인 스자키 가게카쓰와 혼간 사 고사의 밀사인 조조인 常上院이 엣추와 가가 접경에 있던 겐신의 진영에 와서, 에치젠에서 자행한 노부나가의 살육을 호소하며 도움을 청했기 때문이다.

따라서 그때까지만 해도 겐신에게는 상경할 의사가 없었고 계절도 벌써 10월로 접어들었기 때문에 서서히 에치고로 돌아갈 준비를 하고 있었다.

"좋아, 그렇다면 노부나가와 일전을 벌여 우리 군사가 강하다는 점을 일깨워주겠다."

스자키 가게카쓰와 조조인을 돌려보내고 나서 겐신은 즉시 산 위로 올라가 승리를 기원하는 법회를 열고 대번에 가가로 진출하여 노부나가에게 마음이 기울어져 있는 마쓰토 성松任城의 가부라기 요리노부鏑木賴信를 공략하기 시작했다.

노부나가에게 마쓰토 성은 가가를 제압하는 데 중요한 요충지였다. 따라서 가능하다면 이곳을 북부에 대한 최전선으로 확보해두고 싶었으나, 오다 군의 선봉인 시바타 가쓰이에와 삿사 나리마사, 마에다 도시이에, 후와 미쓰하루不破光治의 일대가 에누마江沼와 노미能美 두 군郡에 쳐들어갔을 때는 벌써 겐신의 정예부대가 마쓰토 성을 함락하고 가부라기 요리노부가 전사한 뒤였다.

"뭣이, 성이 이미 적의 손에 들어갔다는 말이지. 그럼, 적의 대장은 누구냐?"

맨 먼저 진격한 시바타 가쓰이에가 아타카安宅 해변 부근의 소나무 숲에 이르러 전령의 보고를 받고는 눈을 부라리며 물었다.

"겐신은 이미 부장部將인 가키자키 이즈미柿崎和泉를 성에 들여놓고 망루를 수리하고 있습니다."

"알겠다. 가키자키 따위는 문제가 되지 않는다. 단숨에 함락하라."

아마도 이때 조금 뒤떨어져 오던 본진에서 노부나가의 사자가 오지 않았다면 오다 군의 선봉은 무조건 마쓰토 성의 탈환에 착수했을 것이다.

그렇게 되면 좋든 싫든 승리에 도취한 오다 군과 신군神軍임을 자처하는 우에스기 군은 데도리 강手取川을 사이에 두고 대대적인 사투를 벌였을 것이다. 그러나 노부나가의 사자는 터질 듯한 목소리로 진격 정지를 고했다.

"뭣이, 대장님이 진격을 중지하라고 하셨다고? 그것은 또 무슨 까닭이냐? 여기서 지체하면 적의 수비는 굳건해질 뿐이야."

"그 이유는 대장님이 여기에 오셔서 직접 설명하실 겁니다. 아무튼 진격을 중지하라는 명령이십니다."

가쓰이에와 나리마사는 혀를 차면서 마에다 도시이에에게 말했다.

"주군도 이제는 약간 연로하신 것이 아닐까요?"

도시이에는 대답하지 않았으나, 후와 미쓰하루가 옆에서 말했다.

"무슨 생각이 있으시기 때문이겠지요. 이 바닷바람은 더위를 식히기에는 너무 차지만 아무튼 기다릴 수밖에 없지 않습니까?"

북국의 10월 말은 이미 서리를 머금은 추위가 시작되고, 파도 소리도 차차 거세어지는 계절이었다.

오다 군의 선봉은 곧바로 부근의 소나무 밭 일대에 산개散開하고, 장수들은 예전에 요시쓰네義經와 벤케이弁慶 주종이 일박했다는 쇼라쿠 사勝樂寺 경내에 들어가 노부나가의 도착을 기다렸다.

노부나가는 약 4반각(30분) 후에 도착하여 웃으며 손을 흔들었다.

"철수하겠어, 철수를."

"어, 어째서입니까?"

이번에는 마에다 도시이에가 맨 먼저 입을 열었다.

"여기서 철수하면 우에스기 군이 비웃을 겁니다. 노부나가는 겐신이 두려워 싸워보지도 않고 도주했다고."

노부나가는 빙긋이 웃고 모닥불에 손을 쬐었다.

"이런 곳에서 비사문천과 싸우는 것은 어리석기 짝이 없는 일. 마쓰토 성이 함락되었다면 물러가는 것이 상책이야."

"어디까지 물러가는 겁니까?"

가쓰이에의 뒤를 이어 도이시에가 다시 말을 이었다.

"우리가 철수한다는 것을 알면 적은 당장 추격할 겁니다. 우에스기 겐신은 추격의 명수가 아닙니까?"

"괜찮아. 비사문천은 국지전에서 승리하는 것만으로 만족하지만 이 노부나가는 일본 전체에서 이겨야 하는 거야. 오늘 밤 안으로 에치젠으로 철수하여 겨울을 보낼 준비를 하는 것이 상책이다."

이렇게 말하고 노부나가는 천천히 의자에 앉아 호호호, 웃었다.

"이보게, 나도 벌써 마흔 둘일세. 내 마음뿐만 아니라 남의 마음까지 읽을 수 있는 나이가 되었어."

"그렇기는 합니다마는."

"여기에서 노부나가가 한 번도 싸우지 않고 물러간다. 그렇게 되면 이기지 않고는 못 견디는 비사문천도 만족할 거야. 만족한다면 마쓰토 성을 굳게 지키게 하고 평소처럼 자신은 에치고로 돌아갈 걸세. 그러나 섣불리 화를 돋우면 다케다 군에게 배후를 위협받을 우려가 없어졌기 때문에 가와나카지마 때와 마찬가지로 끝까지 추격해 올 거야. 그렇게 되면 다시 한두 군데의 성을 잃고 또한 이곳에서 움직일 수 없게 될 걸세."

"으음."

삿사 나리마사가 무릎을 쳤다.

"상대를 건드리지만 않으면 마쓰토 성에 대해 눈을 감아주는 것만으로도 겨울에 편히 지낼 수 있겠군요."

"그래. 그렇지 않으면 우리가 계획하고 있는 아즈치 성도 쌓지 못하고 적의 전의를 배가시켜 북부 오미의 수비도 어렵게 된다. 지금은 비사문천을 너무 노하게 만들지 않고 에치젠의 수비를 공고히 하는 일이 더 중요해."

"으음, 역시 그렇게 하는 것이 묘안일 듯싶습니다. 그렇지 않소, 마타자에몬 님?"

가쓰이에가 말하자 도시이에도 고개를 끄덕였다. 여기서 양국이 격돌한다면 아마 병력의 반수 이상이 손상을 입을 테고, 또한 승리한다 해도 마쓰토 성 하나를 차지할 뿐 고작 눈 속에 갇힐 일은 뻔하지 않은가.

"머지않아 눈이 내릴 것 같습니다."

미쓰하루가 하늘을 쳐다보며 말했다.

"그렇다면 대장님이 계획하시는 아즈치 성을 쌓는 일이 먼저인가, 아니면 마쓰토 성 탈환이 먼저인가 하는 것이 문제군요."

"하하하, 이제야 내 뜻을 확실히 알게 된 모양이군. 마쓰토 성 대신 일본 제일의 성을 쌓는다고 해서 그대들에게 빈손으로 돌아가라는 말은 아니야. 가쓰이에!"

"예."

"그대에게는 에치젠의 8개 군을 맡길 테니 기타노쇼에 머물면서 겐신을 엄히 감시하도록 하게."

"저어, 세계 에치젠의 8개 군을?"

"그래. 마에다 도시이에는 제2의 방어선으로 부추府中(현재의 다케후武生)를 지키게. 그리고 삿사 나리마사와 후와 미쓰하루는 제3의 방어선으로 쓰루가에서 북부 오미에 이르는 통로를 담당하라. 그 앞에 아즈치 성을 쌓으면 비사문천도 내년 봄에 와보고 놀랄 것이다. 이 정도로 대비해놓지 않으면 혼간 사를 책략을 제압할 수 없어."

"역시 대장님은 다르십니다!"

나리마사가 감탄하면서 말하자 노부나가는 익살스러운 표정으로 가슴을 두드렸다.

"알겠나, 비사문천이 두려워서 공격하지 않는다고 생각하면 안 돼. 전과는 이미 충분해. 이것으로 혼간 사와 곡창지대의 차단은 충분히 이루어졌고, 비사문천의 상경 작전은 네 군데 관문에서 저지할 수 있게 되었어. 이번 싸움에서 어느 쪽이 이겼는지는 후세의 사가史家가 결정할 일이야."

그리하여 파죽지세로 마쓰토 성을 공격할 줄로 알았던 오다 군은 만반의 준비를 갖추고 대기하던 우에스기 군 앞에서 완전히 사라지고 말았다.

우에스기 군이 북을 치면서 자신의 무용을 과시했음은 말할 나위도 없다.

어쨌든 겐신은 쓸쓸한 표정으로 마쓰토 성을 가키자키 이즈미에 맡긴 채 에치고의 가스가 산성으로 돌아가고, 얼마 되지 않아 고시지越路도 가가도 에치젠도 다같이 눈 속에 파묻혔다.

겐신은 노부나가가 아직 자기와의 동맹이 계속 유지되고 있으므로, 싸움을 피하고 돌아갔다고 생각했을지도 모른다.

"노부나가 녀석이 묘한 짓을."

가스가 산성에 돌아오자 그는 또다시 산정의 비샤몬도에 틀어박혀 여느 때와 다름없이 기도와 술로써 겨울 생활을 시작했다.

벌거벗는 우다이진右大臣

노부나가는 에치젠에서 돌아오자 덴쇼 3년(1575)에 세번째로 상경하여 곤노다이나곤權大納言으로 승진하는 의식을 마치고 이어서 우다이쇼右大將에 임명되었다. 정식으로 말하면 우콘에노다이쇼右近衛大將 겸 곤노다이나곤이다.

장수인 동시에 대신이 되었으므로 그는 당당하게 그 위세를 인정받아 천하에 과시하게 된 것이라 해도 좋았다.

따라서 11월 초 교토에 들어올 때 노부나가를 맞이하기 위해 수많은 인파가 모였다.

산조三條와 미나세水無瀨 등 두 공경은 멀리 가시와바라柏原까지 나와 노부나가를 맞이했고, 세다瀨田에서 오사카 산逢坂山에 이르렀을 무렵에는 교토에 있던 다이묘들은 물론 조정의 셋케攝家˚나 세이가淸華˚의 대신들이 거의 교토를 비웠다고 해도 좋을 정도로 대대적으로 환영했다.

그중에서도 가장 우스운 일은 에치젠의 신도들을 몰살당한 혼간 사의 고사가 마쓰이 유칸松井有閑과 미요시 야스나가三好康長 두 사람에게 다리를 놓아 선물을 바치면서 용서를 빈 것이었다.

"지난번의 적대 행위를 용서하기 바랍니다."

물론 진심에서 한 말은 아니었다.

에치젠에서 철수한 노부나가의 정예부대가 일거에 오사카로 쳐들 어올까 두려워 시일을 벌려고 했던 것에 지나지 않는다.

노부나가는 웃으면서 선물을 받았다. 그리고 조정에는 엄청난 진 상품을 바치고 공경들에게도 각각 영지를 주도록 건의한 뒤 11월 15 일에 기후로 돌아왔다.

기후로 돌아오자 그사이에 미노의 이와무라 성岩村城을 공격하여 함락하고 돌아온 장남 조노스케 노부타다城介信忠를 노히메와 함께 한 술좌석으로 불러 뜻하지 않은 말을 했다.

"기묘마루, 네게 좋은 것을 줄 테니 알아맞혀보아라."

이미 훌륭한 젊은이로 자란 노부타다는 얌전히 고개를 갸웃거리며 아버지와 어머니를 번갈아 바라보았다.

"말이 아닐까 생각합니다, 아버님."

"아니, 말은 아니다. 말이라면 이미 몇 필이나 가지고 있지 않느냐. 네가 아직 갖지 못한 거야."

이번에는 노히메가 고개를 갸웃하고 물었다.

"지금까지 갖지 못한 것 말씀입니까?"

"그래. 지금까지 갖지 못했지만 앞으로는 반드시 가져야 하는 것 이지."

동석했던 하시바 히데요시와 사쿠마 노부모리가 서로 얼굴을 마주 보고 싱긋 웃었다.

"이봐, 미쓰히데."

노부나가는 두 사람의 물음에는 대답하지 않고 가장 바른 자세로 앉아 있는 미쓰히데를 불렀다.

"그대는 내가 기묘마루에게 무엇을 줄 것 같은가?"

"글쎄요, 저도 아까부터 무얼까 계속 생각하고 있었습니다마는 도무지."

"모르겠다는 말이지? 그럼, 도키치로는 어떠냐? 그대는 알고 있을 것 같은데."

히데요시는 이마를 탁, 치면서 대답했다.

"이른바 말하기 어려운 것이 아닐까요?"

"젠체하지 마라. 이른바 말하기 어려운 것이 세상에 그렇게 많아서야 어떻게 하겠느냐. 어떤가, 사쿠마 노부모리는?"

"글쎄요, 전혀…… 아니, 함부로 말씀드렸다가 꾸중을 들을지도 모르므로."

"뭐, 함부로…… 라고? 좋아, 어디 한번 그것을 말해보라."

"그럼 말씀드리겠습니다. 제 생각에는 아마도 사람이 아닐까 합니다."

"사람? 그래. 물론 사람도 딸려 있어."

"그것도 딸려 있다고 말씀하시면, 기량이 뛰어난 여자가 아닐까요?"

"왓핫핫하하."

별안간 노부나가는 잔을 놓고 배를 움켜쥐고 웃었다.

"오노, 들었겠지. 노부모리는 여자 생각이 나는 모양이야."

노히메는 웃지 않았다. 그녀 역시 무엇을 주려는지 진지하게 생각하고 있었으나 아직 노부나가의 참뜻을 파악할 수 없었다.

"그럼, 이제는 오노 한 사람만 남았군. 오노, 그대라면 맞힐 수 있을 테지? 기묘마루가 앞으로 가져야 할 것인데, 거기에는 사람도 딸려 있어."

그 말을 듣고 노히메는 문득 한 가지 생각이 떠올랐다.

"그것은, 그것은 사람만이 아니라 땅도 딸려 있겠지요?"

"그래, 땅도 성도 딸려 있어."

노부나가는 다시 기분 좋게 잔을 비우면서 말했다.

"기묘마루, 너도 이제는 이와무라 성을 함락할 수 있을 정도의 어른이 됐어. 그 상으로 오와리와 미노의 두 지방과 이 성을 네게 주겠다."

"예? 오와리와 미노 외에 이 성을?"

"그렇다. 이 성에 있는 것은 하나도 남기지 않고 네게 주고, 오늘부터 이 아비는 아무것도 갖지 않은 벌거숭이가 되겠다."

기상천외한 그 말에 히데요시까지도 그만 어리둥절해졌다.

"알겠느냐, 여기 있는 사람 중에서 가장 넓은 저택을 가진 사람은 노부모리일 것이다."

"그렇습니다. 그렇기는 합니다마는."

"따라서 오늘부터 나는 그대의 집에서 식객 노릇을 하겠어. 있는 것 모두를 기묘마루에게 깨끗이 주고 나서 그대의 집에서 설을 맞이하겠어. 그렇게 알고 방 하나를 비우도록. 같이 갈 사람은 오노뿐일세."

사쿠마 노부모리 역시 망연하여 대답조차 하지 못했다.

언젠가는 노부타다를 후계자로 삼을 줄 알고는 있었으나 느닷없이 혼자 성을 나와 가신의 집에서 식객 노릇을 하겠다니 과연 제정신인 것일까?

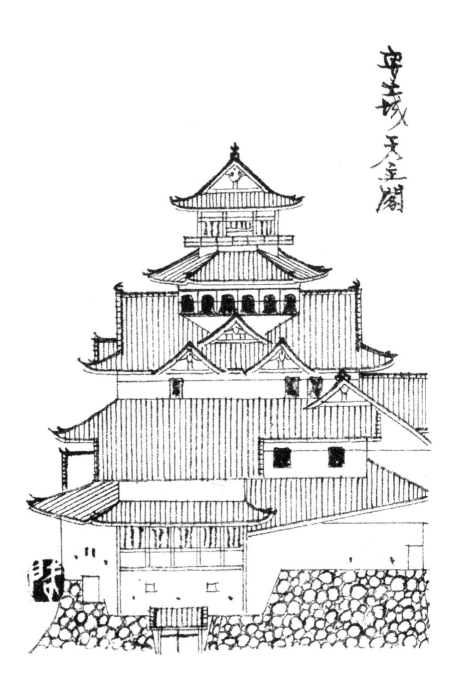

安土城天主閣

"왜 잠자코 있나. 은퇴하는 노부나가에게 방 하나도 빌려주기가 싫다는 말인가?"

"그러면, 그러면 이것이 무슨 액땜이라도 되는 겁니까?"

"멍청한 것! 노부나가 정도나 되는 자가 그깟 미신 때문에 거처를 옮길 줄 아느냐? 우다이진 노부나가는 생각하는 바가 있어 또 한 번 벌거숭이가 되어 처음부터 다시 시작하려는 거야."

"그, 그 벌거숭이란 말씀을 잘 납득할 수 없습니다. 무슨 필요가 있기에 그런 불편한 일을 하시려는 겁니까?"

"노부모리!"

"예."

"인간은 모두 태어날 때는 벌거숭이야."

"그야 말씀하실 것도 없습니다마는."

"나는 벌거숭이로 태어나 오와리의 멍청이란 소리를 들어가면서 어쨌든 오늘날까지 살아왔어."

"운이 좋으셨습니다. 물론 모두 주군의 출중하신 기량器量 때문입니다마는."

"그러므로 여기서 다시 한 번 벌거숭이가 되어 새로 시작하겠다는 말이야. 조정으로부터 높은 벼슬을 받아 나태해졌다는 말을 듣는다면 지금껏 나를 가호하신 신령에게 면목이 없어져."

"과연, 그것은……"

"이번 상대는 스스로 비사문천의 화신이라 믿는 불범不犯의 겐신. 이 노부나가의 마음에 추호라도 상대에게 뒤지는 그림자가 있다면 싸우기 전부터 진 것이나 다름없어. 겐신에게는 겐신의 기원이 있겠으나 노부나가도 노부나가의 맹세가 있어. 신명이 누구에게 승리의 손을 들어줄 것인지 벌거숭이가 되어 겨뤄볼 생각이야. 정월 안에 그대의 집으로 옮기겠어."

"예. 이제야 겨우 알 것 같습니다."

"미쓰히데!"

"예."

"아즈치에 신축할 성의 설계도를 이리 내놓게."

"예. 알겠습니다."

"지금 말한 것처럼 성이 완성될 때까지 이 노부나가는 거처가 없어."

"예."

미쓰히데는 잔뜩 긴장하여 노부나가 앞에 고심 끝에 작성한 설계도를 펼쳤다.

히데요시가 비로소 으음, 하고 신음했다.

역시 무의미한 농담이 아니었던 것이다.

언제까지나 노부나가를 집 없는 사람으로 오래 방치하지 마라, 그러니 빠른 시일 내에 성을 완성하라는 뜻임이 틀림없다.

그러나저러나 우콘에노다이쇼가 된 몸으로 이처럼 느닷없이 후계자 이야기를 꺼내는 의도는 어디에 있을까?

'아직 주군은 조금도 늙지 않았다!'

언제까지나 골목대장의 용기와 모험심, 젊음과 꿈을 가지고 있다.

"놀라운 일이군요, 휴가노카미日向守 님."

이것은 저도 모르게 히데요시의 입에서 나온 노부나가를 찬탄하는 말이었다.

"이렇게 된 이상 귀하나 니와 님만의 일이 아니오. 가문이 총동원하여 성을 쌓아야겠소. 우콘에노다이쇼 님을 언제까지나 집 없는 분으로 남겨둘 수는 없으니까 말이오."

"그렇소. 이 미쓰히데는 이미 석재의 산지를 조사하고 석공을 보내 돌을 잘라 운반하라고 지시하였소."

노부나가는 이러한 대화를 듣고 있는지 아닌지 미쓰히데가 펼쳐놓은 설계도를 가리키며 유쾌한 듯이 실눈을 떴다.

"오노, 기묘마루. 어떠냐, 이것을 보라. 맨손으로 이 성을 쌓지 못한다면 나는 벌거숭이인 채로 겐신과 맞서겠어. 말도 칼도 필요치 않고 철포도 필요치 않아. 이 기백을 알 수 있겠나?"

노부타다는 그만 눈이 휘둥그레져 아버지와 어머니를 번갈아 바라볼 뿐이었다.

이리하여 노부나가는 덴쇼 4년(1576) 정월을 자기가 호언했던 대로 사쿠마 노부모리의 집에서 맞이했고, 오다의 가신들은 전력을 다해 아즈치 성을 건설하기 시작했다.

세금 없는 자유시

    아즈치 성은 고노에(현재의 시가 현滋賀縣)의 땅 가모 군蒲生郡의 아즈치 마을 시모토요우라下豊浦의 아즈치 산에 자리잡았다.

    아즈치 산의 높이는 120미터로 북쪽에서 서쪽에 걸쳐 비와 호琵琶湖의 경관이 내려다보이고, 동쪽에는 에치젠으로 통하는 북국 가도가 있으며, 남쪽은 기후에서 교토로 빠지는 가도에 위치해 있다. 그 가도에 있는 조라쿠 사常樂寺는 앞서 노부나가가 처음으로 북부를 공격했을 때 성대하게 씨름 대회를 하면서 상경한 유서 깊은 곳이다.

    이 아즈치에 최초로 성다운 성이 생긴 것은 고노에 겐지의 사사키 씨 일족인 롯카쿠六角 씨가 이 산을 주목하여 간논지 성觀音寺城의 외성으로 삼은 것이 처음이고, 노부나가 또한 롯카쿠 쇼테이를 공격할 때 나카가와 하치로에몬 시게마사를 주둔시켜 성채로 삼은 일이 있었으나 이번의 규모는 이전 것과는 비교도 되지 않았다.

    우에스기 겐신의 상경을 위협하는 의미뿐만 아니라, 혼간 사를 돕기 위해 서쪽에서 점차 동쪽으로 야심을 품고 진출해오는 모리 가문의 첩자들을 압도하려는 의미도 있기 때문에 그 규모는 전대미문의 것이 될 수밖에 없었다.

아즈치 성의 설계자인 아케치 미쓰히데도 물론 이 일을 일생일대의 사업으로 여겨 모든 지혜를 다 짜내고 있다.

산 전체의 요소마다 간논지 산에서 채취한 돌로 담을 쌓고 그 밑에는 이중으로 해자를 파서 물이 흐르게 했다. 해자와 해자 사이에는 천하의 다이묘들이 이곳에 찾아왔을 때를 대비하여 저택을 짓고 그 바깥에 시가지를 조성한 뒤 교통이 편한 자유시로 만들어 장래의 번영을 도모하려 했으므로 군사적인 축성만이 아니라 오늘날의 도시계획에 해당하며 또한 정책도 고려한 대대적인 공사였다.

성 자체의 규모 또한 사람들을 경악시키기에 충분했다. 산꼭대기의 덴슈카쿠天守閣°는 미쓰히데가 중세 시대 세계 여러 곳의 성채를 자세히 조사하여 설계한 7층의 거대한 누각이었다.

더구나 완성된 뒤에는 여기에 금박을 하여 호수를 통해 이곳에 오면 거대한 황금성이 하늘로 치솟은 듯이 보일 뿐만 아니라 수면에까지 그 빛이 반사되어 보는 사람으로 하여금 황홀감을 느끼도록 구상했으므로 그야말로 낭만적인 성이기도 했다.

이와 같은 호화찬란한 거성을 건축하는데도, "노부나가는 집이 없다. 빨리 완성하라!"고 열화와 같이 독촉했으므로 인부에서부터 총책임자에 이르기까지 제대로 잠을 잘 틈도 없었다. 문자 그대로 주야겸행으로 재료의 운반에 몰두하는 동안 노부나가는 재빨리 기후의 사쿠마 저택에서 아즈치로 거처를 옮겼다. 아무것도 가진 것이 없으므로 옮기는 일도 여간 간편하지 않았다.

2월 23일의 일이었다.

"드디어 나도 집을 나왔어, 미쓰히데. 어떤가, 완성되었나?"

총책임자인 미쓰히데도 이 질문에는 난처하여 대답할 말이 없었다.

"예, 그러나……"

미쓰히데가 평소 버릇대로 우물쭈물 변명하려 하자, 노부나가는 무릎을 치며 웃었다.

"왓핫핫하, 성을 말하는 것이 아니니 안심하게. 내가 잠잘 곳 말일세. 나는 오늘부터 여기에 기거하면서 총감독인 고로자에몬五(니와 나가히데)을 감시하겠네."

"그러시면 곧 임시 처소를 짓겠습니다마는."

노부나가가 직접 현장에 왔으므로 이의를 제기할 수도 없다.

총책임자 고레토 휴가노카미惟任日向守(아케치 미쓰히데)

총감독관 고레즈미惟住 고로자에몬(니와 나가히데)

석물 책임자 니시오 고자에몬 西尾小左衛門, 오자와 로쿠로사부로 小澤六郎三郎, 요시다 헤이나이吉田平內

목수 오카베 마타에몬岡部又右衛門

세공 책임자 미야니시 유자에몬宮西遊左衛門

칠 책임자 가시라 교부首刑部

기와 책임자 도진 잇칸唐人一觀

철물 책임자 고토 헤이시로後藤平四郎

목조각 감독 다이 아미對阿彌

그림 감독 가노 에이토쿠狩野永德

이상과 같이 각계의 일류 중의 일류가 저마다 많은 장인匠人들을 거느린 채 모여들었고, 여기에 하시바 지쿠젠과 다키가와 사콘, 니와 고로 등이 각자 자기 영지에서 인부 십만 명씩을 동원했으므로 조용한 어촌에 불과했던 도요우라豐浦 일대는 전쟁터를 연상시킬 정도로 시끄러워졌다.

성을 이루는 사방의 돌담은 간논지 산, 이바 산伊場山, 조메이지 산長命寺山 등에서 잘라온 거대한 돌을 교토, 나라奈良, 사카이堺 등지에서 징발한 석공과 인부가 밤낮을 가리지 않고 사흘 만에 쌓아올렸을 정도이므로 그 작업이 얼마나 힘들었을 것인지 상상하고도 남을 정도이다.

노부나가는 이 아즈치 산 동쪽 기슭에 지은 임시 처소에서 하루도 빠지지 않고 나와 공사장을 둘러보고 돌아와서는 설계도를 샅샅이 훑어보았다.

"오노, 세키안夕庵을 불러오도록 해."

"다케이武井 말씀입니까? 알겠어요."

잠시 후 서기인 세키안이 오자 노부나가는 말을 이었다.

"성과 시가지가 완성되었는데도 법규가 없다면 노부나가가 태만한 것이 된다. 아즈치에서 지켜야 할 법규를 부를 테니 받아쓰도록 하게."

"알겠습니다."

막 봄이 다가오기 시작하는 때여서, 노부나가가 새로운 시가지를 건설한다는 소문을 듣고 사방의 상인들이 슬며시 살펴보러 왔다. 노부나가는 이것을 그대로 보고 있지만은 않았다.

"알겠나, 우선 법규라고 쓰게. 대상은 아즈치의 시민일세."

"알겠습니다. 그렇게 썼습니다."

"첫째, 이곳을 라쿠이치樂市˚로 정한다. 라쿠이치로 정한 이상 각

종 조세와 부역, 동원 등은 모두 면제한다."

"그러니까 성 밖에 사는 상인들은 세금과 부역을 면제받고 상업에 종사할 수 있다는 말씀이군요."

"그래. 그렇지 않으면 비약적인 발전이 불가능할 것 아닌가. 그렇지, 오노?"

"물론입니다. 이것은 제 아버지 살무사가 생각했던 일입니다. 아버지가 때로 후세에까지도 도움을 주고 있네요."

"그래. 사이토 도산은 나름대로 대단한 분이었어. 자, 그 다음."

"예, 준비되었습니다."

"둘째, 아즈치에 출입하는 상인으로서 이곳에 유숙하려는 자는 숙박을 허락한다. 다만 화물 이외의 물품에 대해서는 그 주인의 뜻에 맡긴다."

"그러시면 이곳을 지나는 상인들은 아즈치에서 숙박해도 좋다…… 말하자면 상인들이 안심하고 머물 수 있게 보호해주려고 하시는군요."

"그래. 하지만 이 두 가지만으로는 크게 번창하지 못한다. 그 다음으로 셋째, 이곳 시민은 역마驛馬를 무료로 이용할 수 있다고 쓰도록."

"역마는 무료, 과연 그렇게 하면 상인들이 기뻐할 겁니다. 역마의 비용을 부담하지 않아도 된다면 과연 크게 번창할 테니까요."

노부나가는 의기양양하게 노히메를 돌아보고 소리내어 웃었다.

"어떤가 오노, 살무사도 대단한 인물이었지만 이 노부나가도 대단하다고 생각지 않나? 살무사는 역마까지는 무료로 하지 않았어."

"정말 훌륭한 사위라고 저승에서도 칭찬하고 계시겠지요."

"하하하, 그러나 칭찬만 받고 있을 수만은 없지. 세키안, 지금까지는 아즈치에 사는 자들에게 돌아갈 이익이었고, 이제부터는 아즈치에 사는 자가 지켜야 할 의무를 말하겠어. 그것은 좀 엄한 의무가 될지도 몰라."

"예."

세키안은 긴장한 표정으로 붓을 들었다.

노부나가의 통치

　　— 화재에 관한 일. 화재가 발생했을 때에는 그 주인을 벌하지 않는다. 그러나 방화인 경우에는 책임을 물어 추방하되, 다만 사안에 따라 경중을 가린다.

　　— 죄를 범한 자에 관한 일. 셋집이나 또는 같은 집에 산다고 해도 주인이 그 사실을 알지 못해 고발하지 않았을 때는 벌하지 않는다. 잘못을 범한 자는 죄를 규명하여 처벌한다.

　　— 물품의 매입에 관한 일. 비록 훔친 물건이라 해도 그 사실을 모르고 샀을 경우에는 벌하지 않는다. 다만 도둑질한 자는 이전 법대로 다스리고 장물은 압수한다.

　　— 각 영지에 대해서는 각각 징세할 것이지만 당분간 아즈치에서는 과세하지 않는다.

　　세키안은 노부나가가 하는 말을 음미하면서 열심히 문장으로 써내려갔다.

죄 중에서 자기 집에 화재를 낸 경우가 가장 큰 죄이고, 범죄인을 은닉한 자와 장물을 매매한 자에 대해서는 사정이 허락하는 대로 철저히 조사하며, 만약 장물임을 몰랐던 자라면 용서한다는 의미를 담고 있다.

재미있는 점은 이 법규의 첫머리였다. 일반적으로 법규는 '…… 하지 마라. 위반한 자는 어떻게 처벌한다' 는 식으로 되어 있다. 그런데 노부나가는 '…… 하는 자는 벌하지 않는다' 라고 벌하지 않는 경우를 먼저 써서 주민 지도의 방향을 제시하고 있는 것이다.

이 점으로 미루어 날카로운 정치 감각과 엄한 군율과는 정반대로, 민심을 수습하기 위한 노부나가의 인간미가 엿보인다.

그러나 노부나가는 법규의 말미에 다음과 같은 한마디를 덧붙이는 것을 잊지 않았다.

"말의 거래에 관한 일. 영지 안에서 모든 말의 매매는 아즈치에서만 할 수 있다."

이 법규는 노부나가의 영지 안에서는 마장을 아즈치에 국한한다고 규정했다. 당시에 말은 그대로 전력戰力이 되는 것이므로 여기에 대해서만은 특히 엄하게 규정했다. 다시 말해 아즈치 이외의 곳에서는 말을 매매하지 못하도록 했던 것이다.

그리하여 공사가 진행되는 동안 이 '법규' 가 시중에 포고되고 길거리마다 표찰이 세워졌다.

노부나가라는 일본 제일의 실력자가 비호하고 더구나 일체 징세를 하지 않겠다고 했으므로, 각지의 상인들이 앞 다투어 아즈치로 몰려든 것은 당연한 일이었다.

그들은 시가지 구획을 짓고 나자 모두 자기 재산을 털어 집을 지었다. 이렇게 되면 성보다도 먼저 시가지의 틀이 잡히기 시작한다. 그러면 성을 쌓는 사람들도 여기에 지지 않으려고 더욱 힘을 기울이는 연쇄반응이 일어나 아즈치 산의 나무들이 푸른 잎으로 하늘과 땅을 물들이기 시작할 무렵에는, 미완성이기는 하나 성의 뼈대와 모양이 갖추어져 산꼭대기까지도 충분히 군사를 배치할 수 있게 되었다.

물론 이제부터의 마무리 작업은 시일을 요하는 일이었으나, 이 정도라면 올해 안에 노부나가도 성에서 편히 지낼 수 있을 것이다.

하기야 그렇게 되면 우에스기 겐신도 가스가 산에서 내려와 군사를 출동시킬 만한 계절이 된다는 의미이기도 하지만……

아즈치의 규모

우에스기 겐신이 거주하는 가스가 산은 북부 오미의 아즈치보다도 보름 정도 봄이 늦다. 벚꽃은 4월(음력) 가까이 되어야 피는데, 이 무렵에도 산과 산 사이의 골짜기나 음지에는 잔설殘雪이 많이 쌓여 있어 군사들이 야영하기 어렵다.

따라서 출진은 5월 초에 하리라 생각했으나 어떻게 된 일인지 겐신은 좀처럼 움직이려 하지 않았다.

아시카가 요시아키의 사자 오다테 효부노쇼와 후조인은 거듭 궐기를 촉구해왔고, 모리 데루모토와의 동맹도 이미 이루어진 것이나 마찬가지였다. 가가의 잇코 종 신도들도 눈이 녹는 동시에 다시 오다 군이 에치젠에서 가가로 나올 것이므로 출병해달라고 구원을 청해왔다.

그런데도 겐신은 올해에는 아직도 움직이지 않는다.

가신들도 왜 그러는지 잘 알지 못했으나, 5월 말에 이르러 한다 젠로쿠로半田善六郎라는 첩자가 아즈치에서 돌아왔을 때에야 비로소 움직이지 않는 이유를 알 수 있었다.

"젠로쿠로, 노부나가는 아즈치에 있지 않을 테지?"

겐신은 가부좌를 틀고 앉은 자세 그대로 빙긋 웃었다.

겐신의 성은 노부나가가 짓고 있는 아즈치 성과는 비교도 안 되는 규모였으나, 총대장인 겐신의 성격을 반영하여 객실은 선원禪院과도 같은 엄숙한 분위기를 자아냈다.

여기저기서 꾀꼬리가 울어 자못 설국雪國의 더디 오는 여름을 연상케 한다.

"그렇습니다. 4월 내내 축성 공사를 지휘하였으나 5월 상순에 느닷없이 군사를 거느리고 혼간 사 공격을 위해 출진했습니다."

"으음, 그러기에 여기서 섣불리 움직일 수 없는 거야."

"무슨 말씀이신지?"

"노부나가가 혼간 사 공격에 착수했다는 말은 간토關東를 어지럽힌다는 뜻이니까."

"간토를?"

"그렇다. 호조 우지마사가 내가 북쪽으로 출진한 틈을 노리고 기다리고 있어. 간토의 가지와라 마사카게梶原政景를 비롯하여 사타케佐竹, 우즈노미야宇都弓와 유키結城, 사토미里見 등이 모두 내게 빨리 나와 호조를 제압해달라고 청해왔어. 노부나가 녀석은 이 점을 잘 알고 있어. 아무튼 좋아. 올해는 노부나가에게 겐신이 겨울에도 출진하는 대장이라는 점을 일깨워주면 돼. 그런데 아즈치 성의 규모는?"

"예, 이것이 그 도면입니다마는 참으로 기상천외한 성입니다."

이렇게 말하면서 젠로쿠로가 도면을 펴놓자 겐신의 시선은 지도에 고정되었다.

"으음, 7층 누각으로 이루어진 성이로군."

"예. 1층과 2층은 모두 돌로 견고하게 쌓았습니다. 1층의 넓이는 잘 알 수 없으나 높이는 약 12간間쯤 되는 것 같습니다."

"으음."

"2층의 넓이는 인부들 틈에 끼여 살펴보고 왔는데, 남북이 20간, 동서가 17간 정도 됩니다."

"그럼, 다다미가 680장쯤 깔리겠군."

"그렇습니다…… 사이사이에 있는 기둥의 수는 204개이며, 본기둥의 길이는 8간, 굵기는 한 자 여섯 치와 한 자 넉 치짜리로 되어 있는데, 기둥을 모두 천으로 두르고 그 위에 검은 옻칠을 할 거라고 칠장인들이 자랑하고 있었습니다."

"으음."

"2층은 양쪽에 다다미 12장짜리를 비롯하여 모두 17개의 방으로 이루어져 있습니다. 그들 말로는 미닫이마다 유명한 화공인 가노 에이토쿠가 채색으로 그림을 그리고, 가구의 쇠붙이는 모두 금을 사용한다고 합니다."

"3층은?"

"3층이 바로 노부나가가 상주할 곳입니다. 여기에는 화조花鳥의 방, 어좌御座의 방, 사향麝香의 방, 선인仙人의 방, 목장의 방, 서왕모西王母°의 방 등으로 명명한 방이 있고 그 밖에 난도納戶°와 객실 등이 있습니다. 3층에 세운 기둥은 140개 정도 됩니다."

"흥, 노부나가 녀석이 드디어 천하의 주인임을 자처할 생각인 모양이군. 그럼, 4층은?"

"4층은 아직 정리가 되어 있지 않으나 바위의 방, 용호龍虎의 방, 대나무의 방, 소나무의 방, 봉황의 방, 귀를 씻는 방, 금박金箔의 방,

공을 차는 방, 매의 방 등으로 명명할 것이라고 하며, 화공들이 열심히 장지에 그림을 그리고 있었습니다. 4층에 쓰인 기둥은 93개입니다."

"그렇다면 철포 같은 것은 이 5층에서 쏘려는 겐가?"

"예. 5층에는 별로 장식이 없고 박공博栱 밑에 작은 방을 만들어 여기에 무기를 두려는 것이 아닌가 생각합니다."

"6층은 무슨 용도로 쓰려는 것 같더냐?"

"6층은 기둥과 난간을 모두 붉게 칠할 예정이라고 합니다."

"7층은?"

"이곳이 바로 전대미문의 장소입니다. 사방이 3간인 넓은 방으로 네 군데에 계단을 만들고 실내에는 모두 금박을 입힌다고 합니다. 그리고 기둥마다 승천하는 용과 하강하는 용을 조각하여 멀리서 보면 황금의 성으로 보이도록 장식한다면서 인부들까지 어깨에 힘을 주고 있었습니다."

겐신은 고개를 세게 끄덕이고 나서 코웃음을 쳤다.

"그렇다면, 노부나가 녀석은 나와의 싸움을 피할 모양이군."

"무슨 말씀이신지요?"

"그런 성은 목이 없는 자에게는 필요치 않을 것 아니냐. 목이 온전히 붙은 채 살고 싶은 모양이야."

그러면서 고개를 가웃하더니 다시 말했다.

"어쩌면 그 반대인지도 몰라."

"반대라고요?"

"그래. 사람은 없어도 건물만은 남을 것이니, 그것도 사는 방법의 한 가지일 테지. 좋아, 수고가 많았다. 그대는 물러가고 후카야 겐스케沈谷源助를 이리 불러라."

"알겠습니다."

젠로쿠로가 공손히 인사하고 나가자 겐신은 아무 장식도 없는 자기 거실을 둘러보고 다시 한 번 흐흐흐, 웃었다.

겐신의 웃음에는 섬뜩한 살기가 담겨 있다. 허무감에서 오는 것이 아니라 역시 불범의 생활에서 오는 묵직한 칼과도 같은 살기였다.

"부르셨습니까?"

"오, 겐스케인가? 그대의 영지에서 에치고산 무명 이천 필 정도를 모아놓게. 반드시 감이 좋은 것들이어야 하네."

"에치고의 좋은 무명 이천 필이라니, 어디에 쓰시렵니까?"

"노부나가 녀석이 기상천외한 성을 쌓고 있다는군. 일본의 명물이 될 것이므로 축하 선물로 보낼 생각이야."

앞서 다케다 신겐과 싸울 때 적에게 소금을 보냈던 겐신이 이번에도 노부나가에게 선물을 보내겠다는 것이다.

측근인 후카야 겐스케는 그러한 주군의 기질을 잘 알고 있었다.

"그러면 드디어 노부나가 토벌의 결의를 다지셨습니까?"

"그래."

겐신은 아무렇지도 않다는 듯이 고개를 끄덕였다.

"노부나가가 무명 이천 필을 가지고 아즈치 성에 돌아올 때쯤 그대가 사자로 다녀오도록 하게."

"알겠습니다."

"전할 말은……"

겐신은 가볍게 눈을 감은 채 말했다.

"새로운 성의 건축을 축하하고 나서 이렇게 말하게. 모처럼 훌륭한 성을 쌓았으므로 올해는 공격하지 않겠다. 올 11월경에 가가까지 출진할 생각이나 그대로 철수하겠다. 그러나 내년에는 반드시 싸울 거라고 전하게."

"내년에는…… 싸움을?"

"그래. 근년에 이르러 오다 님은 싸움에 더욱 능숙해졌다. 따라서 겐신도 싸울 만한 상대가 생겨 기뻐하고 있다. 내년 봄이 되기를 기다렸다가 간토의 일을 매듭짓고 에치젠으로 진군할 것이니 오다 님도 나와서 자웅을 결하도록 하자. 출진을 늦춰 모처럼 쌓은 성을 우리 손으로 불태우는 일이 없었으면 좋겠으니 그 점을 유념하라……고 말하게."

"알겠습니다."

"좋아, 그만 물러가라. 나는 잠시 좌선을 해야겠어."

그러면서 겐신은 다시 조용히 좌선의 자세를 취했다.

명성名城과 무명

노부나가가 겐신의 출진이 불가능하다고 보아 교토로 올라와 이시야마 혼간 사에 대한 공격을 지휘하기 시작한 것은 4월 29일이었다.

그리고 6월 9일에는 다시 아즈치의 공사장에 모습을 나타냈는데, 이것은 결코 국면이 호전되었기 때문만은 아니다.

노부나가는 가능한 한 이번에 혼간 사를 철저히 쳐부수고 싶었다. 호조 우지마사가 겐신이 북부로 출병하리라 예측하고 간토에서 거듭 침략을 자행했기 때문에 겐신도 그만 움직이지 못하고 있다. 노부나가에게는 이런 좋은 기회가 없었다.

그러나 지난 한 달 동안 사정이 크게 변했다. 노부나가가 아라키 무라시게, 호소카와 후지타카, 하라다 나오마사 그리고 오사카의 사정에 밝은 아케치 미쓰히데를 아즈치 성의 공사장에서 불러들여 혼간 사 공격을 시작하고 보니, 혼간 사의 진용이 다시 굳건하게 재정비되어 있었던 것이다.

원인은 우에스기 겐신이 지원을 약속했고, 이에 뒤지지 않겠다며 모리 군이 자기들이 자랑하는 수군을 동원하여 노부나가의 봉쇄선을 뚫고 나가 혼간 사에 군량과 무기의 반입을 담당하겠다고 나섰기 때문이다. 이 계획이 성공한다면 에치젠에서 그들의 보급로를 차단한 것은 전혀 무의미한 일이 되고 만다.

이에 노부나가는 모리 측 수군이 도착하기 전에 혼간 사를 공격하고자 했다.

그러나 실제로는 도리어 무척 고전했고, 그러는 동안 또다시 불길한 정보를 접하게 되자 일단 아즈치로 철수할 수밖에 없었다.

이번 싸움에서 노부나가군은 기즈 성木津城 공격 때 하라다 나오마사를 잃었고, 아케치 미쓰히데도 덴노 사天王寺에서 혼간 사 군에게 포위되어 자칫하면 목숨을 잃을 뻔했다.

미쓰히데 군은 노부나가가 직접 교토로 급히 달려와 구해냈고, 기즈 성은 아라키 무라시게가 겨우 함락했다. 그런데 한때 사기가 떨어졌던 혼간 사의 세력이 왜 이처럼 강해졌는지 그 원인을 조사해보았더니, 지금까지 우에스기의 유일한 방해자였던 호조 우지마사가 드디어 반反 노부나가 쪽으로 돌아서서 아시카가, 혼간 사, 모리, 깃가와吉川, 우에스기의 동맹에 가담했다는 사실을 알게 되었다.

아마도 호조 우지마사를 그대로 두면 우에스기 군의 상경이 불가능하다고 여겨 아시카가, 모리와 혼간 사의 가신들이 맹렬히 우지마사를 설득했기 때문일 것이다.

이 일은 노부나가의 사활이 걸린 문제였다.

호조 우지마사가 적으로 돌아선다면 노부나가가 가장 경계하는 겐신은, 후방에 대해 전혀 걱정하지 않고 유유히 진격을 개시할 수 있게 된다.

그러므로 노부나가는 오사카의 혼간 사 주변 수비는 사쿠마 노부모리에게 맡기고 야마토에서 기이에 이르는 곳은 쓰쓰이 준케이에게 엄히 경계하도록 명한 뒤 아즈치로 돌아왔던 것이다.

아즈치에 돌아오자 즉시 에치고 가도의 엣추, 가가, 노토 외에도 간토 각지에 첩자를 내보냈다.

'우지마사가 동맹에 가담했다는 소문이 과연 사실일까?'

그것은 각지의 무장들이 어떻게 움직이는지를 보면 잘 알 수 있다.

노부나가는 첩자들을 내보낸 뒤 아무렇지도 않은 듯이 공사의 진행을 지켜보았다. 그리고 오늘은 느닷없이 라쿠이치를 구경하러 왔다. 이미 거리는 활기 넘치는 상업 도시가 되어 가고 있다. 철물점은 사카이에서, 포목점은 교토에서 옮겨왔다. 무기상은 기요스淸洲, 나무통 상점은 나라, 칼 장사는 야마시로山城, 여관과 건어물, 잡곡, 야채 등을 파는 일용품점은 영내의 각처에 사는 자들에게 허가해주었다.

세금이 없는 데다 출입이 자유로웠으므로 바늘 장수, 약 장수와 거울 장수를 비롯해 어릿광대들까지 모여들어 시장은 축제 마당처럼 북적였다.

그중에는 이쪽의 첩자들도 있었으나 분명 다른 영지의 첩자들도 많이 들어와 있을 것이다.

노부나가의 수행원은 단 두 사람뿐이었다. 모두 삿갓으로 햇볕을 가리고 남북으로 길게 이어진 시장을 둘러보고 있을 때 갑자기 북쪽에서 떠들썩한 소리가 들렸다.

"대체 어떤 상인일까? 말 삼사십 필에 짐을 가득 실었군."

"뭐, 말이 삼사십 필? 그렇다면 말을 팔러 온 말 장수가 아닐까?"

"아니, 그렇지 않아. 거적에 싼 짐을 잔뜩 싣고 있는걸."

"저 사람들은 상인이 아니야. 인솔하는 자가 무사라고."

이런 말을 들으면서 노부나가는 뒤따라오는 모리 나가요시를 턱으로 불렀다.

"어떤 자인지 조사해봐라."

"알겠습니다."

나가마사는 달려갔다가 잠시 후 땀을 뻘뻘 흘리면서 돌아왔다.

"상인이 아닙니다. 우에스기 가문에서 주군께 진상품을 가져오는 것이라고 합니다."

"뭣이, 우에스기가?"

노부나가도 그만 눈이 휘둥그레졌다. 시바타 가쓰이에는 벌써 가가의 다이쇼 사大聖寺까지 진출했으므로 북쪽 가도에는 오다 군이 삼엄하게 감시하고 있다. 그런 곳을 뚫고 적으로 돌아선 우에스기의 부하가 유유히 선물을 싣고 오다니 얼마나 해괴한 일이란 말인가!

'혹시 이쪽의 방비를 살피러 온 것인지도 모른다.'

"좋아, 사자가 딸려 있을 테니 성에 돌아가 기다리기로 하자."

얼마 뒤에 성의 3층으로 옮길 생각이었으나 아직 노부나가는 임시 거처에 머물러 있었다.

얼른 숙소로 돌아와 보니 이미 사자인 후카야 겐스케가 도착해 있었다.

노부나가는 곧 겐스케를 객실로 인내하게 하고 자신은 일부러 평상복 차림으로 나갔다.

"우에스기 님의 사자, 수고가 많네. 날씨도 더우니 편안한 자세로 앉게."

"건강하신 오다 님을 뵙게 되어……"

"그런 딱딱한 인사는 생략하게. 보다시피 이처럼 성을 쌓는 중이라 나도 매일 현장에 나가 일을 도와주고 있네."

그러자 후카야 겐스케는 정중하게 인사하고 나서 고개를 들고 싱긋 웃었다.

"실은 저희 주군께서 오다 님이 오사카에서 돌아오시기를 기다렸다가 축성을 축하하는 의미로 에치고의 고급 무명 이천 필을 선사하라는 명령을 올봄에 내리셨습니다."

"허어, 우에스기 님은 내가 오사카에 간다는 것을 알고 계셨다는 말인가?"

"예. 저희 주군이 움직이지 않으므로 아마도 오다 님은 오사카에 가셨을 거라고 말씀하셨습니다."

"참으로 현명하신 분이군. 실은 보름 전쯤에 다녀왔네."

"예, 그렇기 때문에 저도 급히 달려왔습니다."

후카야 겐스케는 담담한 표정으로 일일이 노부나가의 말을 앞질렀다. 아마도 겐신에게 무슨 말을 듣고 왔음이 분명하다.

"성에 가까이 와서 보고 깜짝 놀랐습니다. 참으로 훌륭한 성입니다."

"가스가 성과 비교해서 어떤가?"

"서로 목적이 다릅니다. 가스가 성은 상대에게 두려움을 주기 위한 목적으로 쌓은 것이 아닙니다. 성 안에 계신 분이 워낙 무서운 분이기 때문에."

"하하하, 꽤나 재미있는 말을 하는군, 후카야. 앞으로 한두 해 정도면 완성될 것이니 그때는 우에스기 님도 한번 오셨으면 한다고 말씀드리게."

"그것은 좀 곤란하다고 생각합니다."

"허어, 어째서인가?"

"가능하다면 올해 안으로 완성하셨으면 합니다. 왜냐하면 저희 주군은 올해 북부로 출진하려 하나 오다 님께서 모처럼 성을 신축하는 중이므로 가가 밖으로는 공격해 나가지 않을 것이다. 그러나 내년에는 부디 오다 님도 에치젠으로 나오셔서 결전을 벌였으면 한다고 말씀하셨습니다."

노부나가는 박장대소했다.

"그런가, 우에스기 님이 그렇게 말씀하셨다는 말이지?"

"예. 그러므로 가능하면 결전을 벌이기 전에 성을 완성했으면 하고."

"으음, 그렇다면 서둘러야겠군."

"그렇습니다. 오다 님도 최근에는 아주 싸움이 능숙해지셨다, 놀라운 일이다, 그러므로 주군도 그 결전을 즐거움으로 여기고 출진하시겠다고 하셨습니다."

상대가 우에스기의 사자만 아니었다면 노부나가는 분명 화가 나서 베어버렸을 것이다.

그러나 겐신의 가신이라고 생각하자 왠지 화가 나지 않았다. 그러나저러나 성을 신축하고 있는 중이므로 올해는 공격을 하지 않겠다느니, 최근에는 싸움이 능숙해졌다느니 하는 말은 얼마나 남을 무시하는 표현이란 말인가.

그런데도 화가 나지 않는 이유는 겐신의 말에 거짓이 없다고 생각했기 때문이다.

"축하 선물은 에치고의 고급 무명이니, 이 옷감으로 곧 옷을 지어 입으십시오. 실은 겨울이 올 때까지 오사카에서 돌아오시지 않으면 어떻게 하나 싶어 이 후카야 겐스케는 걱정하고 있었습니다."

"허어, 고마운 일이로군."

"에치고의 무명은 당대에는 다 입을 수 없을 정도로 질기고 튼튼한데, 그 옷을 입어보시지도 못하고 전사하시면 애석한 일이라 여겼습니다. 그러나 여기에 와서 생각이 변했습니다."

겐스케의 말은 점점 더 기괴하고 무례하기 짝이 없다.

"어떻게 변했다는 말인가?"

"사람은 죽어도 아즈치 성과 무명은 남는다…… 그래도 상관없다고 생각했습니다."

"후카야!"

"예."

"그대는 나를 분노케 만들고 죽고 싶은 모양이군."

"하하하, 이제야 아셨습니까?"

"어째서 그런 생각이 들었는지 말해보게."

"아직 대장님의 화를 북돋울 일은 많이 남아 있습니다. 일단 화를 내시면 오다 님은 살려 돌려보낼 분이 아니지 않습니까? 돌아가는 길에 하찮은 무사에게 죽기보다는 여기서 오다 님의 손에 죽는 편이 나을 것 같습니다."

노부나가는 어이없다는 표정으로 겐스케를 바라보았다. 이것은 미카와 무사의 완고함과는 성격이 다른 고집이었다.

"으음, 말이 제법 통하는 사나이로군. 이 노부나가가 그대를 죽일 거라 생각하는가?"

"우선 에치젠에서부터 여기까지의 방비 상황을 잘 알게 되었고, 또한 아직 오다 님의 증오를 살 만한 말이 남아 있으니까요."

"아직 남았다면 어서 말하게. 빨리 듣고 나서 더위라도 쫓을 겸 술이나 마시도록 하세."

"술."

겐스케는 꽤나 술을 즐기는 모양인지 입술을 핥으면서 머리를 숙였다.

"술을 대접받고 죽는다면 더욱 좋겠습니다."

정말 그럴 생각인 모양이다. 어디에도 공포의 빛이 없다.

"그럼, 나머지를 말씀드리겠습니다. 호조 우지마사 님께서 저희 주군에게 동맹을 제의하여 주군도 이를 승낙하셨습니다."

"허어, 이상한 말을 하는군. 우에스기 님은 이 노부나가와 약속한 바가 있는데도."

"그 약속은 파기되었습니다."

겐스케는 태연스럽게 말을 이었다.

"그러므로 이제는 에치고 군의 배후를 칠 자가 없습니다. 따라서 이번에는 겨울이 되어도 돌아가지 않겠다, 이대로 유유히 상경하여 천하의 질서를 바로잡겠다고 하셨습니다. 저희 주군이 상경하시면 오다 님은 참으로 암담하시겠지요."

노부나가는 손뼉을 쳐서 고쇼을 불렀다.

"준비한 술상을 이리 가져오너라. 노부나가의 마음에 드는 손님이 오셨다."

"마음에 드셨습니까?"

"그래. 처음으로 정직한 말을 듣게 되니 마음이 후련하군. 후카야, 돌아가거든 이렇게 전하게. 노부나가는 우에스기 님과의 결전을 원하지 않는다. 나는 서쪽, 우에스기 님은 동쪽, 이렇게 되면 일본은 평정된다. 그러나 우에스기 님은 내 제의를 받아들이시지 않겠지? 그렇다면 도리가 없으므로 부득이 상대할 수밖에 없다고."

"그러시면 안 됩니다."

후카야 겐스케는 일고의 가치도 없다는 듯 단호히 말했다.

"저희 주군은 신들린 분이라서 비사문천의 명령이 있다면 또 모르지만 지금은 어쩔 수 없습니다. 그러므로 대장님도 올해 안으로 오사카의 일을 완전히 정리하시고 북쪽으로 돌아가십시오. 이것이 후카야 겐스케가 대장님에게 드리는 마지막 안주입니다."

겐스케는 이렇게 말하고 실눈을 뜨고 웃는 낯으로 고쇼의 손에서 잔을 받아들었다.

히사히데의 발병

노부나가에게 있어 겐신만은 왠지 모르게 거북한 존재였다. 더구나 후카야 겐스케가 돌아간 지 얼마 되지 않아 우에스기 군이 히다飛驒로 출진했다는 첩자의 보고가 들려왔다. 히다에 들어간다는 말은 곧 미노 가도를 노리겠다는 의미이므로 노부나가가 섣불리 북쪽으로 출진하는 경우에는 배후에서 적의 공격을 받을 수도 있다.

그리고 혼간 사의 구원 요청을 받은 모리의 수군 쪽에서는 노시마能島, 구로시마來島, 고다마兒玉, 아와야粟屋, 우라浦 등을 총동원한 팔백여 척의 엄청난 선단船團이 해상으로 오사카를 향해 출발했다는 것이다.

노부나가는 이를 저지하기 위해 즉시 구키 요시타카九鬼嘉隆의 수군에게 명해 군선 삼백 척을 기즈木津 하구로 출동케 했다.

그러나 이 해전은 구키 군의 참패로 끝났다. 모리의 수군은 수적으로도 우세할 뿐만 아니라 세도나이카이瀬戸內海에서 끊임없이 맹훈

련을 거듭하던 바한센八幡船 이래의 용사들이었기 때문이다. 적은 구키 군을 무찌르고 오사카에 침입하여 혼간 사에 군량을 보급했으므로 그들은 더욱 사기가 올랐다.

따라서 덴쇼 4년(1576)은 벌거숭이로 다시 시작한 노부나가에게 있어 참으로 다사다난한 해였다.

노부나가는 11월 21일에 정3품으로 승진하여 나이다이진內大臣이 되었으나 이 기쁨보다도 우에스기, 모리, 혼간 사의 세 적에게 계속 위협을 받으면서 그 어느 쪽에도 깊숙이 파고들 수 없는 안타까운 입장에 처하게 되었다.

덴쇼 5년이 되자 그 초조함은 더욱 가중되었다.

후카야 겐스케가 예고했던 것처럼 겐신은 작년에 노토까지 진출하여 진격을 멈추고 유유히 겨울을 보냈고, 모리 군은 차차 그 세력을 하리마播磨까지 확장해나갔다.

아마도 이는 우에스기, 혼간 사 등과 충분히 협의한 끝에 취한 행동일 것이다.

더구나 이른 봄에 기슈에서는 스즈키 마고이치를 비롯하여 사이가雜賀, 네고로 사根來寺 등의 봉기가 한층 더 치열해져만 갔다.

혼간 사가 궁여지책으로 들고나왔던 선전이 사실 그대로 나타났던 것이다.

3월 13일에 노부나가는 우선 사이가에서 네고로 사로 향했다. 그리고 이들을 치고 군사를 돌리려 하자 이미 겐신이 노토에서 가가로의 진입을 시도했다. 노부나가는 이에 대비하여 시바타 가쓰이에를 총대장으로 위시하여 삿사, 마에다 외에 나가하마에서 하시바 히데요시를 급파하여 맞서게 했다.

또한 8월이 되자 세 가지 돌발 사건이 발생하여 노부나가를 당황하게 만들었다.

8월 8일, 북부를 제압하기 위해 파견했던 히데요시가 시바타 가쓰이에와 작전상의 문제로 충돌하여 그대로 돌아와버렸던 것이다.

이어서 그로부터 9일째 되는 8월 17일에는 모반을 식은 죽 먹듯이 하는 마쓰나가 단조 히사히데가 아들인 히사미쓰久通와 함께 혼간사의 포위진에서 빠져나와 갑자기 오사카를 떠나 야마토의 시기 신성에 들어가서 노부나가에게 반기를 들었다.

서쪽으로부터는 모리 군이 더욱 수도권 안으로 육박해왔다. 이렇게 되자 노부나가도 그만 장병을 배치하기가 어려워졌다. 물론 마쓰나가 히사히데는 여러 난제들이 겹쳐 노부나가가 쓰러질 거라고 생각하며 반기를 들었을 것이 분명했다.

노부나가는 즉시 히사히데와 사이가 나쁜 마쓰이 유칸松井有閑을 니조二條의 저택으로 불렀다.

"히사히데 놈의 병이 또 재발했어. 그대가 가서 마음을 돌려놓게."

"예."

"무엇 때문에 모반하느냐, 원하는 것이 있다면 들어주겠다, 엉뚱한 짓은 하지 말고 속히 성에서 나와 노부나가의 명령에 복종하라고 전하게."

"알겠습니다."

히시히데기 맨 치음 노부나가에게 항복한 것은 에이로쿠 11년 (1568)으로, 노부나가가 요시아키를 옹립하고 교토에 들어갔을 때 아와阿波의 고쇼御所라 불리던 아시카가 요시히데義榮와 미요시 일당을 배신하고 귀순했을 때였다. 그 다음은 겐키 3년(1572)에 모반했다가 다시 항복하여 이번이 세번째이므로 노부나가도 유칸을 보내면 잘 해결될 것이라고 생각했다.

그런데 막상 시기 산성에 와서 보니 히사히데는 히죽히죽 웃으면서 유칸을 상대하려고 들지 않았다.

"도대체 무엇이 부족하여 모반하는가? 이번에도 오다 님을 분노하게 만들면 무사하지 못할 거야."

유칸도 사자로 온 이상 대답을 듣지 않고는 돌아갈 수 없으므로 언성을 높였다.

그러자 히사히데가 비로소 웃음을 걷고 본심을 털어놓았다.

"유칸, 나는 노부나가의 부하가 되거나 사쿠마의 지시를 받으려고 세상에 태어나지는 않았어. 공교로운 일이지만 천하를 내 손에 넣으려고 태어난 거야."

"자네는 이러고도 천하를 손에 넣을 수 있다고 생각하나?"

"불가능하다고 생각한다는 말이지? 지금 우에스기 겐신은 노토에서 에치젠에 들어와 있고, 히데요시 녀석은 가쓰이에와 싸우고 나가하마로 돌아왔어. 또 모리 데루모토도 서쪽에서 진격해 오고 있어. 그리고 혼간 사는 모리 덕분에 당분간은 어려움을 겪지 않아도 돼. 하하하, 이렇게나 많은 적을 만났으니 노부나가가 제아무리 많은 병력을 가졌다 해도 나까지는 손이 미치지 못할 것 아닌가!"

"오다 님의 손이 미치지 못하면 천하를 장악할 수 있다는 말인가?"

"나는 자네와는 달리 비상하다네. 아마도 노부나가는 에치젠과 주고쿠 양쪽에 군사를 나누어 배치하겠지. 싸움이 치열해지면 긴키近畿는 텅 빌 거야. 그래서 나는 우선 긴키를 차지하고 나서 금덩이인 사카이를 손에 넣은 뒤 교토로 상경하려고 해. 교토에 들어가기만 하면 모든 일이 끝나. 조정의 업무나 사정 등은 모리나 우에스기 같은 촌놈보다는 내가 더 밝으니까."

유칸은 어이가 없어 말을 잇지 못했다. 이 사나이에게는 의리나 도의 같은 것은 티끌만큼도 없다. 처음부터 노부나가가 궁지에 몰릴 때 만을 기다렸으므로 노부나가는 엉뚱하게도 도둑고양이를 키운 셈이 된다.

"그럼, 재고할 여지가 없다는 말이로군."

"물론이지. 노부나가가 내게 잠자코 천하를 나누어줄 리는 없으니까. 무엇 때문에 모반했느냐고 물었더니 천하가 탐이 나서였다고 대답하더라고 전하게."

그러고는 자기 지혜가 얼마나 뛰어난지 과시하기라도 하듯이 일부러 군량 창고까지 보여주었다. 놀랍게도 다다미 속에까지 고구마 줄기나 대황, 다시마 등 식용 가능한 음식을 말려 넣어두었고 건조시킨 야채, 건어물, 고두밥, 소금, 된장 등도 3년 이상 먹을 수 있는 양을 마련해두었다. 또 마루 밑에는 장작과 숯이 가득하고 철포의 탄환을 만드는 납은 디딤돌 대신 사용했으며, 구리와 쇠와 화약의 원료까지도 실용품의 형태로 모양을 바꾸어 사용하고 있었다.

그중에서도 가장 어이없는 것은 영내에서 곶감을 만들 때 쓰는 꼬챙이의 길이를 벽의 소재로 사용할 수 있도록 해놓았는가 하면, 술통도 높게 만들어 야나기다루柳樽°라 부르면서 그 판자를 곧바로 벽의 판자로 사용할 수 있게 하는 등 용의주도하게 대비해놓은 점이었다.

"어떤가, 놀랐겠지? 나는 농부들에게도 이 히사히데의 지혜는 무한하다, 만약 성안에 부족한 것이 있다고 생각되거든 누구든지 직접 찾아와서 말하거나 푯말에 써놓아라, 정말 부족한 것이 있다고 적는 자에게는 상을 내리겠다…… 이런 뜻을 적어 푯말을 세워두었는데 아무도 써놓은 자가 없었어. 이렇게까지 철저히 준비하고 농성하는 것이니 언짢게 생각하지 말게."

유칸은 너무 화가 나는 바람에 저녁 무렵 성에서 나오자 밤이 되기를 기다렸다가 미리 종이에 쓴 글을 그 푯말 밑에 붙이고 사라졌다.

　마쓰나가 단조 님에게

　오랫동안 영민들을 착취한 결과 성안은 자못 풍족해진 것으로 알고 있습니다. 그러나 오직 하나 부족한 것이 있는데, 그것은 운입니다. 머지않아 단조 님의 운이 다할 것으로 보입니다. 이 운명을 누구에게 착취하여 보완하시겠습니까?

영내의 모든 농부들로부터

군영軍營의 서리

　　노부나가는 마쓰이 유칸의 보고를 듣고 큰 소리로 웃었다. 당연히 분개하리라 여겼던 유칸은 이상하다는 생각이 들었으나, 솔직히 말해 노부나가는 분개하고 있을 여유가 없었다.

　　'누구를 어디서 어떻게 쳐부술 것인가?'

　　그는 앞서 화를 내며 일단 나가하마에서 근신하도록 명했던 히데요시를 불러 심히 꾸짖었다.

　　"싸움터에서 말다툼이나 하는 무엄한 놈, 이번에는 다투지 못하도록 하겠다."

　　그러면서 나가하마로 돌아가 근신하기는커녕 매일같이 술판을 벌인 히데요시를 곧바로 반슈播州로 보내 모리, 고바야카와, 깃가와의 군사에 대비케 하고 나서 이번에는 장남인 노부타다를 불렀다.

　　"너는 시기 산을 공격하여 히사히데를 갈가리 찢어놓거라. 이 일도 제대로 못한다면 기후의 대장이라 할 수 없다!"

노부나가는 엄명을 내린 뒤 북부로 발진했다.

누가 무어라 해도 최대의 강적은 우에스기 군. 만약 노부나가가 오지 않는다는 것을 알면 우에스기 군이 어디까지 진격해올지 모르기 때문이었다.

더구나 히데요시가 가쓰이에와 다투고 철수했으므로 그 뒷일도 걱정되었다.

노부나가가 출진한 시기는 9월 초쯤이었는데, 그 무렵 겐신은 무엇을 하고 있었을까?

9월 13일 밤 겐신은 노토의 나나오 성七尾城 공격을 앞두고 열사흘날의 달을 감상하면서 측근들과 술잔을 나누고 있었다.

나나오 성은 현재의 이시카와 현石川縣 나나오 시 동남쪽에서 약 6킬로쯤 떨어진 지점에 있었다. 전면에 은빛을 띤 성과 바다가 하얗게 빛나고, 때때로 머리 위에서 기러기가 날고 있다.

음력 9월 13일은 양력으로 11월 3일에 해당한다. 그러므로 북쪽 지방에서는 벌써 서리가 내리기 시작했다.

"마음껏 들거라. 달이 무척 아름답지 않느냐."

행군하는 와중에도 말을 탄 채로 종종 술을 마셨기 때문에 일부러 오늘날의 칵테일 글라스와 같은 '마상배馬上杯'라는 잔을 만들었을 정도로 겐신은 술을 좋아했다.

이날 겐신은 황홀한 듯 달을 쳐다보며 붉은 칠을 한 4홉들이 잔을 기울이고 있었다.

여기서 나나오 성을 함락하면 곧바로 스에모리에서 가나자와, 마쓰토松任 등 파죽지세로 오다 군을 격파하고 에치젠에 들어가려는 계획이었다.

"지금껏 빼앗고 빼앗기는 싸움을 해왔으나, 이제부터는 가차없이 밀어붙일 것이다."

"그래야만 한다고 생각합니다."

"아직 노부나가는 출진할 기미가 보이지 않느냐?"

"나오지 않을 수 없을 겁니다. 후카야가 그런 말을 하고 왔으니까요."

"으음, 나올 거라는 말이지."

그러고는 다시 얼마 동안 황홀하게 달을 쳐다보며 쯧쯧 혀를 차다가 이윽고 휴대용 붓을 꺼내 거침없이 시를 써내려갔다.

서리는 군영에 가득 차고 가을 공기는 맑기만 한데

기러기 떼 하늘 높이 날아가는 삼경에

에치젠을 아우르고 노슈能州(노토의 별칭)를 바라보는 경치

그러나 고향에선 원정을 걱정하리라.

다 쓰고 나서 겐신은 나직한 소리로 읊었다. 거나한 취기 속에 시정詩情의 세계에 잠겨 군려軍旅의 시름을 달래는 불범不犯 불패의 무장, 그 옆얼굴은 거룩할 만큼 조용했다.

겐신은 다시 붓을 들었다.

무사가 갑옷의 소매를 베고 누우니

머리맡에 전해오는 것은 때 이른 기러기의 울음소리뿐이구나.

아닌 게 아니라 기러기가 계속 울어대고, 서리가 내린 밤은 자꾸 깊어만 갔다.

—7권에서 계속—

《 아네가와 전투 대진도 》

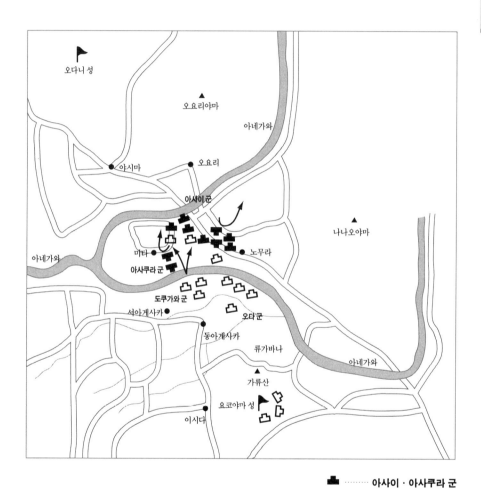

오다니 성

오요리야마

아네가와

야시마 · 오요리

아사이군

나나오야마

아네가와

마타 · 노무라

아사쿠라군

도쿠가와군

서아게사카 ·

오다군

동아게사카 ·

류가바나

아네가와

가류산

요코야마 성

이시다

■ ……… 아사이 · 아사쿠라 군

凸 ……… 오다 · 도쿠가와 군

▶ ……… 성

345

《 나가시노 전투의 대진도 》

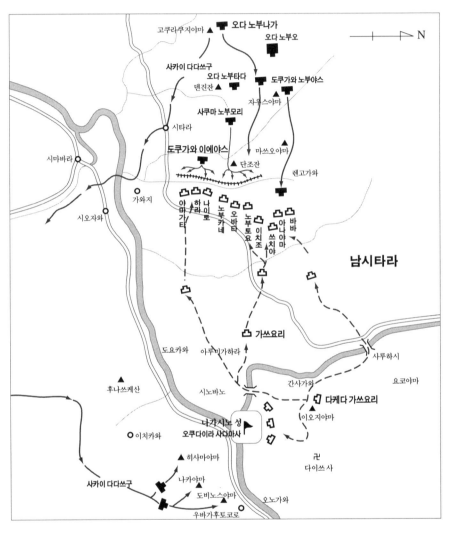

고쿠라쿠지야마
오다 노부나가
오다 노부오
사카이 다다쓰구
오다 노부타다
도쿠가와 노부야스
덴진잔
자유스야마
사쿠마 노부모리
도쿠가와 이에야스
마쓰오야마
단조잔
렌고가와
시마바라
가와지
시타라
시오자와
야마가타
하라이토
노부카네
오바타
노부토요
이치조
아나야마
쓰치야
바바
남시타라
가쓰요리
도요카와
아루미가하라
사루하시
후나쓰케산
시노바노
간사가와
다케다 가쓰요리
요코야마
이치카와
이오지야마
나가시노 성
오쿠다이라 사다마사
다이쓰 사
히사마야마
사카이 다다쓰구
나카야마
도비노스야마
오노가와
우바가후토코로

╫╫╫╫	······	울타리
	······	오다 · 도쿠가와 군
	······	다케다 군
▶	······	성

《 주요 등장 인물 》

가메히메龜姬
도쿠가와 이에야스의 장녀로 오쿠다이라 사다마사의 아내이다. 거성인 나가시노 성이 다케다 군의 침공을 받자 남편과 함께 병사들의 사기를 북돋우며 여장부다운 면모를 보인다.

다케다 가쓰요리武田勝頼 | 1546~1582 |
다케다 신겐의 넷째 아들로 신겐이 사망한 뒤 상속을 받아 영토 유지에 힘쓰다가 덴쇼 3년 (1575)에 미카와의 나가시노 성을 침공한다. 그러나 오다·도쿠가와 연합군의 철포부대에 무릎을 꿇고 패주한 이후 다케다 가는 기운다.

다케다 신겐武田信玄 | 1521~1573 |
최강의 기마부대를 가진 무장으로 오다 노부나가를 위시한 다른 무장들에게 공포의 대상이다. 노부나가와 맺은 화의를 깨고 절교한 뒤 노부나가와 이에야스의 명성에 먹칠을 할 전쟁을 벌이다가 전쟁터의 피리 소리 때문에 뜻밖의 죽음을 맞는다.

도리이 스네에몬鳥居强右衞門 | ?~1575 |
오쿠다이라 사다마사의 명에 의해 다케다 군의 포위망을 뚫고 나가시노 성을 빠져나가 도쿠가와 이에야스와 오다 노부나가가 함께 있는 진지로 간다. 이에야스와 노부나가로부터 곧 지원군을 보내겠다는 말을 듣고, 그 사실을 알리러 나가시노 성으로 돌아가다가 다케다 군에게 붙잡혀 십자가 처형을 당한다.

도쿠가와 이에야스德川家康 | 1542~1616 |
오카자키의 성주인 마쓰다이라 히로타다의 장남으로 아명은 다케치요竹千代. 어릴 적에 노부나가와 절친하게 지낸 인연이 있어 오케하자마 전투 후 오다 가와 동맹을 맺는다. 사위 오쿠다이라 사다마사가 나가시노 성에서 고군분투한다는 소식을 듣고, 노부나가와 힘을 합쳐 무사히 딸과 사위를 구한다.

마쓰나가 히사히데松永久秀 | 1510~1577 |
처음에는 미요시 나가요시를 섬겼지만, 노부나가에게 항복하여 야마토 지방의 지방관이 된다. 그러나 결국 노부나가를 배신하는 기회주의자로, 틈만 나면 천하를 손에 쥐려고 궁리를 한다.

아사이 나가마사淺井長政 | 1545~1573 |

오다 노부나가의 동생인 오이치의 남편으로 비젠노카미備前守라는 관직에 있다. 아버지 히사마사의 고집 때문에 오다 군과 대치하게 된 나가마사는 아내와 아버지 사이에서 갈등하다가 아내와 아이들을 노부나가에게 돌려보내고 자신은 끝까지 싸우다 할복한다.

아사이 히사마사淺井久政 | ?~1573 |

아사이 나가마사의 아버지로 관직명은 시모쓰케노카미下野守이다. 며느리인 노부나가의 딸을 미워하고 아사쿠라 요시카게와 연합하여 노부나가를 쓰러뜨리려 애쓰지만 결국 뜻을 이루지 못하고 할복한다.

아시카가 요시아키足利義昭 | 1537~1597 |

아시카가 요시하루의 차남. 형인 무로마치 바쿠후 제13대 쇼군 아시카가 요시테루가 살해되자 세상으로 나와 노부나가의 도움으로 교토에 입성한다. 그러나 노부나가의 권력이 강해지는 것을 염려해 아사이, 아사쿠라, 혼간 사, 모리 군 등과 내응하며 끊임없이 노부나가를 괴롭힌다.

아케치 미쓰히데明智光秀 | 1528~1582 |

각지를 돌아다니며 병법을 익혔고 검술에 능하다. 마흔 살 전후에 노부나가를 섬기며 교토 부교를 역임한 오다 가의 중신이지만 항상 노부나가와 말이 잘 통하지 않아 사소한 오해들이 생겨나고 마음속에 불만이 쌓인다.

오다 노부나가織田信長 | 1534~1582 |

오다 노부히데의 적자로 아명은 킷포시. 노부나가는 아시카가 요시아키를 쇼군으로 옹립하고 교토로 진입한다. 그러나 요시아키의 배반, 다케다 신겐과 그의 아들 가쓰요리의 위협, 아사이·아사쿠라 가문과 혼간 사의 저항 등으로 계속 전쟁을 하게 되는데, 이에 맞서 일본 최초의 철포부대를 조직함으로써 승리한다.

오이치お市

오다 노부나가의 동생으로 아사이 나가마사의 부인이다. 오다 군과 아사이 군이 적대 관계에 놓여 전투를 벌일 때, 남편을 따라 세 자녀와 함께 자살을 시도하지만 남편의 설득으로 아이들과 함께 오빠인 노부나가에게로 간다.

오쿠다이라 사다마사奧平貞昌

통칭은 구하치로. 도쿠가와 이에야스의 장녀인 가메히메의 남편으로 나가시노 성의 성주이다. 나가시노 전투에서 5백 명의 군사로 1만 5천의 다케다 군과 대적하며, 오다와 도쿠가와와의 지원군이 올 때까지 나가시노 성을 굳건히 지킨다.

우에스기 겐신上杉謙信 | 1530~1578 |

에치고의 슈고다이묘 집안 태생으로, 에이로쿠 4년(1561) 우에스기 노리마사에게서 간토 지방 관직과 우에스기 성을 받는다. 불교적인 깨달음 속에서 전쟁을 즐기는 실력자이다. 신겐이 죽자 이제 자신의 상대는 노부나가밖에 없다며 싸움을 걸어온다.

하시바 히데요시羽柴秀吉(도요토미 히데요시豊臣秀吉) | 1536~1598 |

기노시타 히데요시가 성을 하시바로 바꾸고 나서 사용하는 이름이다. 오다니 성 공략에서 공을 쌓아 오다 노부나가로부터 아사이의 옛 영지를 그대로 물려받은 히데요시는 18만 석의 다이묘로 출세한다. 이후, 주고쿠 지방을 공략하는 데 힘을 쏟는다.

《 용어 사전 》

난도納戶 | 의복과 가재 등을 보관하는 방.

덴슈카쿠天守閣 | 성의 중심부 아성牙城에 3층 또는 5층으로 높게 쌓은 망루.

도코노마床の間 | 객실인 다다미방의 정면 상좌에 바닥을 한 층 높여 만들어놓은 곳. 벽에는 족자를 걸고, 한 층 높여 만든 바닥에는 도자기와 꽃병 등을 장식해둠.

라쿠이치樂市 | 특권 상인들이 독점했던 시장을 없애고 다이묘의 관리하에 두었던 시장.

불범不犯 | 불교의 계율을 어기지 않음.

비사문천毘沙門天 | 불교에서 말하는 사천왕四天王의 하나.

사세구辭世句 | 임종 때 지어 남기는 시가詩歌.

서왕모西王母 | 불사不死의 약을 가지고 있는 선녀라고 전해지는 중국 고대의 전설적인 여자.

세이가淸華 | 공경公卿의 가문을 일컫는 말.

셋케攝家 | 섭정攝政·간파쿠關白의 관직에 오를 수 있는 가문.

아시나카足半 | 발을 반쯤 덮는 뒤꿈치 부분이 없는 짚신.

야나기다루柳樽 | 혼례 등의 경사 때 쓰는 술통.

와카和歌 | 일본 고유의 정형시. 5·7·5·7·7의 5구 31음으로 된 시.

요로이히타타레鎧直垂 | 비단으로 화려하게 만들어 갑옷 안에 입는 옷.

우마지루시馬印 | 전쟁터에서 대장의 말 옆에 세워 그 위치를 알리던 표지.

짓토쿠十德 | 칡 섬유로 짠 소맷자락이 넓고 옆을 꿰맨 여행복.

히에이잔比叡山 | 에이잔叡山이라고도 한다. 천태종天台宗의 총본산인 엔랴쿠 사延曆寺가 있는 산.

◀ 오다 노부나가 연보(1561~1582) ▶

◈——서력의 나이는 오다 노부나가의 나이

일본 연호		서력	주요 사건
에이 로쿠 永祿	4	1561 28세	5월과 6월, 노부나가는 미노에 침입하여 사이토 다쓰오키의 군사와 싸운다. 9월, 나가오와 다케다의 양군이 가와나카지마에서 싸운다. 이 해에 기노시타 도키치로가 네네와 결혼.
	5	1562 29세	1월, 노부나가가 마쓰다이라 모토야스와 동맹한다. 4월, 농민 반란이 일어나 롯카쿠 요시카타가 교토 지역에 덕정령德政令 포고. *종교 전쟁(프랑스).
	6	1563 30세	1월, 모리 모토나리가 이와미 은광을 조정에 헌납. 3월, 호소카와 하루모토 사망. 7월, 노부나가가 고마키야마에 요새를 쌓고 미노 공격의 근거지로 삼음. 마쓰다이라 모토야스가 이에야스로 개명. 8월, 모리 다카모토 사망. 미카와에서 잇코 종 신도의 반란이 일어남 *명나라의 척계광戚繼光, 복건성에서 왜구를 격파(중국).
	7	1564 31세	3월, 노부나가가 아사이 나가마사와 손을 잡음. 7월, 미요시 나가요시 사망. 8월, 가와나카지마 전투. 노부나가가 이누야마 성의 오다 노부키요를 죽이고 오와리를 통일한다.
	8	1565 32세	5월, 쇼군 아시카가 요시테루가 미요시 요시쓰구, 마쓰나가 히사히데 등에게 살해됨. 11월, 노부나가가 양녀를 다케다 하루노부의 아들 가쓰요리에게 출가시킴.

351

일본 연호	서력	주요 사건
에이 로쿠 永祿	9 1566 33세	4월, 노부나가가 조정에 물품을 헌납. 7월, 노부나가가 오와리노카미가 된다. 윤8월, 노부나가가 사이토 다쓰오키와 싸워 패한다. 9월, 기노시타 도키치로에게 명해 미노의 스노마타 성을 쌓는다. 12월, 이에야스가 마쓰다이라에서 도쿠가와로 성을 바꾼다.
	10 1567 34세	3월, 노부나가가 다키가와 가즈마스에게 북부 이세의 공략을 명한다. 5월, 노부나가의 장녀 도쿠히메가 이에야스의 적자 노부야스와 결혼. 8월, 노부나가가 이나바야마 성을 공략, 사이토 다쓰오키는 이세의 나가시마로 퇴각한다. 노부나가는 이나바야마를 기후로 개칭하고 고마키야마에서 옮긴다. 9월, 오다와 아사이의 동맹이 성립되어 노부나가의 여동생 오이치가 아사이 나가마사와 결혼. 10월, 마쓰나가와 미요시의 동맹군에 의해 도다이 사의 불전이 소실됨. 11월, 오기마치 천황이 노부나가에게 오와리와 미노에 있는 황실 소유 토지의 회복을 명한다. 노부나가가 가신인 가네마쓰 마타시로에게 주는 임명장에 '천하포무'의 도장을 사용한다.
	11 1568 35세	2월, 노부나가가 북부 이세를 평정. 삼남 노부타카를 간베 도모모리의 후계자로, 동생인 노부카네를 나가노 씨의 후계자로 삼는다. 4월, 고노에 롯카쿠 씨의 가신 나가하라 시게야스와 동

일본 연호		서력	주요 사건
에이로쿠 永祿			맹함. 이 무렵부터 아케치 주베에(미쓰히데)가 노부나가를 섬긴다. 7월, 노부나가가 아시카가 요시아키를 에치젠에서 미노의 릿쇼 사로 맞이한다. 9월, 노부나가가 오미를 평정하고 상경함. 10월, 노부나가가 셋쓰, 이즈미, 사카이, 야마토의 호류 사에 과세함. 아시카가 요시아키가 15대 쇼군이 됨. 12월, 다케다 신겐이 슨푸를 침공, 이마가와 우지자네는 엔슈의 가케가와로 도주한다.
	12	1569 36세	1월, 노부나가는 미요시의 3인방이 쇼군 요시아키를 혼코쿠 사에서 포위했다는 보고를 받고 눈을 헤치며 상경하여 셋쓰의 아마자키에 불을 지른다. 2월, 노부나가가 쇼군 요시아키를 위해 새로운 거처를 신축. 4월, 궁전을 수리하기 위한 비용을 헌납한다. 8월, 노부나가가 군사를 이끌고 북부 이세에 침공. 9월, 기타바타케 씨가 노부나가와 화친하고 가문을 노부나가의 차남 자센마루(노부오)에게 물려주기로 약속한다.
겐키 元龜	1	1570 37세	1월, 노부나가가 쇼군 요시아키에게 5개 항의 글을 보내 간언함. 2월, 오미의 조라쿠 사에서 씨름 대회를 개최. 3월, 노부나가가 쇼코쿠 사로 이에야스를 방문. 4월, 노부나가가 에치젠의 아사쿠라 요시카게를 공격. 아사이 나가마사, 롯카쿠 쇼테이 등의 반격으로 노부나가 군이 교토로 철수한다.

일본 연호	서력	주요 사건
겐키 元龜		5월, 노부나가가 기후로 돌아가던 도중에 지타네 고개에서 저격을 받음. 6월, 노부나가가 이에야스와 함께 아사이, 아사쿠라 양군과 아네가와에서 싸움(아네가와 전투). 9월, 혼간 사의 미쓰스케가 궐기하여 셋쓰에 출진중인 노부나가와 싸움. 아사이 나가마사, 아사쿠라 요시카게 등은 혼간 사와 호응하여 오미에 진출. 노부나가는 히에이잔을 포위하고 불을 지른다. 11월, 이세의 나가시마에서 잇코 종 신도의 반란. 노부나가는 오와리의 고키에를 공격하고 동생 노부오키를 자살하게 한다. 12월, 오기마치 천황의 칙명으로 노부나가가 아사쿠라, 아사이와 화의한다.
2	1571 38세	5월, 노부나가가 이세 나가시마의 잇코 반란군을 공격. 6월, 모리 모토나리 사망. 8월, 노부나가가 오다니 성에서 아사이 나가마사를 공격. 9월, 노부나가가 가나모리 성을 함락, 히에이잔의 엔랴쿠 사를 급습하여 방화한다. 10월, 호조 우지마사가 우에스기 데루토라와 절교하고 다케다 하루노부와 동맹 관계를 맺는다. *레판토 앞바다의 해전(스페인).
3	1572 39세	3월, 노부나가가 오미를 토벌한다. 9월, 노부나가가 쇼군 요시아키에게 17개조의 글을 보내 쇼군의 잘못을 힐문한다. 12월, 다케다 신겐이 미카와에 침입하여 오다 · 도쿠가와 군을 미카타가하라에서 무찌른다.

일본 연호		서력	주요 사건
덴쇼 天正	1	1573 40세	2월, 쇼군 요시아키가 노부나가에 대항하여 군사를 일으킨다. 4월, 다케다 신겐 사망. 7월, 쇼군 요시아키가 마키시마 성에서 농성. 노부나가가 이를 공격하여 요시아키를 추방한다(무로마치 바쿠후 멸망). 8월, 노부나가가 에치젠에 진출하여 아사쿠라와 아사이를 멸망시킨다. 아사이의 옛 영지를 히데요시에게 주어 도요토미 히데요시는 하시바 지쿠젠노카미가 된다. 이 해 노부나가는 아라키 무라시게에게 셋쓰를 지키게 한다.
	2	1574 41세	4월, 노부나가가 다시 혼간 사를 공격한다. 9월, 노부나가가 이세 나가시마의 잇코 종 신도 반란을 평정한다. 이 해부터 노부나가와 모리의 대립이 격화된다.
	3	1575 42세	3월, 노부나가의 양녀가 곤노다이나곤 산조 아키자네에게 출가한다. 5월, 노부나가는 이에야스와 함께 다케다 가쓰요리를 나가시노에서 격파한다(나가시노 전투). 7월, 아케치 미쓰히데가 고레토 휴가노카미가 된다. 8월, 노부나가가 에치젠의 잇코 종 신도 반란군을 공격한다. 11월, 노부나가는 장남 노부타다를 후계자로 삼고 오와리와 미노의 영지를 준다.
	4	1576 43세	1월, 노부나가가 오미에 아즈치 성을 쌓기 시작한다. 2월, 노부나가가 아즈치 성으로 옮긴다.

일본 연호	서력	주요 사건
덴쇼 天正		5월, 이시야마 혼간 사와 싸움. 7월, 이시야마 혼간 사에 군량을 보급하는 모리 군과 대결. 11월, 노부나가가 정3품을 받고 이어서 나이다이진이 된다.
5	1577 44세	2월, 하타케야마 사다마사가 잇코 종 신도와 승려들과 제휴했기 때문에 노부나가가 군사를 일으킨다. 8월, 마쓰나가 히사히데가 신기 산에서 반기를 든다. 9월, 우에스기 겐신의 출병으로 노부나가도 출병했으나 패한다.
6	1578 45세	2월, 하시바 히데요시가 하리마에 침입한다. 노부나가가 아즈치에서 씨름 대회를 개최. 3월, 우에스기 겐신 사망. 6월, 노부나가의 명으로 구키 요시타카 군이 모리 군을 해상에서 무찌른다. 10월, 아라키 무라시게가 쇼군 요시아키, 혼간 사와 짜고 노부나가를 배신. 11월, 노부나가가 아라키 무라시게 군을 공격. *시베리아 진출 개시(러시아).
7	1579 46세	3월, 야마시나 도키쓰구 사망. 우에스기 가게카쓰가 가게토라를 죽이고 우에스기의 주인이 된다. 6월, 노부나가가 아케치 미쓰히데의 권고로 항복한 하타노 히데하루 등을 아즈치에서 처형. 9월, 아라키 무라시게가 이타미 성을 나와 아마사키 성으로 옮김. 오기마치 스에히데가 가가의 잇코 종 신도를

일본 연호	서력	주요 사건
덴쇼 天正		체포하여 노부나가에게 보냄. 노부나가가 그들을 살해. 12월, 노부나가가 아라키 무라시게와 그 가신의 처자들을 처형. *유틀리히트 동맹(네덜란드).
8	1580 47세	1월, 히데요시가 하리마의 미키 성을 함락. 3월, 다케다 가쓰요리가 스루가에 출진하여 호조 우지마사와 대치. 노부나가가 혼간 사의 고사와 강화. 4월, 고사는 오사카로 퇴각하여 기슈에서 농성. 6월, 히데요시가 하리마, 이나바, 호키 등지에 출병. 8월, 노부나가가 사쿠마 노부모리를 고야 산으로 추방. 노부나가가 쓰쓰이 시게요시에게 셋쓰, 가와치, 야마토 등의 성을 파괴하라고 명한다. 11월, 시바타 가쓰이에가 가가의 잇코 종 신도들의 반란을 진압.
9	1581 48세	2월, 노부나가가 선교사와 흑인 노예를 접견. 4월, 노부나가는 이즈미에 토지 조사를 명하고 이를 거부한 마키오 사를 불태운다. 8월, 노부나가가 고야 산의 성지를 불태우고 많은 사람을 참살한다. 10월, 히데요시가 돗토리 성을 공략. 12월, 가쓰요리가 가이의 새로운 성으로 옮긴다.
10	1582 49세	1월, 오토모 소린 · 오무라 스미타다 · 아리마 하루노부가 소년 사절을 로마에 파견. 2월, 시나노의 기소 요시마사가 가쓰요리를 배신하고 노부나가에게 내응.

일본 연호	서력	주요 사건
덴쇼 天正		3월, 노부타다가 시나노 다카토 성을 공략. 다키가와 가즈마스가 가쓰요리를 가이의 다노에서 포위, 가쓰요리 부자가 자결함. 시바타 가쓰이에 등이 엣추의 우에스기 군을 공격. 5월, 이에야스가 아즈치 성에 있는 노부나가의 초청으로 상경. 미쓰히데가 접대역을 맡음. 노부나가가 미쓰히데에게 주고쿠 출진을 명함. 6월, 미쓰히데가 혼노 사를 급습하고 니조 성의 노부타다를 포위하여 노부나가, 노부타다 자결함(혼노 사의 변).

옮긴이 이길진 李吉鎭

1934년 황해도 출생. 1958년 서울대학교 사회학과를 졸업하였다.
일본 문학 작품 및 일본 문화에 관련된 많은 책들을 유려한 우리말로 옮겼다.
주요 역서로는 가와바타 야스나리의『설국』, 이마이 마사아키의『카이젠』,
오에 겐자부로의『사육』, 기쿠치 히데유키의『요마록』,
야마오카 소하치의『도쿠가와 이에야스』,『사카모토 료마』등이 있다.

오다 노부나가 제6권

1판 1쇄 발행 2002년 8월 22일
2판 1쇄 발행 2016년 3월 28일
2판 2쇄 발행 2021년 1월 25일

지은이 야마오카 소하치
옮긴이 이길진
펴낸이 임양묵
펴낸곳 솔출판사

주소 서울시 마포구 와우산로29가길 80(서교동)
전화 02-332-1526
팩스 02-332-1529
이메일 solbook@solbook.co.kr
홈페이지 www.solbook.co.kr
출판 등록 1990년 9월 15일 제10-420호

한국어판 ⓒ 솔출판사, 2002

ISBN 979-11-86634-64-6 04830
ISBN 979-11-86634-58-5 (세트)

• 이 도서의 국립중앙도서관 출판예정도서목록(CIP)은 서지정보유통지원시스템
홈페이지(http://seoji.nl.go.kr)와 국가자료공동목록시스템(http://www.nl.go.kr/kolisnet)에서
이용하실 수 있습니다. (CIP제어번호:CIP2015017074)
• 잘못된 책은 구입한 곳에서 바꿔드립니다.

나가시노 전투 병풍도
오다 · 도쿠가와 연합군이 철포를
이용하여 다케다 군을 격파하는 모습